職業作家の生活と出版環境

❖日記資料から研究方法を拓く

和田敦彦【編】

須山智裕／加藤優／田中祐介／中野綾子／河内聡子／大岡響子／宮路大朗／康潤伊

A Pronovelist's Life in Media Transition: New Perspectives on Modern Literary Studies Based on the Author's Diaries

文学通信

目次

モデル小説の権利問題と影響力

第二章
モデル小説の応酬とその批評性
―棒葉英治『誘惑者』と四条寒一「縄の帯」―
◉加藤 優

戦後の文芸メディア変動の力学

第三章
純文学を志向する中間小説作家・棒葉英治
―文芸メディア変動期における自己像の模索とその帰結―
◉田中祐介

文学と映画の関わり

第四章
一九六〇年映画と文学のすれ違う共闘
―棒葉英治『乾いた湖』の映画化による改変をめぐって―

◉中野綾子

戦争の記憶とその継承

第五章
作家が描いた引揚げ体験と南京大虐殺事件
―『城壁』との関わりから―

◉和田敦彦

第2部　データ編——日記資料から何がわかるか

はじめに──文学研究の方法とリソースの可能性

◉和田敦彦

❖一、〈不純文学〉研究の可能性

本書のねらいは、文学研究の方法や資料について、新たな地平を拓いていくことにある。戦後間もなく活動をはじめた一人の職業作家に焦点をあてるが、それはその作家を、文豪といった神聖化されたリストに加えたいわけでも、またその著述を名作として再評価したいわけでもない。忘れられた作家やマイナーな著述を、これまでの文学研究で評価されてきた作家や著述の枠組みに加えようとするそうした企ては、これまでの文学研究の尺度や方法を前提としたものであり、それゆえに研究の方法や尺度自体の問い直しや刷新には必ずしも結びつかないからである。

本書でのもくろみは、まさにこうした研究の前提自体を今一度見直し、どういう表現を、どういう作家や資料をとりあげるべきなのか、という起点に立ち戻ってみること、そして文学研究の意義や方法を新たに見出していこうとするところにある。扱う資料は、榛葉英治《しんばえいじ》という一人の作家に関する資料である。しかし本書ではあえてその作家名をタイトルには掲げていない。それも、特定の作家を研究するというスタイル自体を問い直してみたいという問題意識からである。

では、本書ではなぜこの人物をとりあげるのか、そしてまたどのような資料をもとにアプローチしようとするのか。まずこの点にふれておきたい。本書の構成は、大きく論考編、そしてデータ編に分かれている。論考編では各論者の問題意識に応じてのアプローチとなっているため、それぞれの抱える問いや視点はむろん同じわけではない。しかし、少なくともここで述べる枠組みについては、共有し合っているといえよう。

これまで、ほぼ研究が皆無といってもよいこの榛葉英治という人物に私達が関心を向けたのは、その小説に感心、感動したからではない。むしろその表現に対して批判的に、時には強い違和感を覚えながら対していたのが実際である。にもかかわらず研究したいと思わせたのは、ある時代の出版・メディア環境と、その中で読み、書く生態をとらえるうえで有効な資料だったからである。本書は、小説から受けた感動や情動を言葉にすることを、あるいはまた既存の解釈に対して別の新しい「解釈」を示すことを目的とした研究ではない。ここでは文学研究をこうした読み、書く行為の動態に歴史的にアプローチしていくことだと考えている。知や表象が広がり、継承される過程と、そこにかかわる人々、それを取り巻き作用する環境をとらえていきたい。そしてまた、その中でフィクションの言語やジャンルが果たす役割を見定めていきたい。こうした問題意識のもとで本書は構想されている。では、こうした観点から見たとき、なぜ、どういう点で、榛葉英治を研究する意味、面白さが見いだせたのか。

榛葉英治については、今日、ほとんど研究が存在しないのが現状である。彼には一九九三年、八一歳の折に新潮社から刊行した自伝『八十年現身《うつしみ》の記』がある。「すべてが事実であり、創作はいっさいない」と記すこの自伝以外では、戦中から終戦、引揚げ体験については「体験の事実のみを書きとめておきたい」と執筆された『極限からの脱出』(読売新聞社、一九七一年)もある。注▼(1)これらから彼が小説家になるまでを簡略にまとめておこう。

榛葉英治は一九一二年静岡県の掛川で生まれ、一九三三年に早稲田大学文学部英文科に進学、在学中には同

【図1】 榛葉英治（『小説新潮』1958年10月号）

級の浜野健三郎、阿部喜三らと文芸同人誌『人間』を作っている。三六年に卒業し、叔父にあたる作曲家の村岡楽堂を頼って満洲に渡った。一九三七年に関東軍の大連憲兵隊に英語通訳として採用される。アルバイトでしていた訳業を評価され、一九三九年に満洲国外交部に職を得ることとなった。一九四五年二月に召集され軍務につき、敗戦を迎える。ソ連軍の捕虜となって満洲で収容所に入れられていた時期もあるが一九四六年に引揚げた。一九四八年一二月、河出書房の雑誌『文芸』に「渦」、翌年三月に同誌に「蔵王」を発表、文壇から高い評価を得た。河出書房で榛葉英治を推した編集者は、後に直木賞作家ともなる杉森久英《すぎもりひさひで》である。その後、創作に専念し、一九五八年には『赤い雪』で第三九回直木賞を受賞する【図1】。

その後の作家としての活動の詳細は、本書の各論で論じられることとなるが、作家としての執筆期間は半世紀に及び、描いたジャンルも純文学から、歴史物の中間小説、同時代の風俗に取材したルポルタージュのような作まで幅広い。新聞小説への連載もあれば、映画『乾いた湖』（一九六〇年、松竹）のように映画の原作となっている小説もある。

榛葉英治が研究対象としての有効性を、面白さを持ちうる理由として、まずこうした領域やジャンルにまたがっている、その「横断性」があげられよう。長期にわたっての作家活動は終戦から半世紀に及ぶ時間にまたがっている。そしてまたその創作の大きな要素ともなっている日本から満洲、満洲から日本といった地理的な横断性がそこにはある。さらに言えば、掲載メディアについても純文学系雑誌からカストリ雑誌まで幅広い媒体に執筆している横断性をもち、また、活字メディアのみならず映像メディアへの横断性ももっている。時代の横断性、国境、ジャンル、掲載媒体や活動するメディア領域の横断性をもった作家は、こうした領域間の比較対照ができることから、研究の素材として豊かな可能性をもつこととなる。複数の分野にまたがった共同研究にも有効な対象ともなろう。

棒葉英治に限らず、こうした特徴のある作家は、ほとんど研究がなされていなかったとしても、そしてまたその小説が文壇から忘れ去られ、あるいは商業メディアから顧みられなくなっていようとも、研究対象として十分な面白さをもち得よう。文学研究という領域のみならず、言語・表現の役割やその歴史に関わる多様な分野の研究素材となる可能性がそこにはある。ここに述べているような横断性をもった、あるいは雑多な領域が混ざり合った対象は、文学研究が主として対象としてきた純文学の枠組みに収まらない。そうした、いわば「不純文学」の研究にはらまれている可能性を拓いていくことを本書では試みている。

ただ、むろんこうした作家は棒葉英治に限らず数多い。そうした中でもこの作家が研究対象として有効であったのは、何よりその詳細な日記が遺されていることによる。その半世紀にわたる日記をあわせ、用いることで、一人の職業作家の生活と、出版環境との関わりにより踏み込むことが可能となった。そしてまたそれは、日記という資料自体をどう活用し、研究していくのかという資料や方法自体の可能性をとらえなおしていくことでもあった。

❖二、日記資料の可能性

『榛葉英治日記』三四点は早稲田大学中央図書館が所蔵しており、二〇一七年に同館が古書店から購入したものである。注▼(2) 各冊に記されている時期については【表】の通りとなっている。日記は毎年番号を付して作成されており、このうち一九五八年分にあたる第十一冊、及び一九七六年前後の第二〇冊が欠けている。

日記の第一冊には、「引揚げに際して、十年来、学生時代からの日記や原稿など、全部焼き棄ててきた。持帰りを許されなかったからだ。」(『日記』一九四六年九月一六日)と記されており、もともとまめに日記をつける習慣を榛葉はもっていたものの、これ以前の日記は処分されて現存していないこととなる。

作家活動を継続しながら書き続けられたこの日記には創作についてのことはむろん、生活者としての作家の情報がつまっている。出版社、編集者とのやりとりや原稿料についても細かく記述されている。そしてまた、経済的な困窮や病気の不安、飲酒の習慣からくる失敗や後悔、作家としての自身や自作に対するまわりの言葉に神経をとがらせ、また一喜一憂し、自らをなぐさめたり、まわりとの軋轢がうまれたりする日々がそこには綴られている。

文学研究において、日記は特に珍しい研究対象ではないし、近代でも作品として享受されている日記も少なくない。そして近代文学研究のリソースとしては、小説を解釈するために、あるいは作家の伝記的な事実確認のためにしばしば利用されてきた。しかし、ここで考え、試みたいのは、もう少し広い意味での活用の可能性なのである。すなわち、こうした生活者としての作家の情報をもとに、出版・読書環境を浮き彫りにする、あるいはその変化をとらえることはできないだろうか。戦後の長い時間的なスパンの中で職業として読み、書く行為をとらえることを通して、それをとりまくメディア環境との関係を描き出していくことはできないだろう

日記巻号	期間
1	1946年9月15日～1948年6月26日
2	1948年7月17日～1949年5月1日
3	1949年7月17日～12月31日
4	1950年1月1日～12月25日
5	1951年1月1日～12月25日
6	1952年2月27日～12月29日
7	1953年1月1日～12月31日
8	1954年1月1日～10月28日
8s	1954年10月28日～12月30日
9	1955年1月1日～12月31日
10	1956年1月1日～1957年12月26日
12	1959年1月1日～1961年12月1日
13	1962年1月1日～1964年12月9日
14	1965年1月5日～1969年11月25日
14s	1969年7月6日～1970年1月5日
15	1970年1月19日～8月25日
16	1970年8月27日～1971年7月31日
17	1971年8月11日～1972年6月5日
18	1972年6月5日～1973年7月21日
19	1973年7月25日～1975年4月13日
21	1977年7月8日～1978年4月7日
22	1978年4月10日～1979年5月30日
23	1979年6月2日～1980年12月26日
24	1981年1月1日～1982年9月20日
25	1982年10月1日～1984年12月25日
26	1984年12月27日～1987年5月29日
27	1987年6月1日～1988年12月27日
28	1989年1月1日～1991年8月7日
29	1991年8月6日～1993年6月29日
30	1993年7月5日～1995年11月23日
31	1996年1月1日～1998年8月15日
ノート1	冬の道/妻入院中の日記/病床日記付録
ノート2	1975年12月11日～1976年1月4日/妻病床記1
ノート3	1978年1月5日～1979年6月18日/妻病床記2

【表】 日記各冊の記述内容

か。

　読み、書く営為の歴史に関心を向けて活動していたリテラシー史研究会で、この日記資料を利用した研究の可能性を検討してみることとなった。この研究会で、出版やその販売・流通をめぐる環境を、そこに関わる職業人の日記からとらえようと試みたのはこれが初めてではない。研究会では、一九五三年に山形から上京し、半世紀にわたって古書店で働き、現在にいたる古書店主五十嵐智《さとし》氏の日記を対象とした研究をこれまでにも行っており、二〇一四年にはその日記の翻刻を『五十嵐日記：古書店の原風景』として刊行した。注▼(3) それはまた、出版・流通の歴史をとらえるうえでの視座や方法を考えていくうえで貴重な経験ともなり、今度はこの作家の日記をもとに具体的な研究の可能性をそれぞれに掘り下げてみようと、取り組んでいくこととなった【図2】。

　まず日記全頁を撮影し、その画像データをもとに、翻刻データを作成していくこととした。日記は、見開きの撮影画像で約二一〇〇枚に及ぶ。二〇一七年から、二ヶ月に一度会合をもっては日記の翻刻を分担して行い、翻刻を文字データとして入力していった。四年後の二〇二一年に翻刻が終わったが、それらは一〇〇万字余りの分量となっていた。

データが大きくなるため、それをうまく研究のリソースとして生かすためにいろいろな工夫が必要となる。日記は一日ごとに分けて本文を入力し、さらに、本文中から、榛葉英治が関わりをもった人物名、出版社名、雑誌名のデータを日毎に記録していった。また、登場する自作の作品名も同様にデータ化していった。これらの主要人名などの抽出データは定期的にとりまとめて一覧データにし、日記を読み進めていく際に適宜参照できるようにしていった。そしてこれらの基礎データを作りながら、調査に参加した一人一人がそこからとらえてみたい問題を少しずつ報告しあい、本書の形にまとまっていった。

【図2】リテラシー史研究会メンバーによる日記調査の様子

本書は、日記資料を研究に活用していく手法やその可能性を検討する試みとなるが、研究としてまとめていく過程で、近代の日記資料を研究対象とする「近代日本の日記文化と自己表象」研究会との連携が大きな意味をもった。本書の執筆者は、同研究会を主催する田中祐介をはじめ、この研究会と重なっているメンバーも多い。注▼4 むろん、こうした日記資料研究の意味や方法は、いまだ確立したものとは言いがたい。とはいえ同じく日記や手記、手紙類を研究に用いてきた歴史学領域で、これらエゴ・ドキュメントが、研究方法自体や用いられる資料自体の問い直しに結びついており、「現代歴史学の方法的

革新の起点」としてとらえられてもいる。[注5]
また、本書の調査でも利用したテキストマイニングをはじめ、言語データを利用、活用する新たなツールや環境の変化も進行している。[注6] こうした中で、日記資料をもとにした新たな研究、調査の方法を提示していく試みとして、本書を位置づけることもできよう。

❖三、本書の構成

本書は、大きく論考編と日記データ編の二部構成となっており、論考編である第一部「作家とメディア環境」では、それぞれの論者の問題意識から日記データを活用しつつ展開した論文によって構成されている。そして第二部「日記資料から何がわかるか」では、日記データのうち、作家の生活に大きく作用していることが日記からうかがえるテーマを中心に、日記本文が読めるよう日記の記述を抽出し、集成した。そして最後に人名リストを付している。

第一部の論考編は、ここで述べてきた研究リソースの可能性を拓いていく試みとなる。各論の概要を簡略に紹介しておきたい。[注7] 最初の須山論では、榛葉英治の作家としての出発期を扱っている。まず、代表作「蔵王」(『文芸』一九四九年三月)について、田村泰次郎《たむらたいじろう》に代表される従来の肉体文学と比較してどのような点が新しかったのか、また新しいと認められたのかを、本文の表現や同時代評の整理を通じて明らかにしていく。さらに、以後の榛葉の作家活動が沈滞していく一因として、「性愛の魔術師」(一九五〇年一月)以降、カストリ雑誌『りべらる』にたびたび寄稿したことを挙げ、肉体派作家がカストリ雑誌というメディアに消費されていくさまを描き出していく。

次の加藤論がとりあげているのは榛葉英治『誘惑者』（光文社、一九五八年）である。この小説で榛葉は戦後の若者像をテーマに掲げ、そのモデルとして作家・四条寒一《しじょうかんいち》に取材をおこなっている。しかし、モデルの細部まで小説化しようとする榛葉の試みはモデルの権利問題を引き起こすこととなった。このときに四条が発表した小説「縄の帯」（『隊商』一九五六年九月）は逆に四条の側から榛葉をモデルにして描いた小説で、権利問題への報復が意図されていた。『誘惑者』と「縄の帯」というモデル小説の互いの応酬から見えてくる問題をとらえていく。

田中論では、榛葉英治が「中間小説」作家のレッテルを拒絶し、脱却を試みながら自己の作家イメージを確立しようとした過程を、日記記述をもとに分析している。純文学と大衆文学という二項が揺らぐ敗戦後の文芸メディア変動期にあって、榛葉は「純文」作家であることを強く志向しながら、生活のために「中間小説」を書き続け、一九五八年には直木賞を受賞するに至る。時代の潮流に一人の作家が翻弄され、抗う姿を浮き彫りにすることで、戦後の文芸メディア変動の力学をそのただ中にいた当事者の経験から明らかにしていく。

中野論では、榛葉英治『乾いた湖』を取り上げている。この作品はタブロイド紙『内外タイムス』に連載され、単行本化（和同出版社、一九五八年）ののち、一九六〇年八月に、篠田《しのだ》正浩《まさひろ》監督・寺山《てらやま》修司《しゅうじ》脚本による松竹ヌーヴェルヴァーグの初期作品として映画化される。安保の時代を色濃く反映した映画はヒットするものの、原作とは大幅な変更が見られる。この映画化による物語変更の理由を、榛葉の日記言説やメディアにおける榛葉の作家イメージから分析することで、一九五〇年代後半における文学と映画の関わりをとらえていく。

和田論は、南京大虐殺事件（以降、南京事件）に対する榛葉の関わり方に焦点をあてる。注▼(8) 一九六四年に榛葉は雑誌『文芸』に同事件を描いた「城壁」を掲載、同年刊行する。南京事件に関しては、榛葉は『外国人の見た日本軍の暴行』の復刻刊行（祥伝社、一九八二年）にも関わっている。こうした表現活動と、彼が繰り返し描いた満洲からの引揚げ体験との関係性をとらえていった。あわせて、南京事件を描く、発表するという営為が、日記を綴るという行為の中にどう織り込まれているのかを追っていく。

論考編最後の河内論では榛葉英治『釣魚礼賛』（東京書房社、一九七一年）を起点として、「釣り」を作家が表現する営為について、同時代の大衆文化やメディアの状況を踏まえて検討していった。榛葉は小説を執筆する傍ら、趣味である「釣り」に関する随筆を雑誌・新聞に数多く寄稿し、専門書も刊行している。文学と「釣り」との関係史を通してとらえられる問題の可能性を検討している。

以上の論考編に加えて、本書では日記に含まれるデータをもとに調べ、参照することができる、あるいは実際の日記本文を読むことができるデータ編を作っている。日記の本文は、全体では一〇〇万字を越える膨大なデータであり、そのままで提示してもつかみどころのない、利用しにくいものとなろう。このため、ここでは特定のテーマにそった記述を集約的に読めるように構成している。そして、職業作家の生活に大きく作用したことが日記からうかがえるテーマごとに集約した。

まず、原稿料や印税など、作家の経済生活に関わる記述、文壇や、小説家のネットワークがうかがえる記述、それから作家仲間、グループの会合に関わる記述を集めたパートを設けた。また、執筆した雑誌メディアを通時的に一覧として示すパートを設け、この作家の活動範囲、広がりがとらえられるデータを作成している。

自己の身体への配慮に関わる記述もこの日記には多く、かつそれが書くという営為にも深く関わっていたことがうかがえたため、飲酒に関わる記述、また病気に関わる記述を集めたパートを設けた。そして、最後のパートとして、戦後五〇年、様々な時代背景と時事的な情報にこの作家がどう接して、どういった思いを抱いたかをうかがえるデータを集めた。すなわち、こうした大きなニュースについての思いや意見が記されている日記記述をまとめて読める形とした。

本書の最後に付しているのは作成した「人名リスト」である。この人名リストは、日記に登場した人名のうち、具体的に榛葉英治が関わった出版・メディア関係者をとったリストである。すなわち、日記の記述から、編集者や作家、放送関係者などと判断できた人物をとることで、この作家の人脈、広がりをうかがうデータとしている。康潤伊がとりまとめにあたった。日記には名字のみ、あるいは頭文字などで記される場合もあり、特定できない人名も多い。ここでは、姓名が記されている場合、あるいは誌名や社名から姓名を特定できる人名のみを五十音順に掲げている。ただ、日記では親しい場合にむしろ姓のみで記される場合も多いので、その点、注意しておく必要がある。

もとより、この膨大な日記からうかがえること、そしてまたこの作家の数多くの著述からとらえられる問題は広範に及ぶ。共同で研究を進める過程で、とりあげたい、あるいは本書でも論じたいと思いつつ、生かし切れなかったテーマや問題も多い。そうした問題の中から、大岡響子と、河内聡子がそれぞれの切り口でとりあげた問題をコラムの形で加えることとした。注▼(9)

なお、最後に日記資料の引用、記述の凡例について記しておきたい。日記の本文については、第一部の論考編ではできるだけ原資料の記述、表記を生かす形で記した。ただ、第二部では、日記内容の読みやすさを優先し、明らかな誤字、脱字などは適宜直している。また、日記本文の掲載、利用にあたって、家族について具体的な言及がある箇所は原則として避けることとした。日記には実際には家族や親族に関する記述も多く含まれており、執筆活動にも深く作用していたことがうかがえるが、公開は控えるべきと判断したためである。注▼(10) 文学研究がその対象や方法の可能性を広げてゆくことに、そしてまた、他の研究領域と問題意識や関心を共有してゆくことに、本書がいささかでも貢献できればと思う。

注▼

（1）榛葉英治『八十年現身の記』（新潮社、一九九三年一〇月）「あとがき」、及び『極限からの脱出』（読売新聞社、一九七一年八月）二四〇頁。

（2）この日記とその調査経過については、リテラシー史研究会「『榛葉英治日記』調査経過」（『リテラシー史研究』一三号、二〇二〇年一月）に詳しい。

（3）五十嵐日記刊行会編『五十嵐日記 古書店の原風景：古書店員の昭和へ』（笠間書院、二〇一四年一一月）。

（4）「近代日本の日記文化と自己表象」研究会からは田中祐介編『日記文化から近代日本を問う　人々はいかに書き、書かされ、書き遺してきたか』（笠間書院、二〇一七年一二月）、同編『無数のひとりが紡ぐ歴史　日記文化から近現代日本を照射する』（文学通信、近刊）がある。

（5）長谷川貴彦編『エゴ・ドキュメントの歴史学』（岩波書店、二〇二〇年三月）一五頁。

（6）調査、研究の過程でテキストマイニングのツールとしてKHコーダーを活用した。同ツールと研究事例については樋口耕一『社会調査のための計量テキスト分析』（第二版、ナカニシヤ出版、二〇二〇年六月）参照。

（7）論考編のうち、河内聡子、田中祐介、中野綾子、和田敦彦の各論は、日本近代文学会二〇二〇年一一月例会におけるパネル発表「研究リソースの可能性を拓く　―『榛葉英治日記』調査から―」（二〇二〇年一一月）をもとしている。

（8）『城壁』については、南京大虐殺事件を描いた小説として重要な意味を持つことから、本書の調査を進めていく過程で、榛葉英治『城壁』（文学通信、二〇二〇年六月）として復刊することとした。

（9）本書執筆者以外に、伊藤遼太郎、佐久間光瑞、西尾泰貴が日記の翻刻、調査にあたった。

（10）全文の公開はしていないが、調査や研究のために日記の全文データを利用したいという場合にはリテラシー史研究会（http://www.f.waseda.jp/a-wada/literacy）に連絡、相談を頂きたい。

第1部

論考編　作家とメディア環境

作家とカストリ雑誌のせめぎ合い

第一章

カストリ雑誌に消費された純文芸作家

――榛葉初期作品における「性」と肉体――

◉須山智裕

❖はじめに

一九四六年一〇月七日、まだ作家ではなかった頃の榛葉英治は、「或る夜の空想」と題して、日記に断想を列挙している。その最初に記されているのは、「ローレンスの彼方、その影響から脱却」、そして「霊肉合致説（泡鳴）批判」である。

D・H・ローレンスの数ある著作の中でも、一九二八年にフィレンツェの出版社から限定私家版として刊行された長篇小説『チャタレイ夫人の恋人』は、榛葉にとって、生涯で最も関わりが深かった小説である。彼と同作の巡り会いと別れの遍歴は数奇なもので、「高等学院二年のときに」、「パリで印刷した「オデッセー版」」を手に入れて「宝のようにしていた」が、質流れになってしまった。その後、満洲時代の中国出張時に北京で海賊版を見つけ、「応召したときにも雑嚢に入れて持っていった」が、ソ連軍の捕虜となった際に「ソ連兵に捨てられてしまった」。そして復員後に、「輸入されたアメリカ版ペンギン叢書」を買い直したという。[注1] 同じく日記に記されている岩野泡鳴《いわのほうめい》は、「アンケート わが文学の泉」（『群像』一九五一年四月）の「最も尊敬されている日本作家一人」という問いに対する回答で、榛葉が挙げている存在である。つまり、作家として立とうとしていた彼は、両者を敬慕しその影響下にあるがゆえに、「批判」し、「脱却」する必要があったのだ。

ここで前提として、泡鳴の「霊肉合致説」を確認しておこう。それは、「泡鳴の初発的思想の基盤」をなす評論として名高い『神秘的半獣主義』（左久良書房、一九〇六年六月）の中で論じられている主張である。[注2] 泡鳴は同書において、北村透谷《きたむらとうこく》が「内部生命論」（『文学界』一八九三年五月）で用いたことに端を発する「内部生命」という語を鍵語としているが、両者の「内部生命」の意味するところの差異を、鎌倉芳信は次のように説明している。

泡鳴は、「生きたい」あるいは「生命を乞ひ願ふ」人間の本能としての生命への欲求、盲目的に生を欲求する力を内部生命とする。つまり精神と肉体は不可分なもので、肉体と精神が一体になったところから立ち上がってくる生きようとする根源的な力が内部生命だというのである。彼は、透谷のように精神の優位性を言わない。肉体は精神に限定され、精神は肉体に限定され、両者の価値は同一で、これを保持する主体が内部生命なのである。注▼(3)

泡鳴は、この「内部生命」の「刹那刹那の起滅」が、「最も切実に現はれて居ると思ふのは、恋愛である」とした上で、特に「男女が相抱擁する時の様な熱愛」において、「仮りに嬉しみを肉とし、悲しみを霊と見れば、この両者が白熱の勢ひを以つて活動融化するのであるから、悲喜相離すべからざる新境地が出来るのである」と述べている。注▼(4) つまり、男女が性交に没頭するひと時、両者それぞれの肉体と精神が一体となり、「生きようとする根源的な力」たる「内部生命」が立ち上がるというのだ。

泡鳴のこうした主張は、ローレンスが『チャタレイ夫人の恋人』で描く、男女の肉体の融合を通じての「復活」と通ずるものがあり、榛葉が特に敬愛する作家がこの二人であることも頷ける。

他方、同時代の作家にも、榛葉の前に立ちはだかる存在があった。それは、肉体文学の旗手・田村泰次郎《たむらたいじろう》である。泰次郎は、一九四〇年一一月に陸軍兵士として出征して以降、終戦まで約五年もの間、中国大陸を転戦し、一九四六年二月にようやく帰還した。この戦場体験に裏打ちされた評論「肉体が人間である」(『群像』一九四七年五月)では、「思想」への不信と「肉体」の復権が声高らかに叫ばれている。

榛葉と泰次郎の接点は、そうした信念の類似だけではない。榛葉にとって泰次郎は早稲田大学の二年先輩に当たり、満洲で憲兵隊の英語通訳をしていた一九三八年に、旅行で来ていた泰次郎のホテルを訪ねて以来の仲なのだ。注▼(5) 文壇デビュー作「渦」が掲載された『文藝』(一九四八年一二月)の「編集者の言葉」で、「はじめ氏は何の紹介もなく郵便でこの作品を送られた。掲載決定の後、田村泰次郎氏から特に同氏を推賞して来られたので、両氏が旧知の間であることを知つた」と、早くも両者の深い縁が紹介されている。

したがって、肉体という主題の共通性と、私的な交流の事実が相まって、榛葉が泰次郎と比較されることは必然であった。彼は、「肉体の門」(『群像』一九四七年三月)で先鞭をつけた泰次郎を乗り越えなければならなかったのだ。

榛葉もそれを意識してか、初期作品かつ代表作の「蔵王」(『文藝』一九四九年三月)の中に、次のような記述を挿入している。

敗戦の日本には肉体の文学と云うのが生まれた。この国の人々を人間として国際社会に仲間入りできないほど盲目にさせた神権思想に対する肉体の手荒い復讐である。そしてそれは肉体に被さつた戒律《タブー》のヴェールをひつ剝がすことに確に役立つた。(中略)しかしそんな[復員の若者や街娼の]壮んな交歓を眺めているうちに、ふいに小杉喬の内部に怒りが燃え上つた。肉体の行為は雌雄の行為であつていいのか? 反対に肉体は侮辱されたのではないか? 精神の呪縛を解かれた肉体は、今度は自分を穢しているのである。

名前こそ出していないが、これは主に泰次郎に対する批判と見てよい。思想への不信には同調するが、肉体の解放が極端に走り、人間としての尊厳が失われているのではないかという批判である。

では榛葉は、人間が侮辱されない肉体の解放をどのようにして描いたのだろうか。次節において、「蔵王」に見られる泰次郎やローレンスとの差別化の試みを整理した上で、同作に向けられた賛否を第二節で確認する。第三節以降では、「蔵王」で一定の評価を得たにもかかわらず、以後の榛葉が作家として沈滞した一因として、カストリ雑誌というメディアの問題を指摘する。

❖一、「蔵王」における男女の「復活」

「蔵王」は、榛葉の作家人生の中で最も活発に文壇で取り上げられ、豊島与志雄編纂代表『小説年鑑 2（1949．1―3）』（八雲書店、一九四九年八月）や、日本文芸家協会編『創作代表選集 第4巻』（大日本雄弁会講談社、一九四九年一一月）にも収録された代表作である。

作家を志す小杉喬は、「妻子三人に繋がる下級官吏」としての仙台での生活に「精神の底で疲れ果てて」おり、自分の「小説を内部から輝かす光り」を「喝《ママ》くように求め」、未亡人の宍戸たか子と蔵王に向かった。宿に着いた彼は、たか子の「おどろくほど新鮮で未知な驚嘆すべき実体」を「どこまでも探り確めようと」することで、「腐蝕した表皮が剥がれ落ちて、いま自分からあらゆる不可能が一瞬に消え失せると同時に、いま自分が男性として内部から輝く存在であることを知つた」。続いて「暖かな女のなかに自分を感じた」時、「肉体的に限定されたことが、逆に精神を解放させるのだ。精神のシコリがとれる。考えることがなくなる。同時に自分と云うものの中心がはつきり判る」と、女性の肉体を介して自己の生命力を取り戻す。

一方たか子は、「玄関の間一つ隔てて襖の向うに両親が臥ていた」という不自由な状況に置かれていたことなどのせいで、研一という「夫と夜ほんとの時間を持つたことがなかつた」。さらにその夫は応召し、「マニラで、絞首刑」にされた。しかし、「羞恥を忍んで自分を小杉に見せたとき何かを乗り越え」、「肉体にまつわる過去の暗い影、穢れの意識、研一の冷い掌、隣室のいびき・・・が次第に洗われてゆく過程でたか子もまた生まれ変ろうと」する。すなわち「いまこの偶然な機会から、小杉喬には精神的な、宍戸たか子には肉体的な一つの復活が起りつゝある」というわけである。

ただし、翌朝宿を出た時点では、小杉は「生れ変つたさ」と自身の「復活」を確信しているのに対し、たか子は「そう、いいわね。私は前の通り」と告げているように、鬱屈した心情を抱えたままでいる。二人は遠刈田まで山道を歩き、そこからバスで仙台に帰ることにするが、その道中で見つけた滝のかかる川で、たか子にようやく「復活」が訪れる。なお、この場面のみ彼女に焦点化して語られている。

服を脱いだ小杉の「痩せた筋肉質の白い体が一瞬輝き」、「遠い山と滝」に「嵌め込まれたように見えた」時、「たか子はふいに自分の内部に動く暖かなものに全身の力が抜けた」。小杉がたか子を見つめると、「たか子の内部で何かが急に溶けたようにな」り、さらに「さア、脱いで」と小杉に迫られると、彼女は「男の力に打たれて崩れる女の表情」を見せる。それに続く場面を引用しよう。

放心したまゝ錐みたいに深く揉み込む彼の眼に見られると、柔順に自分の意志を失う快感が酒みたいに彼女を痺れさせて、髪を逆さにして白い茎みたいな背筋を撓わせ服を脱いだ。下着が足許に崩れた。「それも。」小杉は意地悪く強硬に命じた。その強い力はたか子に向いた濡れた裸かの全身からもきた。彼女はまるで抵抗をなくしたようになり、弱く自分を失つて伏眼に眼のやりばがなくて手だけ当ててよろけながら爪先から水にはいつていつた。

たか子は、「放心」し存分に肉体を解放させた小杉の「強い力」によって、自身も「放心」し、これまで果たせなかった完全な肉体の解放を達成する。

このように、「蔵王」は全編にわたり、肉体を介した「復活」という、ローレンスと同様だが泰次郎とは異なる主題で貫かれている。そしてこの受け取り方は、「榛葉氏の作品の意図はあくまでも正しく理解されねばならない。それは単に煽情的な効果を狙ふものではなく、肉体の秘密を通じて、魂の再生する過程を描かうとするものである。それは、従来の肉体文学に新たな方向を指し示すものと言へよう」という「編集者の言葉」（『文藝』一九四九年三月）によって指示されるものでもある。

だが一方で、榛葉はプロットにおいて、ローレンスとの多少の差別化も試みている。「蔵王」では『チャタレイ夫人の恋人』の難点が、次のように指摘されている。

三十年前、D・H・ローレンスも男女の肉体の融合に新しい生命の復活を信じたけれども、学生時代、「チャタレイ夫人の恋人」を読んで、小杉喬はチャタレイ夫人とメローズとの肉体の愛に或る悲劇的なものを感じた。その結末には生命の復活よりも絶望が糸を曳いているように思つた。（中略）小杉はローレンスを乗り越えなければならないと思つた。その思想によつてでなく、小杉自身の肉体を通してである。そこに生きていると云うことのいちばん確かな意味を摑むこと。

肉体を介した「新しい生命の復活」を描く『チャタレイ夫人の恋人』だが、クリフォード卿がコニー（チャタレイ夫人）との離婚を頑なに拒むがゆえに、コニーとメローズの新たな生活が約束されないまま幕を閉じる点などに、小杉は「絶望」を見ているのだろう。

実際、小杉は『チャタレイ夫人の恋人』の男女とは異なる決断を下す。

　昨日落日のなかで自分を燃やした肉体復活の歓喜、それは恐らく現実には何の力も持ち得ないもので、自分の運命は静枝と二人の子供達との側に、平凡で芯の疲れる生活の積み重ねの上にあるのだ。自分は今日これから山を降りて、そして駅で宍戸たか子と右と左に別れる。右と左に。

「復活」の体験を経て、家族との平凡な暮らしに戻っていくという調和型の選択は、不倫相手との生活を求め、極めて不確定な未来に身を投げ出す『チャタレイ夫人の恋人』の男女とは対照をなしている。しかし、「復活」は「恐らく現実には何の力も持ち得ない」ということになると、「蔵王」という小説の根本が揺らぐことになりはしないか。

　また、「自身の肉体を通して」、「生きていると云うことのいちばん確かな意味を摑」み、「ローレンスを乗り越え」るという言い回しにも疑問を抱かざるを得ない。その営為はローレンスの主張そのものなのだから、「ローレンスを乗り越え」るという表現は噛み合わない。この表現は、臼井吉見「展望」(『展望』一九四九年六月)でも、「小杉はローレンスを乗り越えなければならないと思つた。その思想によつてでなく、小杉自身の肉体を通してである」といふやうなたのもしい言葉も出てゐるのである。(中略)実にD・H・ローレンスを乗え《ママ》ようとする野心的作品であることを作者みづから作品のなかで男に語らせてゐるのである」と揶揄されている。

　このような理由から、榛葉が試みたローレンスとの差別化は成功していないと言える。榛葉は一九四九年三月二二日の日記に、「新橋のカナリヤ」という店で瀬沼茂樹《せぬましげき》から「蔵王」を「ローレンスのエピゴーネン」と指摘されたことに対し、「誰でも云いそうな、いちばんみつかり易い」「外面的な［空白］」であり、「眼のつけどころが凡庸だ」と恨み節を書いているが、瀬沼の指摘はもっともではないか。おそらく「欠点」などが入ると思われる箇所が空白にされていることに、榛葉の煩悶を読み込みたくもなる。

❖二、「蔵王」評――「肉体文学の新版である」

では「蔵王」は、泰次郎に代表される従来の日本の肉体文学とは異質な小説であるとは認められたのだろうか。同時代評を確認していこう。「肉体文学は成長したか 理知と本能の対立」(『讀賣新聞』一九四九年三月二八日)において、「田村泰次郎や榛葉英治の諸君は性交を美化したり、神秘化したりすることなくレオナルドにならつて、どこまでも冷酷に性交の光景を観察し、精細な解剖図をつくつてみる必要がある。本能の賛美と、理知の軽視は、ロマン主義者の古い手だ。肉体文学は、ロレンスのように、本能の側からばかりではなく、ラクロのように、理知の側からもつくり出すことができるのだ」と注文を付けた花田清輝《はなだきよてる》や、「期待する発芽(文芸時評)㊦」(『中京新聞』一九四九年四月八日)において、「榛葉英治の「蔵王」(「文藝」三月号)なども、戦争未亡人を取りあげながら、問題を単に性の処理に限つてしまうため、やはり肉体文学の一亜流にしかなりえないように見える」と評した杉浦明平《すぎうらみんぺい》は、「蔵王」に泰次郎からの発展を見出していない。

他方、「創作月評」(『文芸往来』一九四九年五月)の浅見淵《あさみふかし》は、「肉体描写もあり、謂はゆる肉体文学の新版であるが、不潔感のないのがいい。ロオレンス辺りの影響があると思ふが、結局、観念だけが生きてゐて、結末が具象化されてゐないのが慊りぬ」、また、「実感の喪失」(『世界文化』一九四九年五月)の高山毅《たかやまつよし》は、「「渦」「蔵王」の榛葉英治は肉体派に入れてよいのか風俗派に入れてよいのか分らぬが、田村の親友という点から肉体派に入れ、肉体文学を一歩おしすすめているとみてよいのではないか。そうすると「蔵王」などは、ずいぶん観念的傾向をおびているといってよい。殊に相手の女性など、全く作者の観念で動かされているだけで、実感として迫ってくるものがない」と評している。加えて、榛葉の他の小説も含めた批評だが、「肉体派作家論――文壇アプレ・ゲールの清算――」（『女性改造』一九五〇年三月）の猿取哲《さるとりてつ》（大宅壮一）は、「『渦』『淵』『蔵王』などによって頭角をあらわしてきた榛葉は、田村の後をうけて、より多く文学性を加味しているが、それだけに観念的で、作品のもつ迫力が弱い」と指摘している。

彼らは「蔵王」について共通に、「観念的」であることを難じている。繰り返すが、榛葉は「自分を穢」す「雌雄の行為」（「蔵王」）ではなく、人間としての「復活」の儀式として性行為を描こうとした。それは例えば、「腐蝕した表皮が剝がれ落ちて、いま自分からあらゆる不可能が一瞬に消え失せると同時に、いま自分が男性として内部から輝く存在であることを知つた」といった箇所に顕著であるが、これは「観念的」と批判されても仕方なかろう。榛葉は肉体文学から獣性を抜くことに成功した半面、新たな難点を抱え込むことになった。

とはいえ、「肉体文学の新版であるが、不潔感のないのがいい」、「肉体文学を一歩おしすすめている」、「より多く文学性を加味している」というように、肉体文学を発展させているとある程度認められたことは、榛葉にとっての収穫と見てよかろう。

ところが彼は、「蔵王」をはじめとする自身の小説が肉体文学と目されることすら良しとしなかった。その潔癖なまでの信念が窺えるのが、例えば一九四九年三月二六日の日記である。

「サロン」編集部の見島君（二五才）来訪。別冊肉体文学特集に依頼。肉体文学作家と云われるのがいやで、断るつもりだったが、「肉体と性の文学」とタイトルをつけることを云って、引受けた。（三五枚、四・二〇）感心しないタイトルだが、肉体作家にされるよりはいい。この点は今後神経質なほど強調する必要がある。

「肉体文学特集」と「肉体と性の文学」の間にどれほどの差異があるのだろうかという疑念を差し挟みたくなるが、彼にとって「性」は重要な語として規定されていく。

先に触れたように「蔵王」を酷評した臼井に対して提出した「無性格小説論 臼井氏の「蔵王」評に答える」(『文藝』一九四九年八月)の中で、榛葉は「性」を「僕の中心課題である」とした上で、次のように論じている。

肉体という言葉は便利で本質をアイマイにするが、「性《セックス》」と云えば、もつと明確になるようだ。性は肉体だけを規定しているものではなくて、精神をも、人間の全体を支配している。性の観念では、精神と肉体との微妙な襞にも光が当てられ、人間のなかで男と女を動かし支配する根源の力に触れることができる。(中略)この性のもつ深い意味を理解しない肉体の文学は、男女の行為を単にエロチシズムや風俗描写の一片としてしか扱わず、吾々は人情本以来そんな材料は沢山持つている。

榛葉は自身を肉体派と差別化するために、「性《セックス》」という概念を提示している。もっともこれは、「人間の意識の底を流れる根元的で本能的なもの」、「美しさや暖かさと不可分のもの」とされるローレンスの「Ｓｅｘ」注▼(6)を持ち出したものと思われ、やはり模倣の域を脱することができていない。

しかしながら、榛葉は臼井への反論を通じて、自身が作家として追究していく「中心課題」を明確にできたことは間違いない。それにもかかわらず、彼が「蔵王」以降作家として沈滞したのはなぜだろうか。

その理由として、一つには、「性」の追究を深め小説に結晶化させていくことができなかったという文学上の問題を指摘することができる。「文芸時評」（『カルチュア』一九四九年八月）の仲郷三郎《なかさとさぶろう》は、「榛葉英治が「淵」（文藝）を「渦」の第二部として発表したがこれは前作が問題となつただけに注意して読んでもみたのだが、少しくどすぎて、不倫に対する愚痴めいたものを何度もくり返すところが、既にマンネリズムになつている。筋の発展も緩漫《ママ》で、全く退屈した」と書き、また、「文芸時評」（『北国文化』一九四九年一一月）の加藤勝代は、「榛葉英治という作家には「渦」以来、何かひかれるものを覚えていたのだが「流れ」（文藝十月）になると、もう「何だ」という気になる。「渦」で描かれた須賀子は、敗戦後の境遇の激変から来る女の異様な変化の相において、かなり生々と捕えられていたように思うが「流れ」の須賀子は全く木偶にすぎない」と許しており、両者はマンネリズムに期待を裏切られたことを共通に歎じている。そして残念なことに、そもそも文芸時評における被言及数が著しく減少している。

だが、榛葉の沈滞の要因として、作家としての技量の問題以外に、カストリ雑誌というメディアの弊害を見過ごすことはできない。

❖三、『りべらる』の稿料の代償

榛葉は一九五〇年五月七日の日記に、「この二ヶ月、雑誌から注文がこない。「火の踊」（『風雪』一九五〇年五月）も新聞ではとり上げられなかった。「りべらる」に書いたために目に見えない傷を負ったようだ。いくら自己弁護しても、高い精神のある作家のなすべきことではない」と綴っている。彼は生活費を稼ぐため、「次第に性愛、欲望、風俗といったテーマへの傾斜を強めてい」った「広義のカストリ雑誌」である『りべらる』（一九五〇年一月）に、[注▼7]「性愛の魔術師」を寄稿したのだ。

同作の主人公・田上繁は、「婦女四十数名の貞操を蹂躙した好色男で『昭和の青髭』と称せられ」、一九四九年八月に「結婚詐欺で検挙され」た「自称社長淵上茂（五二）」（「色魔淵上またも送検」『夕刊讀賣』一九五〇年五月一五日）がモデルである。榛葉が彼を描くうえで下敷きとしたのが、本文でも「A新聞社発行のA週刊誌」と言及されている『週刊朝日』（一九四九年九月一八日）の巻頭特集「私はダマされた？新女性読本」である。この特集記事には、A子からG子まで七人の被害女性の体験談が掲載されており、榛葉はそのうち五人の体験談を核として「性愛の魔術師」を制作している。

榛葉による彼女らの体験談の改変で目立つのは、官能的な場面の追加である。例えば「D子（二六）ダンサー」が、「今年の二月頃、妻なくて淋しい彼が、母と私と三人で家庭を持とうと一カ月近く此の三畳のバラックで起居しました」とだけ語っているところを、榛葉は想像力を働かせ、田上が「同じ部屋にいる母を無視し」てダンサアの娘を犯し、「その三畳」が「獣の巣」になる様まで筆を進めている。

こうした改変と同じ方向性を有しているのが、「天成の娼婦」と称される一九歳の美女・里美の創造である。彼女のみモデルが存在せず、したがってその挿話も純然たる創作であろうが、それは里美の要求する五千円を工面できないまま五回目の逢瀬に臨んで性交を拒否された田上が、彼女の肉体を観賞し足先を撫でることに耽るという変態性欲的なものである。

これらの点に象徴されるように、「性愛の魔術師」は、カストリ雑誌の編集者および読者に迎合した安易な読物である。[注▼8]「りべらる」に百枚、「文芸」「新潮」の締切一五日で、追い立てられ、どうなるものかと思っている。後者二誌（殊に「新潮」には）いいものを書かなければならないが、神に祈るのみだ」（『日記』一九四九年一二月一日）という記述などから窺えるように、榛葉は文芸誌—純文芸とカストリ雑誌—「生活のための読物」（『日記』一九五〇年一月一二日）を明確に区別し、書き分けを行っている。

しかし、榛葉の意識におけるそうした区分けとは裏腹に、『りべらる』は自誌に、純文芸の新進作家・榛葉英治の像を召喚しようとする。編集部の付けた文章には、「凡ゆる手段で次々と女を犯していく色魔の正体をあばく、純文芸の精鋭がものする快心作」（目次）、「純文芸の新鋭作家榛葉氏の「性愛の魔術師」は、都会生活の不安におのゝく純良の婦女四十数人を毒牙にかけた実在の色魔を拉し来り、解放された筈の近代女性の弱点を縦横の才筆で描破した問題作」（「編輯後記」）、「長篇小説「蔵王」の発表以後、一躍、注目の焦点に立つた、新しき情痴文学の寵児、榛葉英治氏が、詳細な記録の渉猟により、かくされた真相を究明し、更にその奔放な空想力と作家的思想を綾なして、不可思議な女体の深奥を描破せる、堂々百枚に亘る野心的性愛実録の輝かしき凱歌篇を読者に捧ぐ！」（リード文）と、宣伝のために「純文芸」や「蔵王」という語が必ず使われているのだ。このように、『りべらる』の文脈に、純文芸の新進作家・榛葉英治の像が取り込まれることによって、その像は大きく損なわれていると言えよう。

それでも榛葉は『りべらる』（一九五〇年八月）に、「女毒殺者」という二作目を寄稿する。辻勝三郎「粥川博士の痴態」と共に「戦後情痴実相小説特輯」を構成する同作は、医局員・蓮見敏が痴情のもつれから一九五〇年一月に東京大学医学部助教授の渡辺巌を毒殺したという現実の事件に基づき、医師たちと看護婦たちが繰り広げる通俗的な愛憎劇に仕立てられている。

作中、蓮見をモデルとする楠見が、亡くなった助教授と「いちばん親しかつた」者として新聞記者の取材を受ける場面があるが、これは讀賣新聞社E記者による「戦後派犯罪の見本 記者を煙にまいた毒殺魔」（『讀賣新聞』一九五〇年一月一七日）を下敷きとしている。例えば記事中の「先生とは単なる師弟とはちがい精神的なつながりがあつた」という蓮見の発言が、小説では「先生とは、単なる師弟関係ではなく、より以上の精神的な繫がりがありました」と出てくるなど、この場面の文章の大半はこの記事から採られている。

ただし榛葉は、楠見が「であります」という「軍隊時代の口調」を不意に用いたことから、「広島の学校にいた頃、九大医学部の教授や軍医が、米飛行士の捕虜を、或る医学的た《ママ》惨虐な操作で殺したということを思い出し」、「眼の前の記者が、死ということをひどく重大に考えているらしいのが、ふつとおかしくなつた」という彼の連想と心の動きを独自に書き加えている。注▼(9)「東大法学部教授団藤重光」が、「女性犯の特徴といつてよい毒殺という手段を犯人が用いている点をもつと追及したらそこに軍隊で心の荒んだ蓮見なる戦後派青年の性格がさらに出てくるかも知れない」と提言している通り（「変り行く犯罪系列 ゼイタク型蓮見」『夕刊讀賣』一九五〇年一月一八日）、医学的な殺害方法や軍隊体験という観点から蓮見の性格を考究するならば、この事件を小説化する意義が飛躍的に大きくなることは間違いない。しかし、彼のパーソナリティに対して榛葉がこれ以上の考察を加えることはなく、前述したように「女毒殺者」は、通俗的な愛憎劇の域にとどまっている。それは、軽い読物を求める発表媒体の特性上やむを得ないとも言えるが、榛葉の創作態度もまた問題とする必要があろう。

【図1】「女毒殺者」の一枚絵
（『りべらる』1950年8月）

一方明らかに『りべらる』側に非があるのが、雑誌の扉に掲載された高木清による「女毒殺者」の一枚絵【図1】である。その中には、「蓮見は仄暗いレントゲン室に思はざる肉体の触れ合ふ姿を見た。男と女……、それは身に一糸もなかつた。カーテンが揺れ、その渡した紐に白い布がかけられてゐた。蓮見の手は布に延びる。女の神秘の場所を思はせる甘い匂ひが鼻を衝いた。瞬間、蓮見はカッと我れを忘れた」とあるが、こうした文章どころか場面さえ、「女毒殺者」には見られないのだ。同作には、これほど猥褻な描写は存在しない。

榛葉は本文で蓮見を楠見、渡辺を田部に変えてあるが、ここでは実際の名前のままになっていることや、一九五〇年四月六日の日記に、「「リベラル」という雑誌へ書いたものは、新聞に出た事件に取材するという企画。蓮見の毒殺事件だ」とあること、つまりおそらく雑誌主導の企画だったことも考え合わせると、榛葉の入稿より先にこの扉が制作されたのではないかと思われる。そうではなく榛葉の原稿をあえて無視して煽情的な扉を制作したのかもしれないが、いずれにせよ、杜撰な編集により榛葉が過剰に害を被っていることは確かである。

その後、一九五〇年一二月三日に『りべらる』から依頼があると、やはり収入確保のために、「絶対やめるように決心していた仕事をまた引受ける」（『日記』）ということになってしまい、「「りべらる」は毒ガスである」（『日記』同年一二月一二日）と漏らしながらも三作目を寄稿するが、この選択が事件を引き起こす。一九五一年二月一日の日記を引用しよう。

> 「りべらる」の新聞広告で、「女学生痴図」となっているのを見、すぐ文芸家協会へゆく。改題の件で、どうしたらよいかを相談した。「りべらる」社へゆく。謝罪新聞広告を出すように云っておいて出た。放送局へゆき、海野君に会い、同期の連中の会のある目黒の「ひさで」へゆく。十返君もきて、「りべらる」へ去年書いたことが、自分にとって大きな損失になっていることを知った。まだこの問題にひっかかっている自分の愚かさがいやになった。高邁な精神がないのだ。

『りべらる』（一九五一年四月）の「編集後記」によると、原題は「女学生」だったが、「それでは他に同じ題名の既成作品があるので」、編集部で「女学生痴図」に改題したという。注▼(10) その結果、榛葉は『りべらる』の広告【図2】の中で、所狭しと並ぶ他の煽情的なタイトルと調和してしまっている。

加えてこの日記で注目すべきは、『りべらる』に寄稿したことが実際に「大きな損失になっている」と、十《と》返《がえり》肇《はじめ》から告げられている点である。榛葉は同年六月三日にも、詩人の平井弥太郎《ひらいやたろう》から、八木義徳《やぎよしのり》が「鎌倉で、編集者や作家に「榛葉は、リベラルなんかに書いて、いまに北條誠みたいになるだろう」と云っていたという話」を聞かされている（『日記』）。そして決定的なのが、「姉、自分の世評「エロ作家」なりと云う」（『日記』同年一二月一五日）という短い記述である。親族ゆえの率直な物言いは、デビューから数年を経過した榛葉が、世間でどのような作家と目されていたかを端的に物語っていよう。一般に肉体派と見なされていた榛葉は、『りべらる』に寄稿した作家の中でも、世間のイメージにおいて「エロ作家」に転落するまでの距離が短かったと考えられる。

坂口安吾のように、「情痴作家とレッテルを貼られ」、カストリ雑誌に執筆もしていようと、注▼(11)同時に文芸誌等で華々しく活躍し、今日まで名声を保っている作家もある。だが、「渦」と「蔵王」以降、『文藝』や『新潮』といった一流の文芸誌に執筆した小説が振るわず、上昇気流を作り出すことができずにいた榛葉が『りべらる』の重力に抗うことは、甚だ困難であった。

【図2】『りべらる』1951年3月号の広告
（『讀賣新聞』1951年2月1日）

❖おわりに

最後に、原卓史による田村泰次郎への批判を参照したい。

こうした一部の作品［「肉体の悪魔」・「肉体の門」・「春婦伝」］が劇化され映画化されることによって、センセーションをまきおこしていったのに対して、終戦直後に発表されたそれら以外の田村作品は現在ではほとんど顧みられていない。読まれなくなった要因は、エロを求める読者の要請に応じて田村が作品の多くをカストリ雑誌に掲載したことによるものであろう。また、売春、処女、堕胎、姦通、妊娠、不倫など、性をテーマにして堕落をしていく女性の物語、といった類型的な作品を発表し続けたからでもあろう。注▼(12)

泰次郎に向けられたこの批判の大枠は、榛葉に対してもそのまま通用する。彼が一九五一年までに『りべらる』に寄稿した三作はいずれも、「エロを求める読者の要請に応じ」るために、いたずらに「性」を使用した小説だった。この「性」は、榛葉が真摯に追究しようとした「性《セックス》」とは似て非なる卑俗な「性」であることは言うまでもない。肉体文学を更新し、泰次郎を乗り越えることが期待された榛葉だが、泰次郎と同じ轍を踏んでしまったのである。

彼らの事例は、文芸誌で脚光を浴びた作家、特に肉体派とされた作家を、カストリ雑誌が消費したと捉えることもできる。カストリ雑誌は、作家とその原稿を、煽情的な挿絵や編集部の紹介文とともに誌面に取り込み、目次や広告の中で他の猥褻な記事と並べることで、よりエロティックに見えるようにする、暴力的な装置でもある。そのことを逆手に取り、原稿料以外の面で、作家がカストリ雑誌を巧みに利用するようなことはあり得たのだろうか。作家とカストリ雑誌のせめぎ合いの様相は、今後も問うていく必要があろう。

注▼

（1）榛葉英治『八十年現身の記』（新潮社、一九九三年一〇月）。

（2）伴悦「解説・解題」（『岩野泡鳴全集 第九巻』臨川書店、一九九五年八月）。
（3）鎌倉芳信「泡鳴「神秘的半獣主義」の性格――自然主義とショーペンハウアー・ニーチェ――」（『日本文学』四六巻四号、一九九七年四月）。
（4）「神秘的半獣主義」の引用は『岩野泡鳴全集 第九巻』（前掲）より。
（5）榛葉英治『八十年現身の記』（前掲）。
（6）奥村透「ロレンスの性・猥褻・検閲観と『チャタレー』裁判」（『英文学評論』六二号、一九九一年九月）。
（7）石川巧「占領期カストリ雑誌研究の現在」（『Ｉｎｔｅｌｌｉｇｅｎｃｅ』一七号、二〇一七年三月）。
（8）『りべらる』以外の事例だが、榛葉はカストリ雑誌『オール・ロマンス』の芝田真に、原稿を「エロティックに直してくれという注文」を付けられている（『日記』一九五二年一〇月一二日）。おそらく『りべらる』の編集者も、これと同様の期待を榛葉に寄せたことだろう。
（9）蓮見にはアジア太平洋戦争中、日本歯科医学専門学校を卒業する前に応召し、広島の海軍衛生学校で海軍歯科見習尉官となった経歴があった。
（10）「女学生」の梗概は以下の通りである――女学生・木原真佐子は、友人たちと芦の湖へキャンプに出かけた際、「京都の公卿華族と自称」する大学生・綾小路と出会う。東京に戻ってから、真佐子は女学院の前で綾小路に待ち伏せされ、松林で犯されるが、肉体の「痺れるような感覚」が忘れられず、彼のアパートで逢瀬を重ねる。ところが、綾小路が「モヒの密売で検挙され」たことで、真佐子に対して名前や身分を偽っていたことが発覚し、絶望した彼女は芦の湖に入水する。
（11）和田博文「カストリ雑誌という装置――坂口安吾は、一陣の風のように――」（『早稲田文学』一九九二号、一九九二年五月）。和田は「読者の欲望に迎合する作品を、彼［安吾］はカストリ雑誌に書いていない。安吾のネームバリューは、雑誌を売るには好都合だったろうが、原稿内容は地味で目立つものではない」とも指摘しており、その点も榛葉との差異だと言うことができる。
（12）原卓史「田村泰次郎とカストリ雑誌」（濱川勝彦・半田美永・秦昌弘・尾西康充編著『丹羽文雄と田村泰次郎』

学術出版会、二〇〇六年一〇月）。

第二章

モデル小説の応酬とその批評性

——榛葉英治『誘惑者』と四条寒一「縄の帯」——

◉加藤 優

❖はじめに

本章では榛葉英治『誘惑者』(光文社、一九五八年九月)を取り上げる。榛葉は一九五八年七月に『赤い雪』(和同出版社、一九五八年二月)で第三九回直木賞を受賞した。『誘惑者』はその受賞後初の書きおろし長編小説という華々しい肩書きをもっている。しかし、肩書きとは対照的に『誘惑者』の執筆時期、殊にその執筆が始められた一九五二年から一九五三年は榛葉の作家人生にとってどん底と言うべき時期だった。

当時の榛葉は女性や性を題材にした純文学志向の作品を発表するものの、それらが肉体文学的な中間小説としてみなされ、まとまった収入を得られないという状況に陥っていた。当時の榛葉の困窮は相当なもので「生活がどん底においこまれた」(『日記』一九五二年二月二七日)との言葉通り、日記には丹羽文雄《にわふみお》ら作家仲間に借金をくり返す日々が記されている。こうした状況に追い打ちをかけたのが妻・和久里の自殺未遂だ。初期の代表作「蔵王」(『文藝』一九四九年三月)をはじめ、榛葉の作品にはしばしば女性を観念的にしか描けていないとの批評が寄せられていた。注▼(1) 榛葉はその解決策を「妻とは別の生きた女を書」くことに見出し、それを「女房を相手じゃ小説は書けん。お前が邪魔だ……」といった言葉で妻に話していた。注▼(2) こうした榛葉の無思慮な態度が妻を苦しめたことは想像に難くなく、妻の和久里は一九五三年二月一九日に大量の催眠薬を飲み服毒自殺を図る。生活状況のひっ迫と妻の自殺未遂、こうした状況において榛葉はこれまでの作風を見直す必要があった。そこで榛葉が「今までのカラを破った、自分としては初めての小説を書きたい」(『日記』一九五三年一月一日)との思いで取り組んだのが「破片」(『新潮』一九五三年八月)、「鱶」(『小説公園』一九五五年四月)、「暗い波」(『新潮』一九五五年七月)の三つの小説だ。

この三作品はいずれも四条寒一《しじょうかんいち》という実在の作家に取材し書かれた小説で、それは榛葉にとって初めてのモデル小説の試みだった。本章で取り上げる『誘惑者』は「破片」、「鱶」、「暗い波」の三作品に未発表の作品を加え、再構成し直したものだ。『誘惑者』が榛葉にとって初のモデル小説だったことは重要だが、もっとも興味深い点はモデルになった四条と榛葉とのやり取りにある。四条は榛葉が書いたモデル小説に不満を覚え、逆に榛葉をモデルにした小説「縄の帯」(『隊商』一九五六年九月)を発表するのだ。本章では榛葉英治と四条寒一との間で交わされたモデル小説の応酬に焦点を当て、そこから見えてくるモデルの権利問題やその同時代的な批評性について考察してみたい。

本章の構成を簡単に確認しておこう。第一節ではまず榛葉英治と四条寒一の関係性について整理する。第二節では『誘惑者』の内容と日記の記述との対応を考えることで、モデルの話が小説化されていく過程とその問題点について論じる。第三節では「縄の帯」において榛葉への報復がどのようなかたちでなされていたのかを検討し、それが当時の榛葉の作家像や作品を貶めうるものだったことを論じる。そして最後の第四節では『誘惑者』と「縄の帯」を同時代の文壇の状況に照射することで、石原慎太郎《いしはらしんたろう》「太陽の季節」(『文学界』一九五五年七月)以降の若者を描こうとする文壇のパラダイムと二人のモデル小説の応酬が関わっていたことを論じる。なお、本章では『誘惑者』と「縄の帯」、さらにその改稿過程について論じるため複数の時期、作品を取り上げることになる。そこで章末に榛葉英治『誘惑者』関連年譜を付し、作品の発表時期や主な出来事をまとめた。考察と併せて参照いただきたい。

❖一、榛葉英治と四条寒一

『誘惑者』の主人公・石谷紘平は詩人でＩ高を中退し、自らの悪の哲学に従って盗みや放浪をくり返す退廃的な生活を送っている。この石谷のモデルになったのが四条寒一で、榛葉は四条とその交際相手に取材し『誘惑者』を執筆している。注▼(3) さらに榛葉自身も石谷に取材する中年作家・加治順造として作品に登場する。『誘惑者』はモデルを描く側とモデルに描かれる側の双方が登場するテクストなのだ。まずは『誘惑者』のテクストに入る前に榛葉英治と四条寒一の関係性を確認しておこう。

榛葉の日記に四条が初めて登場するのは一九五二年五月のことで、榛葉は当時の学生の実態を調べるため新宿の角筈にあった「リラ」という店を介し、四条や東大生に取材を申し込んでいる。当時の日記を見ると「外へ出て、多くの人に会うこと必要だ。あらゆる社会をとらえて多くの人に会い、調査し、現代社会をえがく」(『日記』一九五二年三月二八日)と書かれており、学生への取材もその一環であったと考えられる。取材を経た同年一一月に榛葉は早くも四条をモデルにした小説「死者の世界」を構想し、これは翌年の一九五三年五月に「破片」と改題され発表された。さらに一九五四年の九月からは四条の交際相手である百合野和子への取材も始められ、二人への取材はこの年の一二月に終わっている。

今日、四條、百合野より話を聞いた。この話もこれでうちきりで、大体きくだけは聞いた。あとはフィクションと人間の浮き彫り。落着いて一気に書いてしまいたい。しかしどんな角度で書くべきか迷っている。長さも決っていない。

(『日記』一九五四年一二月一八日)

取材終了時に長編小説化の構想は決まっていなかったようだが、翌年には二人をモデルにした「鱶」、「暗い波」が発表された。

日記には榛葉と四条の間でモデル料のやり取りがあったことも記されている。榛葉はその具体的な金額として原稿料の一割にあたる七〇〇〇円を四条に支払ったと回想しており、注▼(4) 明文化されていたかは分からないが二人の間にはモデルとしての契約がなされていた。では、モデルになった四条寒一とはどのような人物だったのだろうか。

四条寒一は同人誌を中心に活躍した作家で一九五〇年代に詩、小説を数本発表している。注▼(5) 当時の著者紹介をみてみよう。注▼(6)

> 長崎県島原市に生れ、旧制一高（現東京大学教養学部）文科二年で中退した。（その前理科乙類に二年在学。都合五年間駒場の一高寮に生活）酒色に溺れ、儒学者の老父から勘当され以後、各地（北海道、長崎、小豆島等）を転々として、家庭教師やバーテン、雑文書き吏には看板描きなどをやり探偵小説の翻訳、財界人伝記執筆などで食をつなぎ現在は同人雑誌「隊商」に所属しながら火野葦平氏に師事、最初は詩作に専念していたが生来の虚無感覚に溺れ、アナーキーな危険な思想の故を以て、誤解など招くことが多かった。ランボー・富永太郎等の詩作品に惑溺。主なる作に『縄の帯』他未発表作品が多い。

ここで四条が師事していたとされる火野《ひの》葦平《あしへい》は『九州文学』（一九五七年一二月）にエッセイ「四条寒一君について」を寄せている。

> 厄令な素質を持って生まれ、それを持てあまして、ちょっと見ただけではえたいの知れない外貌を示す作家がある。乱れがはげしく出鱈目のように見えるときは誤解もされるが、投げださずにその底にあるものを見失ってはならないのである。太宰治、坂口安吾、織田作之助というような作家がさうであった。もう

戦後ではないから、アプレの乱れは警戒しなくてはならぬが、人間と才能の閃めきは時代とは関係がない。四条寒一君は『縄の帯』の出発から、そんな乱れのなかに冷やかな眼で底光りする悲しみを描きだして来たユニークな新人であって、この『躓きの石』も、親子の深刻な問題を不気味にとらへた力作であると思う。むろん、完璧ではないが、私たちはどんな欠点や不完全のなかにも、やがて光りだすものを発見しなければならないという意味で、この作品を推薦する。

四条を無頼派と重ねる火野の評価はやや大げさな気もするが、「同人雑誌評」（『文学界』一九五六年一二月）では四条の作品が「芸術無頼派の生活に焦点を合せたというべきもの」として「格段にうまかった」とされており、火野の評価と併せて四条への好意的な評価が窺える。ここで強調しておきたいことは四条寒一が当時の文壇において一定の知名度を有した作家だった点だ。つまり、榛葉は文壇の同業者を『誘惑者』のモデルに選んでいるのだ。この榛葉の選択が後々四条との間で生じたモデル問題を複雑にしていく。具体的に言うと榛葉の小説でモデルにされた四条はその内容に抗議し、逆に榛葉をモデルにした小説を発表するのだ。このモデル小説の応酬はその後の榛葉の創作活動に重要な意味を持つのだが、注▼(7) それ以上にモデル小説を描く作家の力学やモデルの権利といった広い問題系がそこからはみえてくる。次節では『誘惑者』のテクストに注目し、二人のやり取りの内実とそれが作品化されていく過程をみていこう。

❖二、四条寒一をモデルにして—榛葉英治『誘惑者』—

『誘惑者』の執筆にあたって榛葉は、日記と別に四条寒一とその交際相手への取材をノートにまとめていたと思われるが、残念ながら実物は確認できていない。しかし、その時のやり取りや取材内容の一部は日記にも事細かに書かれている。この日記の記述と『誘惑者』のテクストとを対応させることで作品の成立過程を追ってみたい。注▼(8)

次の引用は『誘惑者』冒頭の石谷紘平と加治順造の出会いの場面である。

二十六、七の男は色白な顔に似合わず太いしわがれ声で言うと、額の髪を細い指でかきあげ、順造をみつめてから仕事部屋の座敷を見まわした。不精髭がのびた痩せた頬に薄笑いを浮かべていた。汚れたワイシャツの肩が破れて青白い肌がみえ、ツギのあたった白コール天のズボンをはいている。

棒葉が四条に初めて会った日の日記には「四条くる。乞食みたいな格好だ。背や袖が破れた紺の背広、膝の破れた白コール天のズボン、四条に酒屋宛の手紙を持たせ、焼酎四合借りる」(『日記』一九五二年七月一二日)と書かれており、引用部のみすぼらしい石谷紘平の姿は実際の四条の容姿と「乞食みたいな格好」という棒葉の印象をもとに造形されていることが分かる。さらに実際の二人のやり取りが細かに小説に取り入れられている場面もある。少し長い引用になるが棒葉が四条と口論になった日の日記をみてみよう。

夜、四條がきた。三田のアパートへゆこうというので、いっしょに出た。神谷バアで一杯飲んだ。四條、古本屋で本を二冊万引し、それがみつかり、自分は顔見知りの主人に謝り、今度だけ許してもらうことにした。三田アパートへゆき、ウィスキーを飲み、和子さんと何か話しているうちに、自分は怒って、とび出した。四條おっかけてきて「刺すぞ」という。自転車を拾って、渋谷駅まで出る。翌日、四條と百合野に絶交状を書いたが出すのはやめた。今後、四條とは一切交渉を絶つことにした。彼とつき合っていると、自分まで汚れていくような気がする。

（『日記』一九五五年一月一八日）

この出来事はほぼそのまま『誘惑者』の第六章「靄」に描かれている。印象的なのは榛葉との口論で四条が言った「刺すぞ」という言葉が小説にも書かれている点だ。榛葉は日記と取材ノートに書いた実際の四条とのやり取りを『誘惑者』に小説として細かに書き起こしている。実際のやり取りを忠実に書こうとする榛葉の創作態度は『誘惑者』をモデル小説として確かなものにしていく一方で「モデルのどこまでが作品の素材になるか」という問題を生じさせることになる。

『誘惑者』には四条の交際相手・百合野和子がモデルになった嵯峨野泰子も登場する。作中で泰子は外資系商社に勤める嵯峨野元彦の妻として何不自由のない生活を送っていた。しかし、石谷と出会い、ありきたりな生活での満たされない思いから彼と関係を持ってしまう。『誘惑者』の後半は泰子と石谷との関係に焦点が当てられており、泰子は『誘惑者』のヒロインと言って差し支えないだろう。作中で泰子と石谷は加治順造の家に下宿するのだが、そこで加治は石谷が泰子に宛てた手紙を目にしてしまう。

「昨日、加治氏のところへ行ったのか？　首尾はどうでした？　君の創作の前に、彼など一たまりもなかったと思うが、たっぷり籠絡するといいよ。それだけの珍味でもないけど、骨までしゃぶってみるのは、結構、面白いことです。それとも僕は、疑心暗鬼にならねばいけないのか。あいつは馬鹿で、慎みがあるようで、不謹慎な男だから、君に言い寄ったりしたかもしれないな。いい気になって、そういうことでも、たっぷりとからかっちゃいけないよ。」

加治を愚弄する石谷の手紙は実際の四条の手紙にもとづいている。一九五四年一二月一八日の榛葉の日記には「どうせたいした珍味でもないが、骨までしゃぶってやれ」、「あいつはばかだから」、「あんまりたっぷりからかわないように」といった引用部に重なる四条の手紙の内容が書き留められている。

本節で注目したいのは手紙の内容ではなく、むしろ手紙を作中に引用した榛葉の行為だ。作中には手紙のほかにも泰子の日記、それからその夫の元彦の手記も登場する。榛葉が実物を目にしてこれらの内容を書いたかは定かでないが、『誘惑者』には人物の内面を掘り下げるために手紙や日記といったモデルにとって非常にセンシティブな素材が用いられた形跡がある。モデル小説という性質上——作者とモデルに契約があるのであれば——作者が取材で見聞きしたモデルの情報を小説に書くことは当然だろう。しかし、モデルは自分のすべてを作品の素材として作者に提供しているわけではない。モデルにはモデルなりの素材をめぐる線引きがあるはずだ。榛葉の創作態度は実際のやり取りを忠実に描こうとするあまり「モデルのどこまでが作品の素材になるか」という点に無自覚だった可能性がある。それを如実に示した、モデル小説発表後のふたつの後日談をみてみよう。

ひとつは『誘惑者』で嵯峨野元彦として登場する、百合野和子の夫の自殺だ。四条と百合野和子をモデルにした「暗い波」が発表された翌月の『毎日新聞』（一九五五年七月九日）では中央線に飛び込んだ身元不明の遺体が報じられており、四条はこれが百合野和子の夫の自殺だったと榛葉に明かしている。自殺の要因を知るすべはないが、榛葉は百合野和子への取材づてにその夫を小説に書いたことを日記に「ペンを持つものの深く自戒しなければならないのを知った」（一九五五年八月三日）と記している。注▼(9) 百合野和子の夫の自殺からはモデルを介して知り得た第三者が作品の素材になるのかという問題がみえてくる。

もうひとつは四条との間で起こった詩の引用をめぐる騒動である。先述した「暗い波」は発表後すぐに演劇化され、一九五五年一一月一五日に一橋講堂にて「破片」のタイトルで上演されている。この演劇をめぐっては上演前の一一月一二日に四条から榛葉へ劇中に使われている詩、日記の一部を取り消すよう相談があった。しかし、榛葉は日記の削除を認めず、四条が榛葉に無断で台本の該当部分を削除させるトラブルがあったようだ。注▼⑩ このとき四条が作品全体ではなく、あくまで詩と日記の引用を問題視したことに『誘惑者』の問題が端的に示されている。つまり、モデルの四条にとって詩と日記はモデルの素材の範疇を出るもので、自分の著作権にも関わるものだった。しかし、榛葉はモデル小説の名目でそれをも作品の素材にしてしまった。榛葉と四条との騒動の背景にはモデルとその著作とをめぐる問題があるのだ。

四条寒一の体験を事細かに書き起こす『誘惑者』の試みは、作者の榛葉からすればモデルに忠実に小説のリアリティを追求する文学的営為といえよう。しかし、これはモデルの四条や百合野和子からすれば手紙、作品、日記など、自分のすべてが小説の素材にされ、明かしたくない内面までもが赤裸々に暴かれる体験になり得る。とくに作家だった四条にとって日記や詩が小説の素材にされることは自分の著作権にも関わる問題だった。さらにモデルを忠実に描くためには直接の取材対象ではない人物まで書く必要があり、その問題はモデルの周辺にまで波及する。百合野和子の夫の自殺、四条とのトラブルにはモデル小説の権利問題や影響力についての榛葉の無自覚さが示されているのだ。次節では『誘惑者』への報復として書かれた四条寒一「縄の帯」に注目することで、榛葉の営為がモデル側からどのようにまなざされていたかをみてみよう。

❖三、榛葉英治をモデルにして─四条寒一「縄の帯」─

一九五六年の九月、四条は同人誌『隊商』（一九五六年九月）に小説「縄の帯」を発表する。「縄の帯」には中年作家の笹田に「小説のネタを提供」している統三が登場し、笹田が統三の小説を書きあげていく過程が描かれている。あらすじからも明らかなように、先述した「破片」の騒動の翌年に発表された「縄の帯」は四条が榛葉をモデルに書いた小説である。この小説は一九五六年一二月に雑誌『若い広場』にも一部加筆され連載されており、ここでは初出時より細かな描写が付け加えられた『若い広場』版を中心にみていく。注▼(11)

「縄の帯」について、榛葉はその感想を「ただ復讐のためだけに、中年作家を愚弄するために書いている。多少表現にうまさはあるが、この心情の汚さと、ウヌ惚れは、この男を作家にはしない」（『日記』一九五六年一一月七日）と書いている。勝手に小説のモデルにされた憤りはもっともだが、榛葉は四条に「双方でモデルにしたというイミ」で「プラス、マイナス、ゼロだ」との電話をかけ（『日記』一九五六月九月一八日）、モデルになったことへの理解も僅かに示している。モデルにされたこと以外に憤りがあったならばそれは何だろうか。実は「縄の帯」は榛葉をモデルにしただけでなく、榛葉の著作や同時代評を取り入れながら書かれている。つまり「縄の帯」は榛葉英治を単なるモデルとしてではなく、作家として「愚弄するため」のテクストなのだ。榛葉の憤りはモデルにされたことよりも、こうした「縄の帯」の〈批評性〉に向けられていたように思われる。そこで「縄の帯」以前に発表された榛葉の「破片」との対応関係からその〈批評性〉を考えてみたい。

「破片」で四条をモデルにした石谷は火葬場から持ってきた「僕のワイフの骨」を作家の加治に見せ、自分が「人間の愛とか誠実、信義なんかを信じない」ナポレオンの側近「フーシェ」を尊敬していると話す。引用部はその後に続く部分である。

加治はフーシェというフランス革命史の人物を知らなかったが、その悪人を尊敬するという詩を書く若い男の陰った黒い眼と、コップの横に転がった灰色の骨のかけらと、その詩のすぐれた感覚とが、とけ合わないばらばらな形で、彼のなかにはいった。

この場面は「破片」のタイトルの由来にもなっている重要な場面だ。しかし、「縄の帯」の同じ場面では笹田の「きみの話は哲学じみたことばかりじゃないか、小説には哲学は要らん、具体的な君達の話をしろよ、アナーキーの具体的生活を」という台詞が付け加えられ、その文脈は「破片」のそれとずいぶん異なっている。「破片」では石谷の話からバラバラの彼の感覚や思想を掴もうとする加治の姿が、「縄の帯」では単なるアナーキーな若者の話を求める姿へと書き換えられているのだ。「縄の帯」は榛葉が四条をモデルにして書いた作品を下敷きにして、その作中の出来事を違った角度からとらえ直し批判している。その中には四条をモデルにした以外の作品が用いられている部分もある。

――デビュー作品の「摩周湖」の描写はこうだった。あれは、小説家と未亡人の温泉宿での描写だった。…よし子のからだが細かくふるえて、低く泣き出した。おどろいて孝司は、眼をあげた。『どうしたの？怒ったの？』『ううん、いうのはずかしい……』……

（「縄の帯」第二回）

たか子の髄が細かく震えて、低く泣き出した。おどろいて、喬は、眼を上げた。たか子のつぶった限尻には、涙がにじみ出ていた。
「どうしたの？　怒ったの？」
「ううん、いいの。はずかしい……」

（榛葉英治「蔵王」、『文藝』一九四九年三月）

「縄の帯」の笹田は「文壇に登場したての頃」は良い小説を書いていたが、「『ひとりの女』という小説で失敗」しぱっとしない作家生活を送っている。笹田のデビュー作として作中に登場する「摩周湖」は当時の榛葉の代表作「蔵王」の一部と同じである。「縄の帯」は貧しい中年作家の笹田を通して榛葉の作家像、作品を貶めようとする小説なのだ。この小説の意図に気づいた榛葉が「同人誌評には気を付ける必要がある」（『日記』一九五六年九月二〇日）と思ったのは当然だが、当時どれほどの読者がこの意図に気づいただろうか。そもそも榛葉と四条の関係を知らなければ「縄の帯」の〈批評性〉には気づかないのではないだろうか。

推察の域を出ないが、榛葉にとって「縄の帯」のもっとも警戒すべき点は次のような部分にあったと考えられる。

「いや、何もわしは……観念的な小説はわしは認めないと言《ママ》んだよ。たとえば今の若い人たちにもてているO氏のものなどね、あんなのは文壇の主流からだんだん忘れられて行きますよ、わしはそう信ずるし現にその兆候もある。第一、女が書けてないよ女が。わしの事をA氏が、知っているだろう？　評論の大御所A氏。A氏が笹田という作家は何か恐ろしいものを持っている、と言ったそうだがね」笹田は声を落した。

（「縄の帯」第二回）

笹田の発言に登場する「A氏」は榛葉を「この作家には、何か不気味なところがある」（「文芸時評」、『朝日新聞』一九五五年六月二九日）と評していた青野《あおの》季吉《すえきち》のことだ。他の場面でも笹田は「日本0番地」を書いた「I氏」の新作について「モノになるかどうかわからないし、生活に窮して出版社をたかり歩き、遂には相手にされなくなっ」たと語るのだが、「I氏」は『東京0番地』（筑摩書房、一九五五年九月）を発表していた井上孝とみて間違いない。「縄の帯」にはアルファベットにされ文壇ゴシップ的な欲望を喚起させる部分が複数確認できる。同時代の読者がこれを特定できたかは別として、榛葉にすれば純文学作家として再出発したい時期に「縄の帯」のゴシップ的な側面が話題にされ、文壇での地位が貶められる事態は避けたかったはずだ。ゆえに同人雑誌評に気を配っていたと考えられる。

四条寒一「縄の帯」は単に『誘惑者』への報復として榛葉をモデルにしただけでなく、その著作や同時代評を用いて作家・榛葉英治を批判するテクストだった。文壇ゴシップ的な要素を喚起させる「縄の帯」の手法は、純文学作家としての評価を望む榛葉にとって、自身の作家像や作品を貶めうる危うさを含んでいた。次節では二人の作家によるモデル小説の応酬を当時の文壇の状況に照射して考察する。そして、この応酬が若者を描こうとする当時の文壇のパラダイムにも関わっていたことをみていきたい。

❖四、若者をまなざす視線

ここまでモデル小説の権利問題や影響力についての榛葉の無自覚さ、さらにそれを批評する「縄の帯」をみてきたが、榛葉のモデル小説の試みは必ずしも失敗したわけではない。実は後年に榛葉が「私は作家として自分がまだ認められていることを知った」と述べるように、注▼[12] モデル小説、特に「暗い波」は当時の文壇で好意的に評価されていた。たとえば、青野季吉の「現代の青年男女の崩れた面だけを寄せあつめた地獄図のような小説」（「文芸時評」、『朝日新聞』一九五五年六月二九日）といった評価や、平林たい子の「まさに現代生活の典型にぴたりと当てはまっている」（「文藝時評」、『文藝』一九五五年八月）といった評価が挙げられる。そこで「暗い波」の時代性や「青年男女の崩れた面」が評価の俎上に載せられた背景を考えてみたい。

「暗い波」が発表された一九五五年七月には第三四回芥川賞を受賞する石原慎太郎「太陽の季節」（『文学界』一九五五年七月）が発表されている。広く知られていることだが、「太陽の季節」に描かれた享楽的な若者像は同時代の若者の間で「太陽族」として受容されブームになる一方で、その退廃的な作品性は芥川賞選者の論争を代表例に批判もされていた。注▼(13) 先述した青野、平林の「暗い波」評価は「太陽の季節」に象徴される若者像との重なりを肯定的に捉えていたように思われる。つまり、榛葉のモデル小説は図らずも文壇の時流に合致するものだった。ただ、「太陽族」への批判が盛んになる一九五六年以降は、その批判を背景に「暗い波」の続編「愛の貌」、さらにはそれらをまとめた『誘惑者』の刊行が複数の出版社から断られていたことは注意しておきたい。注▼(14) 榛葉にとっては諸刃の剣でもあった「太陽族」ブームだが、ここでの評価は『誘惑者』と「縄の帯」との関係をとらえ直す上で有効な視座になる。

「暗い波」発表後の一九五五年九月に榛葉は井上孝——皮肉にも「縄の帯」では「I氏」として揶揄されていた——に「破片」の書きおろしを新潮社から出すよう勧められている。翌年の五月に井上の勧めを受けて「破片」は原稿用紙五六二枚の長編小説に改稿されており、これが『誘惑者』の原型になっている。この長編化の過程で榛葉は構成のほかにも内容面で多くの改稿をおこなっている。とくに印象的なのは榛葉をモデルにした加治順造が中年作家だと強調された点だ。

たとえば初出の「破片」では「僕が訊きたいのは、文学をやる君らと、モラルの関係だよ」と書かれていた加治の台詞が、『誘惑者』では「僕がききたいのは、文学と道徳の関係だよ。僕ら四十代の者は、学生時代にも、文学をやる人間は、悪いことはできないと頑強に信じていたがね」と改められ、さらには加治の言葉をすぐに理解できない石谷の反応が加筆されている。『誘惑者』では加治の「四十代」という年齢がくり返されることで逆説的に石谷の若さが強調され、二人の世代間が前景化している。次の引用部はそれが顕著に示された部分だ。

石谷鋼平には、加治をひきつける何かがあった。それは共通に自分のなかにもあるものかもしれないと考えた。石谷のなかにあるばらばらなもの、そこまでつき抜けると、何も支えるものがなく、裸の存在があるだけだというひとつの設定をして、加治はそれに惹かれていたのかもしれない。何よりも彼は、石谷を書きたくなった。

（「破片」、『新潮』一九五三年八月）

この若い放浪詩人には、加治をひきつける何かがあった。それは何か、考えてみた。最初、きたとき、石谷から、ばらばらな印象をうけた。この若い男の内部には、自分でもわからない混沌としたものが渦巻いているようだ。傲慢と卑屈、乾いた野望と自信のなさ、彼にはそれらがごっちゃに棲んでいる。信じるものも、精神の支えもなく、ばらばらに砕かれた裸の存在があるだけで、それは戦争が生んだ人間の破片ではないかという設定をして、加治はそんな若い荒廃した精神に惹かれていたのかもしれないのだ。

（『誘惑者』）

初出で抽象的に「共通に自分のなかにもあるもの」と書かれていた加治の石谷への共感は、『誘惑者』で「若い荒廃した精神に惹かれていた」と具体化されている。さらに『誘惑者』では「若い放浪詩人」、「若い男」といった表現で石谷の若さが強調されたことも分かる。榛葉は同時代評で評価された「世代感情」[注▼15]、「青年男女」といった主題を明確にし、「四十代」の中年作家・加治が「若い放浪詩人」石谷に共感する物語として『誘惑者』

への改稿をおこなっているのだ。

では、一方の石谷の人物像はどのように改稿されているのだろうか。『誘惑者』での石谷の言葉に注目すると「加治という中年作家を認めていないし、尊敬もしていない」、「加治順造。四十何歳かの作家。落ちぶれかかってあがいている」といった加治を蔑む言葉が書かれている。一見すると石谷は加治に共感していないように思われるが、この後には加治に惹かれる石谷の姿が描かれ、その蔑みはかえって結局結びつく二人の共感を印象づけている。改稿に際して石谷もまた加治に共感する人物として書かれているのだ。

ただ、石谷が加治と接した際に抱く「利用されてるのは彼を軽蔑しているおれの方なので、あの男は、おれより一枚上手なのか?」という疑念は見逃すことができない。石谷は作品を執筆する加治の「憑かれたような眼」の前では自らの悪の生き様も「操り人形」でしかないと感じてしまう。ここには共感の裏にある石谷への加治の優位性が示されている。つまり、『誘惑者』において榛葉は退廃的な若者像への共感を示しながらも、それを一歩引いて見下ろす作家の立ち位置を演出しているのだ。これは当時二三歳の石原慎太郎が同世代の若者を描いた「太陽の季節」に対する『誘惑者』なりの差異化として捉えることができる。そこで最後に『誘惑者』の戦略性に対する「縄の帯」の位置づけを確認し、若者を描くことが評価された文壇への「縄の帯」の批評性を考えたい。

すでに「縄の帯」が文壇ゴシップ的な要素を取り入れ榛葉を批判するテクストだった点は論じたが、その批判は『誘惑者』で榛葉が強調した、若者を描く中年作家のまなざしにも向けられている。


「面白いぢゃねえか、飲み代位たかれるんだからやれやれと統三をけしかけてるんだがね。大戦争のあとなんだからインテリ青年のなかには暗い途徹もない虚無の世界に落ち込んでいるのがいるにちがいない、というんだとさ、秀才でそれでいて無道徳の享楽主義のね、わしはそれを書きたい観念的な小説でないやつを書きたい、わしの言う新現実主義の生々しい傑作を、というんだとさ。へっへ。統三の捏造話をねえ。ねがわくば傑作が出来ますように。」

（「縄の帯」第一回）

笹田は「新現実主義の生々しい傑作」を書くため統三に取材するのだが、笹田が「面白い」と思って書き留める統三の話は彼の「捏造話」でしかない。笹田は統三の「捏造話」を作中の現代における本物の若者像だと思い込んでいるのだ。「縄の帯」ではモデルの体験から書き起こされた若者像が結局は仮初めの若者像だったことが示されている。

改めて第三節で引用した「小説には哲学は要らん、具体的な君達の話をしろよ、アナーキーの具体的生活を」という笹田の発言をみてみよう。ここで「作品が凡てなんだ。傑作を書く為には何をしてもいい」と考える笹田は、統三の思想や哲学を無視して彼をアナーキーな若者の枠組みに押し込み捉えようとしている。「縄の帯」において笹田はリアルな若者をモデルにして、自分の思い描くフィクショナルな若者を描く滑稽な中年作家なのだ。これは当時の若者像を描いたという榛葉のモデル小説への評価、それを受けての『誘惑者』への改稿を突き崩してしまうような批評性を持っている。さらに「太陽の季節」以降の文壇の状況に鑑みれば、「縄の帯」は退廃的な若者像を描いたモデル小説を評価するパラダイムそのものへの批判を秘めていたのである。

本節での議論を簡単にまとめておきたい。榛葉が四条をモデルにして書いた「暗い波」は同時代の「太陽族」ブームのもとで当時の退廃的な若者像を描いたことが評価されていた。榛葉はこうした評価から『誘惑者』で石谷を退廃的な若者として造形し、加治が中年作家であることを強調することで二人の世代間を前景化させている。さらに作中で石谷は自分の退廃的なふるまいが加治の前では意味をなさないと感じている。『誘惑者』

での石谷に対する加治の優位性は、若者をまなざす中年作家というかたちで「太陽の季節」を差異化している。しかし、「縄の帯」はこうした榛葉のモデル小説の試みを批評していた。「縄の帯」はモデルの若者の「捏造話」を本物の若者像だと信じる、滑稽な中年作家を描く作品だった。これは榛葉のモデル小説に対する個人的な批判としてだけでなく、「太陽の季節」以降に文壇で評価された若者をモデルにした小説そのものへの批判にもなり得るものだった。

❖おわりに

本章での考察を改めて振り返ろう。榛葉英治『誘惑者』は作家・四条寒一の体験と四条に取材した際の榛葉の体験を描いたモデル小説だが、忠実にモデルを描こうとする榛葉の創作態度はモデルの素材をめぐる権利問題や影響力に対して無自覚だった。四条寒一「縄の帯」はこうした榛葉の態度への報復として書かれ、四条の側から榛葉とのやり取りを書き直し、榛葉の作品や同時代評を作中にゴシップ的に描くことで、当時の文壇における榛葉の作家像や作品を貶めることを意図したテクストだった。この二人のモデル小説の応酬を石原慎太郎「太陽の季節」発表後の文壇の状況に照射してみると、『誘惑者』は中年作家が若者をモデルに描くという点で「太陽の季節」を差異化している。「縄の帯」はこうした榛葉の試みを批判し、さらには若者をモデルにした小説を評価する当時の文壇への批判にもなり得るものだった。

まとめたように本章では『誘惑者』と「縄の帯」を突き合わることで、モデル小説という枠組みから生じる権利の問題やその同時代的な批評性について考察してきた。このモデル小説の応酬は同時代において文壇の主流から外れた作家同士の些細な争いだったかもしれない。しかし、改めて両作品を有機的に結びつけると、そここには同時代の文壇状況とそれへの批判が示された広義な争いのあり様がみえてくるのである。

注▼

（1）たとえば「蘇える女」（『中央公論』一九五一年一月）に寄せられた「足の無い幽霊みたいなものだ」という匿名批評は、榛葉の観念的な女性像を批判したものとして捉えることができる。榛葉は後年「この批評は私の急所を衝いたのだ」と述べている（榛葉英治『八十年現身の記』新潮社、一九九三年一〇月、一九五頁）。

（2）榛葉英治『八十年現身の記』（前掲）、二〇五頁。

（3）作品に付された「四条寒一」が正しい表記と思われるが、榛葉の日記では「四条」と「四條」が混じって使われている。本章では日記についてそのままの表現を用いた。

（4）榛葉英治『八十年現身の記』（前掲）、二一一頁。

（5）現在確認できている四条寒一の作品は以下の通りである。

・「縄の帯」（『隊商』一九五六年九月）

・「縄の帯」（『若い広場』一九五六年一二月〜一九五七年三月）

・「濃過ぎる血」（『隊商』一九五七年二月）

・「ZWEISAMKAIT（二人孤独）」（『隊商』一九五七年六月）

・「躓きの石」（『九州文学』一九五七年一二月）

なお実物は確認できていないがこの他に「詩二篇」（『隊商』一九五二年六月）もある（坂口博編「「隊商」総目次」、『敍説』二〇二〇年一月を参照）。

（6）四条寒一「縄の帯」第一回（『若い広場』一九五六年一二月）。

（7）『誘惑者』以降、榛葉はレイクの社長・浜田武雄への取材をもとにサラリーマン金融を描いた『灰色地帯』（日本経済新聞社、一九七八年一〇月）や『大隈重信―新取の精神、学の独立』（上下二巻、新潮社、一九八五年三月）に代表される歴史人物ものなど、膨大な資料から対象者の半生を描く作品を執筆している。これらは『誘惑者』

のモデル問題を受け、異なるかたちでモデルを描く試みといえるだろう。
（8）『誘惑者』と榛葉の日記との対応関係については西尾泰貴が榛葉英治日記研究会（二〇一八年九月八日、於・早稲田大学）で報告しており、本章の執筆でも参考にした。
（9）百合野和子の夫の自殺後、榛葉はモデル小説について「私としてはあくまでもフィクションですからね。勿論実人生を借りることはある。だからといって小説を実話として読まれては困るんだ」（「モデルとその死」、『新潮』一九五五年一〇月）と弁明するなど、この自殺に対する当事者意識を持っていたふしがある。
（10）四条とのトラブルの詳細は榛葉の日記には書かれていないが、「縄の帯（最終回）」（『若い広場』一九五七年三月）に詳しく書かれている。
（11）「縄の帯」は「長篇小説期待の新人一〇〇枚の力作！」と銘打たれ、『若い広場』（一九五六年一二月～一九五七年三月）に全四回で連載された。
（12）榛葉英治『八十年現身の記』（前掲）、二二一頁。
（13）「太陽の季節」をめぐる時代状況について、本章では瀬崎圭二「〈現代文学〉の風景―物語の大衆消費と石原慎太郎「太陽の季節」―」（『日本文学』二〇一一年一一月）や高木伸幸「梅崎春生「つむじ風」における「明治生れ」批判―「太陽族」批判を背景として―」（『社会文学』二〇一五年八月）などを参照した。
（14）榛葉は「昭和三十一年の夏の頃、石原慎太郎のベスト・セラー「太陽の季節」から「太陽族映画」を排撃する運動がＰＴＡや矯風会の中年婦人たちに起っていて、新聞も大きく取上げ」たことで、『新潮』の編集者から「暗い波」のテーマは避けてほしいと打診されたことを明らかにしている（榛葉英治『八十年現身の記』前掲、二一七頁～二一八頁）。
（15）十返肇は四条をモデルにした「破片」について「一種の世代感情をさぐった作品」だとし「榛葉氏が新しい境地を得る可能性はハッキリと感じられる」と述べている（「文芸時評」、『朝日新聞』一九五三年七月二八日）。

年	月日	出来事
1952年	5月12日	新宿・角筈にあったリラの古市益子の紹介で四条寒一が来訪する。
	11月5日	四条寒一をモデルにした小説「死者の世界」の構想をはじめる。
1953年	6月26日	雑誌『新潮』に「破片」を渡す。
	8月	雑誌『新潮』の8月号に「破片」が掲載される。
1954年	9月22日	四条寒一の交際相手・百合野和子への取材をはじめる。
	12月18日	四条寒一と百合野和子への取材が終わり「破片」の長編小説化を決める。
1955年	1月31日	雑誌『小説公園』の依頼を受け「鱶」を渡す。
	2月11日	「破片」の第三部として「皮膚と造花」を執筆する。
	3月10日	「破片」の第四部として「夜の男」を執筆する。
	4月	雑誌『小説公園』の4月号に「鱶」が掲載される。
	4月26日	雑誌『新潮』に「夜の男」改め「暗い波」を渡す。
	6月14日	雑誌『新潮』の「暗い波」の広告について四条寒一から抗議を受ける。
	7月	雑誌『新潮』の7月号に「暗い波」が掲載される。
	7月	雑誌『文学界』の7月号に石原慎太郎「太陽の季節」が掲載される。
	7月10日	演技座の北氏から「暗い波」の演劇化を提案される。
	8月3日	四条寒一から百合野和子の夫が自殺したことを知らされる。
	9月4日	井上孝から「破片」の書き下ろしを新潮社でするよう勧められる。
	11月12日	演技座「破片」での詩と日記の引用について四条寒一と口論になる。
	11月15日	一橋講堂で演技座による「破片」が上演される(11月17日まで)。
	11月19日	四条寒一が台本に無断で修正を加えたことを知り、抗議の電話をかける。
	12月21日	演技座の北氏から「破片」の映画化を提案される。
1956年	1月	石原慎太郎「太陽の季節」が第34回芥川賞を受賞する。
	5月7日	新潮社に長編小説化した「破片」を渡すが、のちに出版を断られる。
	7月9日	講談社に「破片」を渡すが、のちに出版を断られる。
	9月	同人誌『隊商』の9月号に四条寒一「縄の帯」が掲載される。
	9月18日	「縄の帯」について四条寒一に抗議する。
	10月25日	雑誌『新潮』に「破片」の後章を改作した「愛の貌」を渡す。
	11月16日	筑摩書房に「破片」を渡す。
	12月	雑誌『若い広場』の12月号に四条寒一「縄の帯」が連載される(翌年3月まで)。
1957年	2月11日	雑誌『新潮』から「愛の貌」の掲載を断られる。
		筑摩書房から「破片」の出版を断られる。
	2月23日	「破片」を『誘惑者』へと改題する。
	3月7日	芸文書院から『誘惑者』の出版が決まるが、のちに頓挫する。
	4月19日	新潮社に『誘惑者』の出版を再度持ち掛ける。
	6月17日	新潮社から『誘惑者』の出版を断られる。
1958年	7月	『赤い雪』で第39回直木賞を受賞する。
	9月	光文社から書き下ろし長編として『誘惑者』が出版される。

【表】 榛葉英治『誘惑者』関連年譜

第三章

純文学を志向する中間小説作家・榛葉英治

――文芸メディア変動期における自己像の模索とその帰結――

◉田中祐介

❖はじめに

作家活動を始めてまもない榛葉英治が雑誌『文藝公論』の一九四九年一〇月号に発表した短編小説「イカルス」は、洗面所で小用をたす男の描写で始まる。

白い陶器の真中で、ナフタリン玉が二ツくるくる廻つている。煙草の煙りに眼をしかめて、それを見ていた。吸いこまれたあとには泡が残つて、酒の匂いも混つて鼻を刺す。前後に上体がぐらついて、反つて顔を上げたとき、坂本良三は眼の前に拡がつた一面の光りに、はつとしたのである。

便所の窓のすぐ外は海で、月が照つて、光りと影が細かに砕けて揺れていた。中心が膨らんで大きく左右に揺れている海の上には、魚の腹に似た青白い雲が、光つて横に延びている。

学徒出陣によりブーゲンビル島に赴き、複式戦闘機で射手を務めた主人公の良三は、敵機接近時の一瞬の迷いから射撃に失敗し、撃墜されて辛くも脱出するが、操縦者は機とともに墜落炎上する。敗戦後、墜落経験のフラッシュバックに苛まれながら復員学徒として日々を送る良三の蕩酔生活と、その顛末を描いた短編である。実はこの「イカルス」は、前年に書き上げた「イカルス失墜」の出来栄えに悩んだ末の改作であった。それは物語の結構や結末のありかたに関する俊巡ではなく、作品の描きぶりが「通俗」的ではないかとの苦悩であった。

「渦」を反省し、「イカルス失墜」の書き出し第一節を読み返してみて、通俗への危険に身慄いした。

「イカルス失墜」通俗ではないかと悩む。

（『日記』一九四八年一二月二七日）

（『日記』一九四八年一二月三〇日）

「イカルス失墜」の「通俗」性を榛葉がことさら危惧したのは、引用にある作品「渦」（『文藝』一九四八年一二月号）が、交流のあった作家の杉浦明平《すぎうらみんぺい》から「芸妓を出したのが通俗的で芸妓は通俗小説の女だ」（『日記』一九四八年一二月一三日）と批評されたからであった。「イカルス失墜」と「イカルス」に関するこれ以上の言及は『日記』には見当たらず、改作を経て「通俗」の危惧が払拭されたかは知るべくもない。

榛葉が作家活動を始めたのは太平洋戦争の敗戦復興期にあたる。戦争により壊滅的な打撃をうけた出版界も息を吹き返し、雑誌の復刊や創刊が相次いだ。人々の読書への欲望は爆発し、「出版物はどんなものでも刷れば売れる、といった市場の飢餓状態」注▼(1)を迎えた。読者の欲望を満たすべく硬軟さまざまな雑誌が輩出して出版界を賑わし、戦前には見られない性風俗を中心とする「カストリ雑誌」も現れた。

復興期の文芸メディアは混乱と変動の最中にあり、戦前の「純文学」対「大衆文学」という確固とした二項が揺らぐ状況で、「中間小説」と呼ばれる第三項的な領域が新たに登場する。一九四六年一二月創刊の『別冊文藝春秋』（文藝春秋新社）、一九四七年五月創刊の『日本小説』（大地書房、第二号より日本小説社）、同年七月創刊の『小説新潮』（新潮社）や、復刊した『オール讀物』（文藝春秋新社）が「中間小説」掲載の主要な舞台となった。

作家活動を本格化した榛葉にとって、メディア上での自身の作家イメージを確立し、それにより確かな自己像を掴むことは喫緊の課題であった。それゆえにこそ「通俗」に陥り、そのイメージに染まることを危惧したのである。更にその危惧は、新しくメディアに流通し始めた「中間小説」に対しても抱かれるようになる。榛葉の念願は「純文学」作家として活動することであった。戦後の文芸メディアが変動し、再編成が進行する状況にあって、榛葉はどのようにその念願を果たそうとしたであろうか。

本章では、まず作家活動を始めた榛葉を取りまく文芸メディアの変動の様相を「中間小説」に焦点を定めて確認する。その後、変動の渦中における榛葉の葛藤と自己像の模索を、彼が綴った日記から検証したい。

❖一、「中間小説」登場期の文芸メディア変動

敗戦後の出版界の活況のなかで「中間小説」の語が初めて登場したのは、雑誌『新風』一九四七年四月号掲載の座談会で、久米正雄《くめまさお》が林房雄《はやしふさお》の小説を評して「中間小説」と呼んだことによる。[注▼2] この語は翌年にかけて次第にメディア上に流通し、まもなく広く認知された。本節では「中間小説」概念に関する当時の議論を概観しながら、復興期の文芸メディア変動の様相を確認しておきたい。

中村光夫《なかむらみつお》「中間小説――一九四九年の文学界」（『文藝往来』一九四九年一月号）は、対話形式で再現された「中間小説」論であり、この新しい概念に対する賛否の論理を窺い知ることができる。[注▼3] すなわち「中間小説」とは基本的に「純文学と大衆文学との間、芸術性があつて面白い小説といふ意味」である。しかし現実的には「流行作家の先生がたが娯楽雑誌にかきとばしてゐる小説」であり、「芸術性もなければ、面白くもない」と一笑に付されるものでもあった。

> 金はうんともうけたいし、さうかと云つて正面から大衆作家の看板をかけるのはいやだ。文壇からまつたく離れてしまふのはなんとなく身を落すやうな気がする。あぶく銭をとりたい一方で、文士みたいな芸術

家みたいた面《ママ》もしてゐたいんだよ。注▼(4)

中村光夫「中間小説」

引用を踏まえてまとめれば、「流行作家」が「大衆作家の看板」をかけて「身を落す」ことを回避しながら収入を得るために「娯楽雑誌」で量産する作品が「中間小説」の実態であった。しかし一方でこの対話では「かういふ言葉が使はれだし、それを裏付けるやうな事実が一般化したこと」は「よかれあしかれ、或る大きな文学の流れを示唆してゐる」と変動期の文芸メディアを象徴する現象としての意義を認めてもいる。

この「大きな文学の流れ」を肯定的に捉え、「中間小説」を「真の小説」と評価するのは、伊藤整《いとうせい》「中間小説論」（『讀賣新聞』一九四九年三月一四日）である。注▼(5) 伊藤は敗戦後に自由と平和が続くならば「今チュウカン小説と呼ばれてゐるところのもの」から、「ヨオロッパの十九世紀に盛んであったところの『真の小説』が発展して日本は近代に入る」と期待をこめた。同時に、「中間小説」の発展により「少数の私小説家と実験小説家」は「中間小説的文壇の下腹部の辺にコバンイタダキのやうに吸ひついて」「こそこそと生きて行く」ようになると、既存の「純文学」作家の価値下落の運命を皮肉に予言している。

伊藤は翌年発表した「中間小説の近代性」（『中央公論』一九五〇年三月号）では、戦前と比較した文芸市場の急拡大と、それを支える「膨大な数の読者」の存在を指摘する。かつて作家の生活と地位を支えたのは、伊藤によれば文芸誌の『新潮』『文藝』『文學界』、総合雑誌の『中央公論』『改造』『文藝春秋』ほどに限られていた。

それが戦後になると（中略）大体四五倍の発表舞台があることになる。その他に、読物雑誌と言はれて、これらの雑誌執筆家と同じ人々の原稿をのせる雑誌が更にこれくらゐはあるだらう。部数から言つても、戦前三千か五千部印刷してゐた文芸雑誌が、二、三万部印刷するのが標準のやうである。

これは文学作品、特に印刷術の便宜をその表現手段の重要な武器とする小説が、突然に厖大な数の読者と結びつけられたことを意味する。注▼(6)

伊藤が述べる「膨大な数の読者」は、しかも単に数的に増加しただけではなかった。中村真一郎《なかむらしんいちろう》「中間小説と作家」（『群像』一九五七年三月号）は戦前において「講談のなかに人生を夢みた読者層が、文学的訓練の結果、物足りなくなり、大衆小説によつて、人生の味を愉しむようになつた」ことを踏まえ、戦後の今では「それが更にもう一段、向上して、今や中間小説に差しかかつた」と分析する。注▼(7)「中間小説」の需要が急拡大した背景にあったのは、そのように質的に「向上」した読者の数的増大なのであった。

「中間小説」は、従来の「通俗小説」とは区別される新しい領域であった。浦松佐美太郎《うらまつさみたろう》「中間小説の課題——百号記念に際して」（『小説新潮』一九五四年一〇月号）は、「通俗小説」は「モラルの束縛が一番強く感じられる」のに対して、「古い道徳からの解放」が特権の追求となるとき、「露骨にエロチシズムの探究」となると指摘する。注▼(8) 浦松によればそのような時代の空気のなかでこそ、『小説新潮』のような「中間小説」向けの雑誌が創刊され、道徳解放の欲望の受け皿となったのである。

一方、「中間小説」と「純文学」的な小説は簡単に区別できるものではなかった。『新潮』の匿名記事「文学きのうきょう」（一九五四年二月号）では「同一作家が、純文芸誌に書いたものと、中間小説誌に書いたものとを比較すれば、中間小説とは何ぞやという問いに対する答えが出るものと簡単に考えた筆者の予想は完全にくつがえされ」注▼(9)たとの困惑が示された。内容では区別し難いゆえに、ある作品が「中間小説」か否かは、掲載誌により便宜的に判断せざるをえない。

このような文芸メディアの変動期において、必然的に登場するのは「純文学」を志向しながらもっぱら「中間小説」を手がける作家であった。十返肇《とがえりはじめ》「中間小説とその背景」（『群像』一九五七年三月号）では「中間小説」作家の自意識と「一流文芸雑誌」への「念願」について次のように語られる。

客観的にみれば中間小説に最もふさわしい才能の持主と思われる作家さえが、自分を中間小説家とは覚悟せず、純文学作家をもつて任じている。たとえば私の熟知する数人の作家は、ここ数年来、文芸雑誌や総合雑誌に小説を書いていない。中間小説雑誌にのみ小説を書いている。しかし、彼らを中間小説家とよべば、私は彼らに殴られるであろう。彼らはあくまでも自分を純文学作家だと信じている。（中略）彼らの念願は、なんとかして一流文芸雑誌に力作を発表することにあつて、中間小説誌で、中間小説に新側面を開拓することなど夢にも考えていない。したがつて、彼らの発表する中間小説は、中間小説誌の読者にも格別歓迎されていない。注▼(10)

「中間小説」に身を染めた作家も「中間小説家」としての自己像は許容し難い。本来は「純文学作家」であるという自意識と、世間が抱く作家イメージの乖離は当人を苦しめることになるであろう。「一流文芸雑誌」に「力作」を発表すれば、作家イメージを刷新することも可能ではある。しかしそれは容易に果たし得る「念願」ではありえなかった。次節では「中間小説」と格闘しながら作家としての自己像を模索した榛葉英治の日記（以下、『日記』）から、この問題を検討したい。

❖二、「通俗」「中間」「純文」の狭間の自己像

本章冒頭で触れた通り、榛葉が作家活動の当初から危惧したのは、自身の作品が「通俗」に陥ることであった。仙台在住であった一九四八年、原稿用紙三二枚の小編「北へいった女」(『月刊にいがた』一九四九年三月号に掲載)は「通俗的なもので、二度と書きたくない」(『日記』一九四八年一二月二四日)作品であり、その思いは上京に際して「通俗だけは書かないつもりだ」(『日記』一九四九年一月五日)との決意へと至る。実際に『文藝讀物』(日比谷出版社)からの原稿依頼を「当分通俗は書かぬということで断わった」(『日記』一九四九年三月一七日)と、決意を貫こうとすることもあった。

しかし上京後、限られた一流の総合雑誌や文芸雑誌に作品を掲載することは至難の業であった。その一方で「市場の飢餓状態」にあっては、雑誌を選ばなければ「通俗」的作品の需要は高い。「今のところ、収入の三分の一は酒代になるのだ。(中略)通俗雑誌に書こうかと迷ったりする」(『日記』一九四九年四月一三日)、「通俗物を三四篇書く必要に迫られている。金のために」(『日記』一九四九年八月二七日)、「この十日間、通俗を書いた。金のためと云ってみても始まらぬ」(『日記』一九五〇年四月六日)などと不本意な仕事を手掛ける葛藤は『日記』上で繰り返される。そのうえ「通俗物を書く必要に迫られているが、書けない」(同年八月三一日)と漏らすように、「金のため」の仕事も容易にこなせるとは限らず、榛葉の焦燥を掻き立てるのであった。

しかも生活のために「通俗」ものに手を染めることは、自己の「通俗」作家としてのイメージを強める諸刃の剣でもあった。出版社の若い知人から低級な「読物をやめて、純文学に専心するようにと痛切に云われた」(『日記』一九五〇年一月三〇日)榛葉は次のようにかこち、反省している。

このみ［三］月来、純文学雑誌からひとつも執筆以来《ママ》にこない。理由は色々あるにちがいないが、つまらない雑誌に書いたことも、その理由の一つだろう。（中略）具体的には、低級で危険な雑誌には、絶対書かないということだ。そのためには、他の雑誌に充分道を通じて置かなければならない。純文学を書くことを本道としなくてはいけない。

（『日記』一九五〇年六月三日）

このような「通俗」への警戒と[注11]「純文学を書くことを本道」としたい思いの葛藤は、メディアに新たな「中間小説」の語が流通し始めるとともに、一層強まることになる。榛葉は「これからの自分の危険は、中間読物作家にされることだ」と述べ（『日記』一九五〇年六月二三日）、新出の、いわば得体の知れない「中間小説」に飲み込まれないよう警戒心をあらわにしている。

それでも「通俗」的な小説や読み物と同様に、生活の糧を得るためには「中間小説」の原稿依頼に応じねばならない。そのためには作品の質を落とさず、かつ内容の面白さを確実にし、「中間小説」雑誌の読者に応える必要があった。

中間小説の場合には、何より雑誌の選択が大切だ。調子を下げないこと。同時に作品が純文学的なせまさに固まることも警戒しなければならない。自分の作品の欠点は観念的であることだ。生活の現実に触れなければならぬ。

（『日記』一九五〇年二月二二日）

時あたかも、戦時下に中断した芥川賞の選考が再開され、一九四九（昭和二四）年には第二一回の受賞作が決まった（受賞者は由起しげ子・小谷剛）。榛葉は同時期の『日記』では、特段に芥川賞を気にする様子は見られないものの、「純文学」を志向する作家として、芥川賞の選考再開は看過できなかった筈である。メディア上での総合誌・文芸誌の復興の活況を痛感するにつけ、自己の作家イメージの確立に焦燥を抱いたことが想像される。

世間に「中間小説」の需要が高まるほどに、その需要に応えながら純文学を手掛けることは困難であった。一九五〇年末、榛葉は一年を振り返って「いわゆる『中間小説』というものに、力を入れすぎた」(『日記』一九五〇年一二月七日)ことを反省し、「来年からは、純文学雑誌中心になってゆくだろう」「作家としては、中間雑誌(例えば「小説新潮」)などは犠牲にしても、いい作品を書かなければならなくなるだろう」(『日記』一九五〇年一二月二〇日)と「純文学」中心の作家活動に向けた抱負を表明している。

しかし、「純文学雑誌中心」でありたいという榛葉の抱負は、翌年も簡単には成就しなかった。「中間物を書くのが不快」(『日記』同日)と漏らしながら、「中間読物を書かぬと喰えない」(『日記』一九五一年一月二九日)という現状に変わりはない。せめて「通俗」を退けたいとの思いから「通俗物(中間ものを除く)の一切をやめようと考える」(『日記』一九五一年二月一九日)と妥協点を見出そうとするが、「半自殺行為と知りながら、通俗ものに書き悩む」(『日記』一九五一年五月九日)と、「通俗」から脱却することも困難な状況が続いた。

「中間小説」を手がける際にも「調子をさげない」という榛葉の熱情は作品を通じて読者にも伝わったのか、単行本『蔵王、蘇える女』(東京文庫、一九五一年)の刊行時には「いかなる中間物のなかにも彼は真実自分の骨を削つている」注▼(12)と評された。榛葉の文学にかける思いが「中間物」で発露された皮肉はあるものの、榛葉自身、この批評を「なかく好意のある文章だ」(『日記』一九五一年九月二六日)と肯定的に受けとめている。

以上で概観した榛葉の葛藤の中心にある「純文」「中間」「通俗」をキーワード化して、試みに『日記』の一九四六年から六〇年までの一五年間分を対象にそれぞれの登場回数を集計し、日記の年間総字数に重ねたの

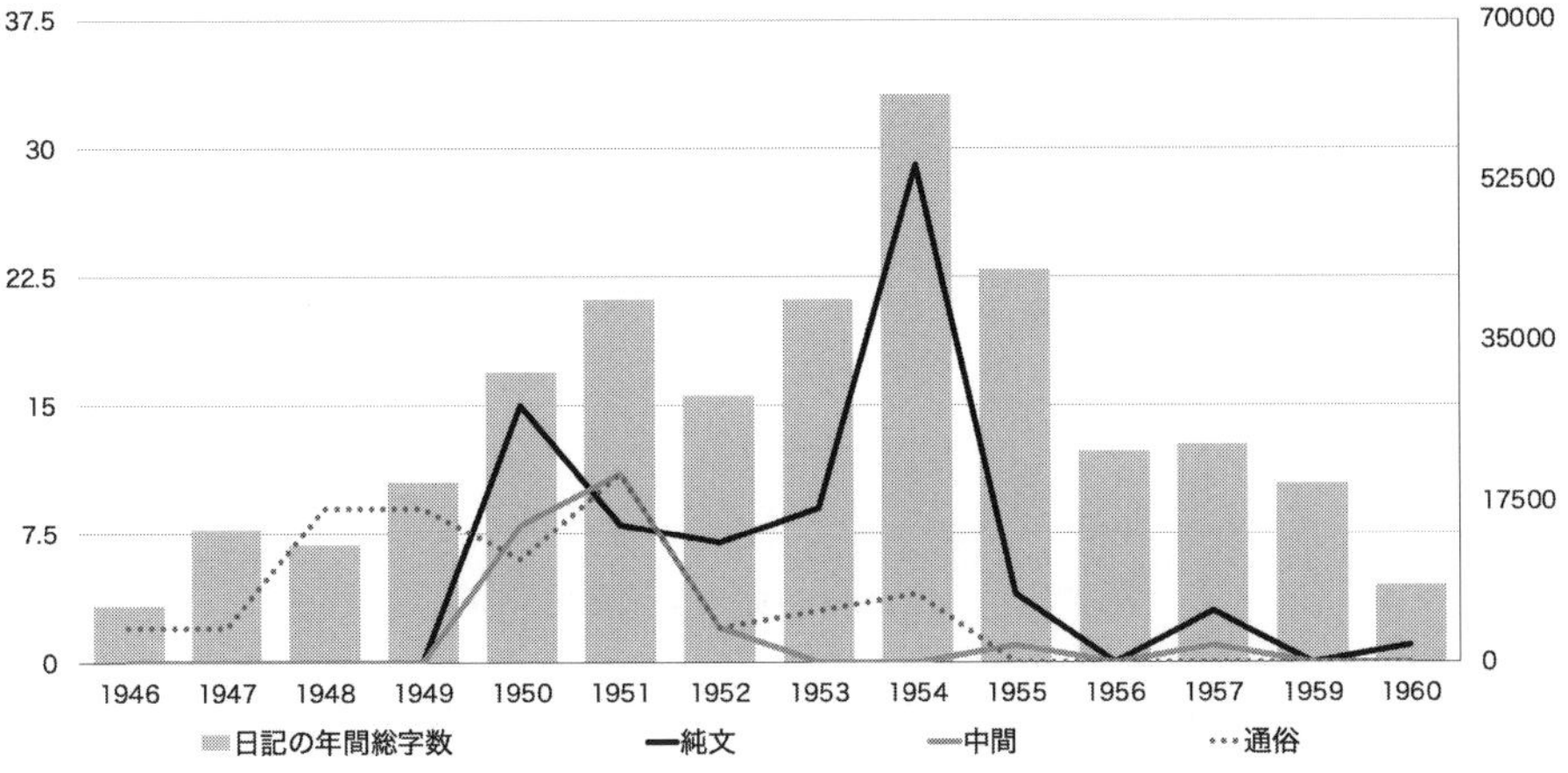

【図1】『日記』における「純文」「中間」「通俗」の語の出現回数（1946年から1960年まで）

が**【図1】**である。[13] グラフからは活動当初に「通俗」が目立ったのち、一九五〇年に「純文」の語の登場回数が急増し、「純文」を後追いするように一九五一年には「中間」の語が急増することが分かる。もちろん年間執筆量が多ければ、語の登場回数が比例的に増加することも自然であろう。しかし日記の執筆が自己の内面に向きあう時間となることを考えれば、年間執筆量と「純文」「中間」「通俗」の登場回数の比例的増加は、それだけ榛葉が時間をかけて自己に向きあい、あるべき作家像をもとめて葛藤したことの反映であるとも言える。

さて、グラフ化してみると一際目立つことに、一九五四年には年間執筆量が過去最高を記録するとともに、「純文」の語の登場回数も頂点に達する。更なるメディア変動のなかで榛葉がどのように「純文」を語り、新たな道を切り拓こうと模索したのかを次節で検討したい。

❖三、更なるメディア変動のなかで ——直木賞志向への転換

一九五四年に最頻出する「純文」の語の使用文脈をみると、

榛葉がどの時期にもまして強烈に「純文」を志向し、しかし容易に果たせなかったことが浮き彫りになる。注▼14 榛葉の作家業は、変わらず生活のための執筆に費やされ、「純文」に向き合う時間を確保することも困難であった。

夜、もっとどぎつく書き直してくれというオール・ロマンスの注文で、「新宿の踊子」を書き直す。途中で投げ出したが、また書く。来月収入の宛なし。家には、五、六百の金があるだけ。とにかく、金、仕事と、それだけ考えることにする。悲しいことに、純文を書く心は動かず、今年こそやめるつもりだったカストリ雑誌の原稿を、深夜まで書く。（『日記』一九五四年一月二二日）

「どぎつく書き直してくれ」という要望にも応えざるを得ない経済状況にあって、榛葉は「下らない読物」で「生活の宛をつくらないことには、純文を書けない」（『日記』一九五四年一月二五日）というジレンマに陥っていた。「自分には読物作家になるのは無理で、なっても苦しむばかりだ」という実感は強くあるものの「純文では喰えない」（『日記』一九五四年三月八日）という状況は容易に打破できない。

「純文」とそれ以外の仕事のバランスを物理的、精神的に保つために、榛葉は「毎日純文を書くこと」を「発表を前提としないで書くことだけの純粋な楽しみ」（『日記』一九五四年五月一五日）と思う日もあれば、「きっぱりと読みものをやめ、純文だけに没頭する決心をして帰った」（『日記』一九五四年一〇月一一日）とストイックな決心をする日もあった。しかし現実的には、「毎日起きるのは十二時頃で、昼の新しい気分のときは純文の仕事に、夜は、読物にと決めようと思う」（『日記』一九五四年一一月八日）と、折り合いをつけながらの生活を続けるのであった。

「純文」に専念できない一年間の仕事を振り返り、榛葉は大晦日にこう書き記している。

仕事は一七篇、七一二枚で、そのうち、純文のつもりで書いたのは、一月の「浮草（四七）」と「熱い砂」（二六）と一一月の「きりぎりす」（四八）の三篇だけだ。この三つとも、陽の目を見なかった。（「きりぎりす」は未定。）他は全部その日暮しの喰うための読物で、一五篇だ。そのうち発表されないもの、四篇で、月に一篇（四〇枚位）書いた勘定だ。作家としてはまったく惰眠に沈んでいた一年であった。

（『日記』一九五四年一二月三一日）

「純文」は仕事の全体数の五分の一にしかならず「陽の目」もみなかった。「作家としてまったく惰眠に沈んでいた」と悔悟する榛葉の作家としての立場は、前節で扱った一九五〇年、五一年の時期より悪化しているように見える。

しかし榛葉は、停滞を打開する道を模索しなかったわけではない。というのも、同時期の更なるメディア変動に誘発されて、新たな生存戦略を練ろうとした跡が『日記』に窺えるからである。

この一九五四年の末、平野謙《ひらのけん》は「日本の近代文学」の主要な発表媒体であった総合雑誌の創作欄がもはや「サシミのツマ」に等しくなったと述べ、その状況下での作家の「願望」を次のように考察した。

これを作家の側からいえば、新聞小説を書くことが、最上の願望と変りつつあるのではないか。今日、新聞小説の書けないような作家は、一流作家たる資格を喪失してしまう。といってもよさそうである。新聞小説を書く機会にめぐまれぬ作家は、せめて《小説新潮》とか《別冊文藝春秋》とかに書くことを、無上の光栄としているのではないか。（中略）新聞小説が書け、中間小説の書ける作家だけが、流行作家の位置を確保している現状は、うごかしがたい事実のようだ。エンタテーメントとマス・プロダクション、この二つの要求に応じられない作家は、今日の作家としてはどうやら失格らしい。注▼⑮

平野はこれを「一種の極論」と断りながらも、「雑誌ジャーナリズムを中心とした、いわゆる文壇文学が、いま大きく変化しつつあることだけは動かせまい」として、それを「一九五四年度の最大の特徴」であると述べるのであった。

「中間小説」を書ける作家のみが流行作家となり、「いわゆる文壇文学が、いま大きく変化しつつある」という平野の言葉を裏付けるように、二年後の一九五六年には「風俗小説」として発表当初は難色を示された注▼⑯石原慎太郎の「太陽の季節」が、「純文学」の芥川賞を受賞して大きな話題になった。「中間小説」の存在感はますます強まり、一九五七年には丹羽文雄が「中間小説というものを除外しては、昭和の文学史を語れなくなる」注▼⑰と発言するに至る。菅聡子《かんさとこ》の言葉を借りれば「昭和三〇年代におけるメディアをめぐる地殻変動」注▼⑱を迎える状況で、「中間小説」は文芸市場の中核に移行するような質的・量的成長を遂げつつあったのである。

榛葉自身は、「地殻変動」のいわば前夜にあたる一九五四年において「何とかして、新聞小説を書く以外には、血路を開く方法はない」(『日記』一九五四年二月二〇日)と記し、厳密な「純文」志向にとどまらない新たな戦略を模索していた。新聞小説の連載が叶えば「これからずっと、新聞を一本づつ書きつづけ」て経済的安定と一定の評価を得た上で「あとは純文だけ」に専念する理想の生活を送ることができる(『日記』一九五四年三月一日)。榛葉には「石川達三の新聞小説を読んでも、自分の筆力は劣っていない」(『日記』一九五四年二月一四日)という自信もあった。しかし実際に「新聞小説十回分をもって」日本文化通信社を訪問(『日記』一九五四年二月二五日)するも成果は捗々《はかばか》しくなく、「昼から机に向ったが、新聞小説が書けない」(『日記』一九五四年三月六日)とその戦略は簡単に功を奏するものではなかった。

『日記』上で注目すべきは、新聞小説の連載を目論む思考の過程で、実に初めて、榛葉が大衆文学を顕彰する直木賞への関心を記したことである。

　直木賞級の読物⇓新聞連載につながる。（『日記』一九五四年四月二六日）

ただちに新聞連載をものにできなくとも、直木賞を受賞すればそのチャンスは拡大する。榛葉は「最も通俗的な意味で、作家も俳優と同様、人気商売であり、ファンをもたなければならないこと、もっと世の中で「もて」なければならぬ」ことを自覚していた（『日記』一九五四年三月一三日）。「中間小説」の存在感が急速に強まり、文芸メディアに更なる「地殻変動」が起こる予感のなかで、直木賞は「純文」志向の自身の作家像を汚すものではなく、むしろ自己の作家イメージを刷新するための起爆剤と思われたかも知れない。メディア上のポピュラリティを確立し、経済的に安定した作家生活は、「純粋な楽しみ」としての「純文」に専念する条件を整えるとも思われたであろう。

直木賞受賞への意志はその後も日記に顕在化し、一九五六年には「芥川、直木賞、発表になる。帰りの電車で、直木賞でもとってやるかナと考えた」（『日記』一九五六年一月二四日）「N賞、映画いい」（『日記』一九五六年一二月二〇日）と、自作の映画化に対する期待とともに示された。注▼(19) その意志は執筆への意欲となり、同年末には活動初期に書き上げた「氷河」の改作に取り組み、約二ヶ月をかけて原稿用紙四六四枚の長編『赤い雪』が完成する。同作の出版社探しには苦労した様子も『日記』には窺えるが、一九五八年に和同出版社からの出版が実現した。

実に幸いなことに、直木賞受賞への志向は成就することになった。選考委員の海音寺《かいおんじ》潮《ちょう》五郎《ごろう》の後押しもあり、

「赤い雪」は山崎豊子《やまざきとよこ》「花のれん」とともに第三九回直木賞（一九五八年上半期）を受賞する。注▼(20) 残念ながら受賞年の日記は欠落しているため（理由は不明）、受賞前後の榛葉の心の動きや経済状況の変化を知ることはできないが、「中間小説」の存在が「純文学」を脅かすほど成長するような変動の只中において、榛葉の新たな模索は直木賞の獲得となって結実したのである。

「赤い雪」は、決して批評家から手放しに賞賛されたわけではなかった。『讀賣新聞』に定期掲載された「ＬＯＮ」の署名のある「中間小説評」【図2】は、「さすが長年鍛えた筆には危っ気がないし、人間を見る視点もしっかりしている」と評価する一方、主人公や「その周囲のインテリ」の苦しみについて「大層もなく苦しんでみせる」と難色を示し、「こんなお話ながら、一応も二応も鑑賞に耐え得るのは、作者の物語的才能によるものだろう」と玉虫色の言葉を贈っている。注▼(21)

同様の評価として、清水潔は「かなり劇的要素の多い、面白い作品であるが、反面そのためにかなりな無理が眼につく」とし、「所々に見られる文学的ポーズや気負いが少々気にかかったりする」ことを問題にした。注▼(22)

中間小説評

長年鍛えた筆の確実さ

直木賞の榛葉英治作「赤い雪」

榛葉英治の名を聞いてからだいぶ久しいが一向にパッとしなかった。どうやらカスミかけた存在だと思っていたが「赤い雪」（和同出版社 二八〇円）で直木賞を取り、遅まきながら脚光を浴びた。苦節十年の士としてお目出度うを言いたい。この作品は、敗戦直後の満州を舞台とし、混乱のウズの中のもろもろの人の生活と思想を描いたものだが、さすが長年鍛えた筆には危っ気がないし、人間を見る視点もしっかりしている。

日本娘をエサに人買いを業とする旧軍閥、ソ連軍の手先きとなって密告を業とする日本人、ミソギを行いながら日本帝国復活を夢みる青年たちと、いろいろな類型的な人物がキビキビ要領よく書かれているが、この小説を通じ、もっとも印象の深いのは、献身的な働きをした娼婦、発しんチフスで倒れる旧日本軍医、ヒユーマニズムという生温いものでは何一つ動かせないとうそぶく日本人共産主義者などの直線的な生き方である。

これからみると主人公の脊地やその周囲のインテリは、全く吹けば飛ぶような存在である。

主人公は取…ありながら…れて逮捕さ…せき出す点…ら、若い妖…全くいい気…最後に招…の大切な…工作員と…機がどう…

【図2】「中間小説評」（『讀賣新聞』1958年8月19日、夕刊、3頁）

かつて「いかなる中間物のなかにも彼は真実自分の骨を削つている」と言わしめた「純文的な要素は、ここでは皮肉にも「文学的ポーズ」として否定的に評価されている。

とはいえ清水は「この作者は、今までの作家の提出していない何ものかを大衆文学の中に持ちこもうとする意欲がうかがわれ、今後独自の展開を行なうであろう」と、「大衆文学」

作家としての榛葉の今後の展開に期待するのであった。加えて「赤い雪」に微妙な反応を示した『讀賣新聞』上の「中間小説評」でも、続けて刊行した長編「誘惑」[注▼23]については「来るか〝榛葉ブーム〟」の見出しを掲げ、同作の「充実と量感」を評価した。[注▼24]直木賞受賞により一定の実力を認められた榛葉は、ここにおいてその作家イメージを刷新する条件も整えるに至ったといえよう。

本節で確認したように、強烈に「純文」を意識する榛葉の直木賞への意志は、「中間小説」の存在感が一層強まりゆくメディア変動の只中の模索からこそ生じたものであった。その意志は受賞により成就し、榛葉自身も「N賞作家としての自分を意識し、誇りをもって仕事第一にひたりきる」(『日記』一九六〇年九月のメモ書きより)と気持ちを新たにする。「純文」「中間」「通俗」の狭間の苦闘を経て、榛葉の生存戦略は功を奏し、直木賞作家としての自己像を獲得するに至ったのである。

❖おわりに

以上、本章では「純文」「中間」「通俗」の狭間で苦闘しながら、作家としての自己像を模索する榛葉英治の姿を浮き彫りにした。「純文」作家でありたいと願った榛葉は、「中間小説」が文芸メディアの中核に移行するような変動に誘発されて直木賞受賞を志向し、その実現により「N賞作家としての自分」を意識するに至ったのであった。その後の作家人生において、経済生活こそ不安定ではあったが、[注▼25]直木賞作家としての肩書きが有利に働く場面も少なからずあったであろう。

ところが榛葉は、直木賞作家としての自己像に満足したわけではなかった。受賞から四年後の一九六二年には、はやくも「直木賞作家から決別する決意がついた」(『日記』一九六二年四月一二日)と記している。榛葉は受賞の約一年半後、一九六〇年三月から二年以上をかけて、原稿用紙八二八枚の新作長編「うつしみ」を書き上げた。同作は「純然たる新作書きおろしではなく、作家生活十五年のあいだに書いた私小説を長編の形にしたもの」であり、まさしく榛葉が「ほかの食うための仕事をしながら」書き上げた、いわば渾身の「純文」小説であった（『日記』一九六二年四月一二日）。直木賞からの訣別の表明は、満を持した「純文」作家の活動への期待からなされたと言える。

しかし榛葉の「祈りの気持」（『日記』一九六二年四月一八日）とは裏腹に、複数の出版社から難色を示され、出版計画は頓挫することになる。[注26] 作家としての榛葉は以後も南京大虐殺を主題にし、小説新潮賞の候補作となった『城壁』[注27]（河出書房新社、一九六四年）や自身の満洲抑留体験に基づく諸作、そのほかにも歴史小説や、『釣魚礼賛』[注28]（東京書房社、一九七一年）に代表される趣味の釣りに関する著作を多く世に出す。しかし、「自分は純文にカムバックできる。さあ、これからの仕事だ」（『日記』一九七九年七月一二日）と記すように、「純文」復帰の意志は生涯を通じて変わらなかった。一方、直木賞受賞の経験は「金のための（？）通俗物が多い。直木賞のせいか？」（『日記』一九七二年七月一二日）とぼやくように、必ずしも榛葉の「純文」志向を支えるものではなかった。

榛葉が晩年に出版した自伝『八十年現身の記』（新潮社、一九九三年）では、変わらない「純文」への志向が芥川賞を逃した悔恨として率直に吐露されている。

> 「蔵王」については、杉森編集長が選考委員の丹羽文雄に芥川賞候補の可否を尋ねたところ、「その必要はない」といわれた。当時は、今でもそうかもしれないが、文芸誌に登場した作家は該当しないとの不文律があったようだ。いっぽうで、平林たい子はこの年の読売の「ベスト・ストーリー」に「蔵王」を挙げ、青野季吉と林芙美子も芥川賞に推薦している。私としては第二十一回芥川賞をとっていれば、その後の苦

労はなく別の道を歩いていたかもしれないとのうらみは残る。佐藤春夫邸のまわりをどなって歩いた太宰治の気持はよく判るというものだ。[注29]

一定の評価を受けた自身の作品「蔵王」が、戦後初回となる一九四九年（上半期）の第二一回芥川賞を受賞していれば、その後の人生が違っていたとの思いが榛葉にはあった。同じ趣旨のことを作家の八木義徳《やぎよしのり》からも言われたと『日記』（一九七二年六月二三日）にも記している。榛葉の「純文」志向は、あり得たかもしれない芥川賞作家としての自己像の幻影を追うことだったのであろうか。あるいは「純文」志向を生涯支えたのは、「彼は長い間、美徳によつてタブーとされてゐた生きる肉を、裸にして見きはめようとする」[注30]（辻亮一）、「戦後様々な作家が性を描いてきたが」「はじめてそれを根源的なものとしてとらえた」[注31]（杉森久英）といった具合に、「自分の本道は、女を描く作家だ」（『日記』一九五四年三月一一日）と榛葉自身が規定した「純文」作家としての自己像を支持する評価であったかもしれない。

鈴木貞美が「第三の新人」に対して指摘するような「書くものを『純文学』とユーモアエッセイなどの『中間もの』に二重化して対処する姿勢」という両刀遣いの戦略を、榛葉がとることはできなかった。[注32] また、小嶋洋輔が「戦後、特に『純文学』作家として自己をアイデンティファイすることで作家活動を開始した作家」が「メディアの要請によっては、『中間小説』を書いてゆくものも多かった」と述べるような活動当初の「純文」作家としての自己同一化の機会ももたなかった。[注33] 榛葉の事例が示すのは、「純文」作家による「中間」小説の書き分けとは異なり、『純文学』作家として自己をアイデンティファイすることを切望しながら、それを主観的・客観的にも果たし得ず、急速なメディア変動の只中でもがきながら、新たな自己像を模索した無数の作家の実像にほかならない。

もちろん榛葉の場合は、直木賞を受賞し、生涯を通して作家であり続け、書くことの意思を貫徹できた稀有な成功例であるとも言える。しかし榛葉と同様にもっぱら「中間」「通俗」作品を手がけ、時に「純文」を志向した無数の作家たちの営みこそが、読者の欲望を満たす市場を下支えしたことは銘記すべきである。「社会現象としての中間小説」の主題を掘り下げ、そのような作家たちの存在を再認識し、その活動やネットワーキングの検証を深めることで、戦後の文芸メディア変動の力学を、その只中にいた当事者の経験から明らかにすることができよう。注▼(34) その試みは、延いては戦後日本のメディアにおける文学の大規模な生産と消費のサイクルの実態を、生産の当事者の立場から解き明かす可能性を秘めている。

注▼

(1) 大村彦次郎『文壇栄華物語――中間小説とその時代』筑摩書房、一九九八年、七二頁。
(2) 瀬沼茂樹「中間小説」日本近代文学館・小田切進編『日本近代文学大事典』第四巻、講談社、一九七七年、二八二頁。
(3) 中村光夫「中間小説――一九四九年の文学界」『文藝往来』一九四九年一月号、三四―三五頁。
(4) 同前、三五頁。
(5) 伊藤整「中間小説論」『讀賣新聞』一九四九年三月一四日、朝刊、二頁。
(6) 伊藤整「中間小説の近代性」『中央公論』一九五〇年三月号、一七八―一七九頁。
(7) 中村真一郎「中間小説と作家」『群像』一九五七年三月号、一四二頁。
(8) 浦松佐美太郎「中間小説の課題――百号記念に際して」『小説新潮』一九五四年一〇月号、一四七―一四八頁。
(9) (匿名記事)「文学きのうきょう」『新潮』一九五四年二月号、五〇頁。
(10) 十返肇「中間小説とその背景」『群像』一九五七年三月号、一四四頁。
(11) 榛葉は「通俗」の語をいわゆるカストリ雑誌に限定して用いることもあれば、やや広めの意味で用いている点は注意を要する。榛葉のカストリ雑誌への警戒は本書第一部第一章(須山智裕)を参照のこと。

（12）池田岬「書評　榛葉英治著『蔵王、蘇える女』」『文学生活』一九五一年一〇月号、二四頁。
（13）年間執筆量は本書に寄稿する加藤優作成のデータに基づく。詳細は本書第二部「日記への関わり方」を参照されたい。
（14）なおグラフ上ではこの年の「中間」「通俗」の語は数年前に比して急減しているが、両者の総称的な「読物」の登場回数は四八回と頻出する。より一般的な語のため使用文脈も様々であり、グラフには含めなかったが、考までに記しておく。
（15）平野謙「文学界の回顧」（初出未詳）『平野謙全集』第一二巻、一九七五年、新潮社、五五—五六頁。
（16）荒正人・福永武彦・加藤周一「創作合評九九回」（『群像』一九五五年八月号）での加藤周一の発言。
（17）対談「われら小説家」『文学界』一九五七年三月号、一四六頁。
（18）菅聡子「〈よろめき〉と女性読者——丹羽文雄・船橋聖一・井上靖の中間小説をめぐって」『文学』（岩波書店）、第九巻二号、二〇〇八年三月、五六頁。
（19）榛葉作品の映画化については本書第一部第四章（中野綾子）を参照のこと。
（20）直木賞受賞の経緯は榛葉の自伝『八十年現身の記』（新潮社、一九九三年）の二二七—二二九頁が参考になる。
（21）『讀賣新聞』一九五八年八月一九日、夕刊、三頁。
（22）清水潔「注目される新人たち」荒正人編『大衆文学への招待』南北社、一九五九年、二四五—二四六頁。
（23）『誘惑』については本書第一部第二章（加藤優）がモデル問題に焦点を定めて考察する。
（24）『讀賣新聞』一九五八年一一月四日、夕刊、三頁。
（25）榛葉の経済生活については本書第二部「作家の経済活動」（田中祐介）を参照されたい。
（26）「うつしみ」はその後「天の雫」と改題するも出版に至らなかった。時を経て、一九九〇年の日記に再び「うつしみ」の名が登場するようになり、榛葉の晩年期である一九九三年、自伝『八十年現身の記』（新潮社）として出版に至った。並行して「天の雫」の改作版も完成したが、出版社からは『八十年現身の記』と内容が重なるため見送りになった（『日記』一九九三年一二月二一日）。

（27）『城壁』については本書第一部第五章（和田敦彦）を参照のこと。
（28）釣りに関する著作は本書第一部第六章（河内聡子）を参照のこと。
（29）榛葉英治『八十年現身の記』新潮社、一九九三年、一八六頁。
（30）辻亮一「榛葉英治の作品」『新潮』一九五六年八月号、三二一―三二三頁。
（31）杉森久英「文学は性をどう描いたか（四）――「榛葉英治」と「石坂洋次郎」」『小説新潮』一九六七年五月号、二八六―二八七頁。
（32）鈴木貞美「文学史を書き直す」〈純文学と大衆文学　この悪しき因習　最終回〉『文學界』一九九四年一月号、二四六頁。
（33）小嶋洋輔『『中間小説』論――書き分けを行う作家」『遠藤周作論――「救い」の位置』双文社、二〇一二年、五八頁。
（34）「現象」としての「中間小説」に関する近年の研究動向は、小嶋洋輔「研究動向　中間小説」（『昭和文学研究』第八〇巻、二〇二〇年）が参考になる。

第四章

一九六〇年映画と文学のすれ違う共闘

――榛葉英治『乾いた湖』の映画化による改変をめぐって――

◉中野綾子

❖はじめに

一九五〇年代は、文芸映画の時代と呼ばれ、文学と映画が手を結んだ時代であった。注▼(1)一九五〇年には阿部豊《あべゆたか》『細雪』(東宝)から黒澤明《くろさわあきら》『羅生門』(大映)をはじめ、溝口健二《みぞぐちけんじ》、成瀬巳喜男《なるせみきお》、木下恵介《きのしたけいすけ》らによって文芸映画が製作される。それは、確実に集客が見込める評価の定まった文学作品の映画化によって安定的な興行収入が見込めるからでもあった。

しかし、この結びつきは決して映画と文学の安泰を意味してはいない。むしろ、一九五〇年代後半は、活発になるテレビドラマの進出による東映チャンバラ映画や日活アクションものなどの衰退期でもあり、注▼(2)文学もまた週刊誌や新書ブームに伴う中間小説の隆盛により、「純文学」や「文壇」の危機や崩壊が、改めて叫ばれていたときでもあった。その意味で、一九五〇年代後半からの小説を原作とした映画は、文学と映画が互いの生き残りをかけた「共闘」でもあったのかもしれない。

榛葉英治『乾いた湖』を監督した篠田正浩《しのだまさひろ》も、文学を原作とした映画を多数製作した一人である。篠田は一九六〇年代について「俳句・短歌に始まり、現代小説、人形浄瑠璃を問わず、多彩な日本語の文体と向かい合い、「本格的に文学と対話をしつづけた日々であった」注▼(3)と回想する。それは、脚本でタッグを組んだ寺山修司《てらやましゅうじ》であり、『乾いた湖』の榛葉であり、『心中天網島』(一九六九年・ATG)での近松門左衛門《ちかまつもんざえもん》であった。

本章で扱う榛葉英治『乾いた湖』は、全八ページほどのタブロイド紙である『内外タイムス』(一九五七年九月―一九五八年三月)に連載され、一九五八年一一月に和同出版社から単行本化ののち、一九六〇年八月に篠田正浩によって松竹で映画化される。安保の時代を色濃く反映した映画はヒットするものの、原作からは大幅な変更が見られる。まず第一節で榛葉の日記から映画化の経緯を明らかにし、第二、三節で、映画と原作の比較をおこなう。そして、第四節では、なぜ大幅に内容を変更してまでも榛葉の原作とする必要があったのかを榛葉の日記を用いて検証し、榛葉の作家イメージがそれを後押ししていたことを明らかにする。『乾いた湖』の映画化をめぐる状況を分析することで、一九六〇年における文学と映画の関わりの一端を明らかにしたい。

❖一、『乾いた湖』の映画化経緯

榛葉は、一九五八年に敗戦時の満洲を描いた『赤い雪』で直木賞を受賞する。『乾いた湖』は直木賞受賞後初の単行本化作品であり、注目度も高かったが、榛葉にとって映画化はどのような出来事だったのか。日記に記された『乾いた湖』に関する連載経緯や映画化の顛末を追ってみたい。

まず、一九五七年七月二五日に『内外タイムス』の編集者松尾秀夫からの連載依頼を承諾、八月一三日にはタイトルを決定し、書き出しの検討に入っている。連載開始は九月四日、同月一日には「自分には全く不得意」なテーマで執筆が遅れていることが記され、一一月一二日には連載に掛かり切りとなり日記が書けなかったことが吐露されている。

執筆の遅れとは裏腹に連載終了前の一二月一三日にはすでに「北島よりの話で、『乾いた湖』が日活に内定し」（『日記』一九五七年一二月二二日）ていた。日活での経緯は、続く一九五八年を綴った一一冊目の日記がないため不明だが、一二冊目の日記には、日活ではなく松竹で映画化するまでの状況が記されている。

まず一九六〇年五月一四日に松竹から連絡が入り、七月六日に四八万円で正式に契約が取り交わされる（『日記』一九六〇年七月七日）。驚くのは、契約後わずか一五日程度で台本が完成し（『日記』七月二三日）、一カ月後には試写会がおこなわれるというスピード感であろう（『日記』八月二七日）。何より榛葉にとってショックだったことは、寺山の脚本が「原作とは、まったくちがう。学生ものになっている」（『日記』七月二三日）ことであった。

映画『乾いた湖』は、松竹の得意とする女性メロドラマや庶民的人情映画の興行が振るわなくなってきた際に、社長の城戸四郎《きどしろう》が挽回策としてとった新人登用による松竹ヌーヴェル・ヴァーグ作品のひとつであった。大島渚《おおしまなぎさ》の監督デビュー作『青春残酷物語』がヒットし、一九六〇年には大島渚『太陽の墓場』『日本の夜と霧』、吉田喜重《よしだよししげ》『ろくでなし』、田村孟《たむらつとむ》『悪人志願』など、問題作が相次いで公開され話題を呼ぶことになる。[注4] その新人監督の一人として、白羽の矢が立ったのが篠田であった。

結果、松竹は篠田に「ものすごくどきつい映画」[注5]で、「学園のなかのドラマを榛葉英治さんの『乾いた湖』で撮れないだろうか」[注6]と依頼をおこなう。その依頼に対し篠田は、「脚本は、時代も現在に移して、新しい時代精神とダイアローグで書かなければならないから、ほとんど、オリジナルのシナリオにならざるを得」ないことを伝え、原作に関しては「登場人物と名前はいただきますが、小説の中身のエピソードは大きく変更するかもしれ」ないとし、寺山修司に脚本を依頼する。さらに篠田は、音楽に武満徹《たけみつとおる》を、題字に和田誠《わだまこと》を起用し、新人女優として岩下志麻《いわしたしま》を見出すことになる。このように原作のみが松竹の決定事項であり、それ以外の人選はほぼ篠田に任され製作は開始された。

こうして公開された『乾いた湖』は話題となり、興行的には「松竹作品としては好調」となるが、[注7] 同時代評は、作品内容よりも、松竹ヌーヴェル・ヴァーグという風潮に関するものが多い。たとえば、「松竹の企画部が、これだ――と儲けの金鉱を掘り当てたように錯覚」し、「『新しい波』の商品化」がおこなわれていると、消費的な作品製作を批判する記事のひとつの作品例として『乾いた湖』は挙げられる。[注8]

さらに、増村保造《ますむらやすぞう》はこうした作品の特色として、「（一）反道徳性、（二）性と犯罪、（三）残酷、（四）エネルギーの四つ」を挙げ、「それが反逆の緊張と絶望にみちているかぎり」はよいが、「それが一度慣習化し、迫力を失い、感傷にしずむときは、もはや、始末のわるい不良少年のバカ騒ぎでしかない」[注▼9]と痛烈に批判する。記事中、唯一の場面写真が掲載されるのが『乾いた湖』であり、その批判の矛先は明確であった。

映画『乾いた湖』は、商業的には成功するが、作品への評価よりも松竹ヌーヴェル・ヴァーグの一作品として、消費的かつ過激な作品が連続する事態に対する批判的な目にさらされていた。そしてそれは、榛葉英治の原作からは異なる内容となっていたのである。

❖二、映画『乾いた湖』の改変

では、実際どのように作品は変更されているのか。小説『乾いた湖』は桂葉子というヒロインをめぐる下条卓也と木原道彦の三角関係を中心とした物語であったが、映画のあらすじを確認しておきたい[注▼10]。

大学自治会の中央委員下条卓也の友人には、木原財閥の長男道彦はじめ、同級の今井、品田、それに女子学生桂葉子、枝村美代子、北村節子、篠山貴子らがいた。卓也は、女子学生らと肉体関係がある。海岸にある道彦の別荘に集まり遊ぶ彼らのもとに、葉子の父孝作が自殺したと知らせがくる。新聞は孝作が関係する農産公社の汚職が政界に波及し、代議士の大瀬戸に詰腹を切らされたと報じる。父の死後葉子は大瀬戸の世話になっており、姉しづえは許婚者藤森から破談されてしまう。惹かれていく葉子からそれを聞かされた卓也は外国人のボクサー鄭方現に藤森を襲撃させる。一方、木原邸では男女が自堕落な遊びにふけるパーティーが繰り返される。葉子は生活費がしづえの大瀬戸への肉体の代償だと知り、家を出て自活する決心をするも、仕事はみつからないまま、安保反対で世情は日一日と騒然となっていく。卓也はダイナマイトを手に入れると、学連デモなんてくだらないと言い放ち、革命のチャンスだとダイナマイトを持って部屋を出ていこうとする。だが外には鄭方現の傷害事件の発覚により、逮捕に来た刑事が待っていた。

映画の内容は、一四章構成の小説のうち、冒頭の海での場面が描かれる一章の「若い海」、卓也の女性との関係や日常生活が描かれる二章「赤と黒」、葉子に対して姉の許嫁であった藤森が言い寄る三章「化粧の街」、下条が依頼をした松田（映画では鄭）による藤森の襲撃の場面を描いた「銀杏並木」の四章を中心として作られている。その後、「天の魚」の七章で道彦との就職斡旋に関するエピソードや八章「裸の舞踏会」で中盤の道彦の家でのパーティーのエピソードが使用されるが、ラストは小説にはない卓也がテロを起こそうとするところで逮捕され、一方で葉子はたまたま一緒になったデモの行進に巻き込まれる場面で終わりとなる。

小説の後半に描かれる葉子の一人暮らしや日活での女優デビュー、また卓也の四国への里帰りなどのエピソードは映画では描かれていない。また最終章「湖へゆく道」で、葉子は逮捕された卓也を助けようと道彦と自動車で東京に向かう途上事故にあい命を落とす。葉子の残した日記のおかげで、卓也は釈放となり、そこで初めて葉子の死を知る。そして、葉子のデビュー作が公開されるなか、「彼女は、生きているよ。桂葉子は永遠におれのものだよ」とつぶやく。このようなラストからも分かるように、小説は一貫して桂葉子というヒロインをめぐる物語であり、卓也や道彦はこの葉子に惹かれる人物として描かれる。

また「赤と黒」の章タイトルが示すように、卓也の造形はジュリアン・ソレルを下敷きにする。たとえば、「下条卓也、きさまの高まいなジュリアン・ソレルの反逆精神は、どこへいった?」（五七頁）、「気の弱い奴だな、もっと強くなれよ。ジュリアン・ソレルの精神をもてよ」（九六頁）といった形で、精神的支柱として取り上げる。さらに、自殺した水島に対しては、「ジュリアン・ソレルか……。お前の犠牲者が、また、一人ふえたぜ」（二二九頁）と語られ、自分が逮捕される可能性を知った時にも「ジュリアン・ソレルの末路か。笑わせやがる!」

（二五三頁）と述べられる。

スタンダリアンであった大岡昇平が『恋愛論』を翻訳したのが一九四八年で、一九五〇年には『武蔵野夫人』が発表される。『赤と黒』の翻訳は一九四八年『スタンダール全集』刊行を皮切りに相次ぎ、注▼(11)一九五四年には映画が公開される。『赤と黒』をはじめとしたスタンダール受容の頂点が『乾いた湖』執筆前に集中することは、偶然ではないだろう。粕谷祐己が大正期における島崎藤村や芥川龍之介らのスタンダールからの影響を挙げるように、注▼(12)下条卓也の人物造形は、英雄から破滅する人物として、明らかに「純文学」で繰り広げられたジュリアン・ソレルの物語の延長線上に想定されている。

一方、映画では三上真一郎演じる卓也は、ラングストン・ヒューズという詩人の詩を口ずさむ。「ぼくを重んじよ／黒人の少年／七歳で下町で／時として遅くまで働き／超過勤務手当／たのしむためや／貯金のため／またぼくのいい娘にやるため／あの娘の要る／ものを買う金を」（斜線は引用者）というこの詩は、労働者に対する寄り添いでもあり、同時に「ぼくを重んじよ」という労働者の権利主張の声でもある。この「ハーレム・ルネッサンス」注▼(13)を代表する詩人の詩を、寺山はその後、篠田と組んだ八作目『涙を、獅子のたて髪に』（松竹、一九六二年）でも引用しており、注▼(14)寺山の問題意識が強く反映されたものとなっている。

葉子から卓也への主役の変換は、台本のプロローグの最後の一文に据えられた「下条卓也は、明日のわれわれのレーゾン・デートルであり、栄光と不安である」注▼(15)という一文からもうかがえよう。小説では、執筆時の一九五七年に継続していた米軍立川基地の拡張計画に反対する住民運動である砂川闘争を背景としていたが、映画では、同時代の六〇年安保闘争へと変更される。日米安全保障条約の改定をめぐる闘争が、全国的な高まりを見せるなかで、卓也は一九六〇年における政治と若者の衝突のはざまに生まれた左翼から右翼へと変節をするアンチヒーローとして意味づけられていくのであった。注▼(16)

❖三、『太陽の季節』の影響

前節で確認したように、小説から映画へ、物語は換骨奪胎され大きくその内容を変えていた。本節ではさらに小説と映画で同じエピソードでありながらも、異なる表現となっているところに焦点を当てていく。そこには石原慎太郎『太陽の季節』（一九五五年）とその映画化（日活、一九五六年）による影響が見えてくる。塩澤実信は、ベストセラーとしての『太陽の季節』の特徴として「作品の背徳性、半倫理性、そこに描かれているボクシング、ヨット、マイカー、女狩りにうつつをぬかす無軌道の青春群像」注▼[17]を挙げるが、映画『乾いた湖』で残された場面はまさにこの特徴を備えている。

まず、冒頭のエピソードから見てみよう。小説『乾いた湖』は、湘南ビーチで道彦の取り巻きの男たちが「海の女王コンテスト」を覗く場面から始まる。


　八月の第一日曜で、湘南の海岸は、褐色に塗りつぶされていた。

「本日は、二十万人の人出であります……」と警察のスピーカーが知らせていた。

　足の踏み場もないような砂浜のひとつのビーチ・パラソルの下で、小型の双眼鏡を覗いていた若い男が、とんきような声を出した。

「ヘッ、こいつアいいぞ。グラマー・ガールってとこか。ヒップ（臀）九〇、バスト（胸）九〇……すげえオッパイだな」

「何だ、おれにも見せろ」

横の一人が、双眼鏡に眼をあてた。

　遠浅の海に広い舞台が浮かんでいて、「海の女王コンテスト」という文字網を下げたアド・バルーンがあがつている。舞台に、水着姿の若い女が十人ずつ出てきて、向きを変え、腰をふつて歩くたびに前につめかけた裸の男たちから、歓声があがつた。（一一頁）

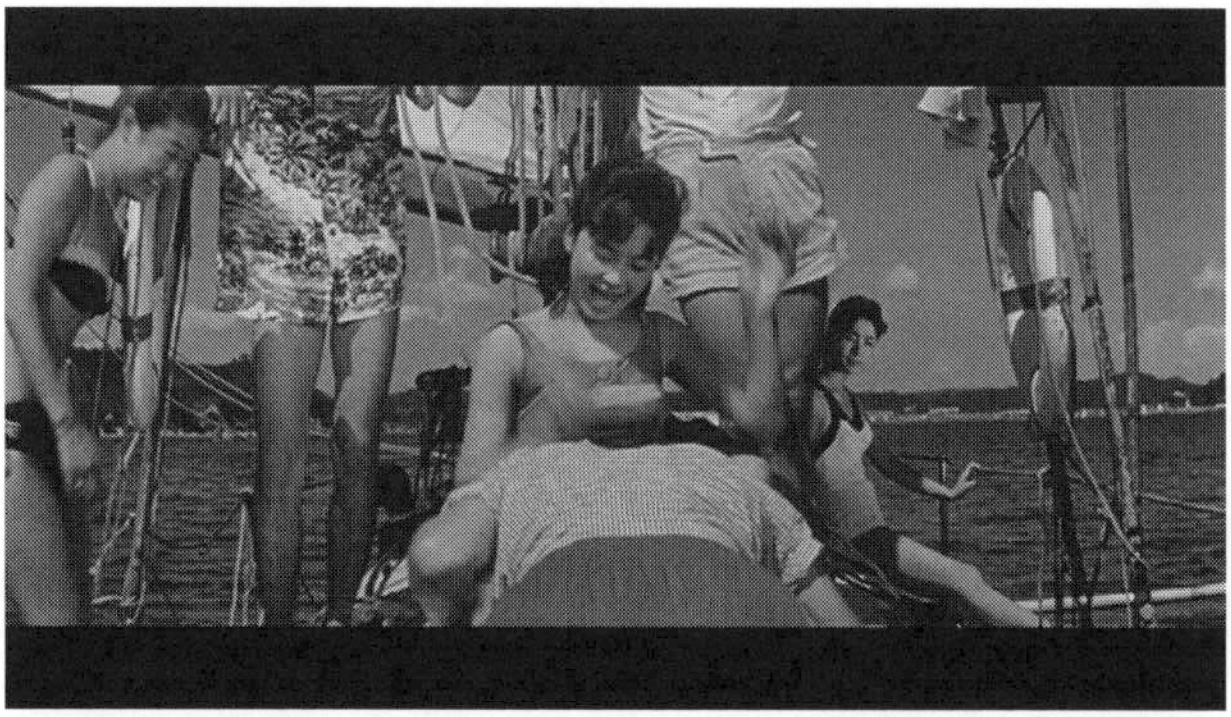

【図1】 冒頭のヨット上での場面（映画『乾いた湖』より）

　一方映画は、ヨットに乗りこんだ道彦と仲間の狂態を映し出す。水着を着た女性が力を込めて足を閉じ、男性がその足を無理やり開けられるかどうかといった性的な遊びがヨット上で繰り広げられるのである【図1】。このように映画では湘南という設定はそのままに、さらにヨット上での若者の享楽的な生態を描く場面へと転換される。こうした映像は、たやすく数年前の『太陽の季節』を想起させただろう。

　さらに、姉しづえの婚約者であった藤森を襲撃する場面もまた変化がある。小説では、ボクシング部の学生で片方の眼がみえない松田が襲撃にいくのだが、パンチを入れるだけのところを「あいつの顔を見たら、おれ、気が変った。これで、スッとやった。血がでやがった」（六一頁）と、右頬をナイフで切りつけてしまう。

　この場面は映画では、ボクシング部の学生から、ミドル級ボクサーの鄭方現へと変更される。無数の酒の空き瓶が放置された乱雑な部屋にボクサーパンツで寝そべる鄭の右頬には、ナイフで切られたような傷跡がみえる。葉子に卓也は「あいつアル中でね、動乱でたった一人のばあさんやられて、すこし頭が変だけどいいやつだよ、単純で」と紹介する。そして鄭もまた右頬をナイフで切りつけたと酩酊状態で告白する。この展開に小説と大きな変更はないものの、学生からアル中のボクサーの犯罪へとインパクトが強化される。予告ではこの場面が引用され、襲撃後酩酊した鄭を映し出し「私刑《リンチ》はまかせろ！」とテロップが重ねられる。

さらに予告では、**【図2】**のように、卓也と彼女たちの逢瀬に「たたきつけるセックス！」というテロップが重ねられ、「ベッド…金…テロ…」という言葉が映し出される。このように、予告では暴力的で性を描く作品であることが強調される。

この傾向をさらに強化するのが、道彦の趣味である映画撮影に関する「裸の舞踏会」の場面である。小説中、道彦の撮影する映画は、ヌードではあるものの、耽美的な芸術映画として描かれる。

【図2】　予告映像のテロップ
（映画『乾いた湖』より）

> 色彩映画のスクリーンは、広々とした草原になつた。草のなかを一頭の馬が走つてきた。裸の女が乗つている。白い脚で馬の腹を蹴り、夏の雲が浮かんだ原に小さくなると、林の道にはいる。裸馬の黒いたくましい背と、またがつた女の白いからだ……。女はひらりと馬を降り、枝に手綱をつないで、林にかこまれた池にはいつて泳ぎだした。水面には、花びらが浮かんでいる……
>
> （一五八頁）

「葉子さん、僕はね、ヌード写真気違いとは、ちがうつもりだよ。ぼくは、傍観者だし、耽美主義者さ。けど、なんとかいう詩人が云つたな。この美しいからだに、この醜いこころ……」

（一五九頁）

このような道彦の言葉を受け、葉子は自らの解放のために道彦の映画にヌードでの出演を決める。

辺りはシンとしている。夏の午後の光のなかに、葉子は、生れたままの姿で立つた。その時、葉子には誇らしい気持が生れ、顔が輝いた。自分の体をみせるのをはじるふつうの女ではなかつた。カメラをのぞく道彦にも、けがれた欲望は感じられない。ある陶酔が、体の底から湧いてきて、葉子はそのリズムにのり、自然に足をあげ、踊つた。無茶苦茶な踊り、そのうごきは速くなつた。いつまでも、裸でいたいと思つた。

（二五六頁）

いわば小説において道彦の映画撮影は、葉子の精神的な自立を呼び覚まし主体的にヌードとなる場面として描かれるのだが、映画では道彦の映画が持つ意味は全く失われている。映画で映し出される道彦の映画は、男性に殴打され気絶した女性を脱がしていくというレイプ映像であり、葉子の精神的な自立もまた描かれることはない。このパーティーの場面では、性に奔放で享楽的かつ暴力的な若者像を描く内容へと徹底的な変更がおこなわれたと考えられる。

このように、原作から大きく内容を変更させた映画は、小説から『太陽の季節』的な要素といわれる「湘南」「ボクシング」「性」の場面を抜き出し、さらに強調する形で製作がなされていたのである。

❖四、映画原作者としての榛葉英治

たしかに篠田は依頼を引き受ける際、内容変更の可能性を述べていたが、そもそもなぜ松竹から原作の依頼があったのだろうか。それは、榛葉英治がどのように映画界からみられていたのかが関係している。

榛葉は「『乾いた湖』が日活に内定したが、『渦』の例があるし、契約し、金をもらう迄は、安心できない」（『日記』一九五七年一二月二二日）との日記を残す。まさにその後、日活の内定も反故となり、予想の通りであるが、「『渦』の例」とはどのような出来事だったのだろうか。榛葉の代表作でもある「渦」（『文芸』一九四八年一二月）の日活での映画化の顛末を、日記を紐解きながら確認していきたい。

日記によると『渦』は、一九五六年八月四日に日活での映画化が決定していた。しかしわずか一〇日後の一四日にはその決定が覆されるかもしれないと榛葉は不安を抱き、一六日には日活へ速達を出し問い合わせをしている。そのような状況でも同月二二日には映画化の話し合いが進み、三〇日には三〇万円で日活と交渉がおこなわれる。しかし月が替わって一転、九月一日にはやはり映画化は難しいとの連絡が日活側からあり、一九日に正式に映画化は中止することとなる。また同時並行で八月七日には東宝からも映画化の意向があったことが綴られ、さらに日活での頓挫後には松竹からも依頼があったと記される（『日記』一九五六年一一月三日）。

『渦』の映画化が困難となった要因には、日活の『太陽の季節』公開に伴う太陽族映画排斥の動きがある。『太陽の季節』に描かれる無軌道な若者を危険視した人々による排斥運動は、一九五六年七月末からはじまり、八月から九月初めがピークとなり、一一月で終局を迎える。注▼(18)『渦』の映画化はまさにその最中に計画され、「予感したとうり《ママ》、太陽映画問題のあおりで、企画に積極的でなくなりワクからはずされた」（『日記』一九五六年九月一日）のであった。

八月一七日には、日活の堀社長自らが「今後〝太陽族映画〟は製作しないように社内に申し渡してある。企画中のものは中止する」注▼(19)との声明を出すに至り、一転して中止が通達された前日の三一日には「太陽族映画追放を法律化せよ」注▼(20)と文部大臣へ建議がおこなわれるほどの騒ぎとなる。

太陽族映画排斥に伴ういざこざに巻き込まれた榛葉は、「半年つづいたら、ノイローゼになるところだった。それにしても、日活というところ（これが映画界というのかもしれない）はひどいところだ。決定のニュースで、他社を押え、気をもませた上句《ママ》、ビタ一文も出さない。しかし、日活さんには、将来お世話になるかもしれないからと、腹の虫を殺した」（『日記』一九五六年九月一九日）と語るほど消耗し、その後は映画化への期待を日記には出さないようになる。注▼(21)また、日活は再度『乾いた湖』へ映画化依頼を出し頓挫しているのであるから、榛葉の吐露も頷けるものがある。

こうして『太陽の季節』公開時に、『渦』は太陽族的な作品とみられ、ひっきりなしに原作依頼を受けるのだが、実現は困難であった。それでもやはり原作者としては魅力的であったらしい。榛葉の日記に記された映画化やテレビドラマ化に関する記述から作成した**【表1】**「榛葉英治作品の映像化」から分かるように、五五年から六〇年代にかけて、継続して原作の映像化依頼がある。なかでも、『渦』や『乾

年月日	事項
1955年10月	『蔵王』大映で映画化の話あり
1955年末〜1956年春	『破片』映画化の進行と中止
1956年秋	日活で『渦』映画化の進行と中止
1957年4月	NHKにテレビドラマ「青芝」を持込に行く
1957年12月13日	連載終了前、日活で『乾いた湖』映画化内定
1960年5月14日	松竹より『乾いた湖』映画化依頼
1960年7月7日	松竹で『乾いた湖』映画化決定
1960年7月23日	寺山修司による脚本が届く
1960年8月27日	『乾いた湖』試写会／『逃亡』映画化の話あり
1962年9月	『夜と昼の顔』東映で映画化の話あり
1962年末	『夜と昼の顔』テレビドラマ化
1964年5月16日	日活『渦』の再映画化企画進行
1964年10月21日	『渦』試写（『おんなの渦と淵と流れ』に改題）
1965年6月2日	『大川端』映画化の相談
1969年	『新選組』（東宝、沢島忠監督）脚本担当（日記には記述なし）

【表1】　榛葉英治作品の映像化（榛葉英治の日記記述より作成）

いた湖』は一つの映画会社で企画が頓挫しても、すぐに別の依頼が舞い込むほどであった。[注22] とくに直木賞受賞後は、映画化が実現するようにもなる。ここまでに、日記の記述から『渦』が太陽族的作品とみなされ、榛葉が映画界から注目されていたことを明らかとしてきたが、そこにはさらに榛葉の作家イメージが深く関わっているだろう。

当時の榛葉は田村泰次郎《たむらたいじろう》に続く「肉体文学」を描く作家として見なされていた。和同出版社版『乾いた湖』巻末には、『赤い雪』『乾いた湖』と共に田村の『切れ長の眼』『肉塊』の広告が掲載され、どちらも「肉体」という言葉で宣伝される。また中村八郎は「肉体文学の新しい作風として一般ジャーナリズムがさわ」ぎ、「忽ちにして流行作家になった」[注23]と述べる。

田村は一九四〇年代後半、カストリ雑誌に大量に作品を発表し、また舞台化により大衆文化のなかで急速に消費され、通俗的イメージが定着し、「肉体」の意味が性欲と等しくみなされていたことが指摘されているが、[注24]榛葉もまた同様の事態を繰り返していたのではないか。

日記には、榛葉がカストリ雑誌『りべらる』に執筆したことに対し、ほかの作家から非難され、さらにタイトルが性的なものに変更される事件が記されている。[注25] また複数のカストリ雑誌にも執筆をするものの、そうした媒体へ執筆することの葛藤が幾度も吐露される。[注26]「『渦』が太陽映画である筈はない」（『日記』一九五六年八月一四日）と記すように、榛葉はその後も絶えずこうしたイメージと格闘していたことが日記からはわかってくる。

しかし、『乾いた湖』の連載先の『内外タイムス』を開けば、そこには作品上部に映画等の性的な記事が並び、裸の挿絵が挿入される連載がみつかる。[注27] 事実、台湾における『内外タイムス』の読者であった文学者の呉新栄は、大好きな連載小説として、高木彬光『修羅王参上』と『乾いた湖』を挙げ、『乾いた湖』を「エロ小説」として日記に記録していた。[注28] たしかに卓也の恋人たちとの性的な場面はあるものの、小説全体の描写の割合としては少なく、その印象は掲載紙と挿絵、さらに榛葉の作家イメージによるものが大きかったと考えられよう。『内外タイムス』には、映画記事が多数掲載されるが、『乾いた湖』が連載されるまさに上段の記事で、日活企画課長がインタビューに次のように答えている。

大作と銘打つ作品のすべてを、原作もので製作する予定を立てている。（略）大作をすべて新人監督の第一回作品または二、三本目の勝負どころにあてることで、従来の常識からいえば興行的にも冒険と思われることをどしどし実行に移そうとしている（略）従来も大作といえば原作ものが多かったのですが、正直いって興行的にも間違いないようです。注▼(29)

太陽族映画的な要素を持ち、かつ「性」を描く、直木賞を受賞した作家によるものであるならば、映画原作として依頼しない手はないだろう。一九五七年一二月二二日に日活での映画化が内定した後の連載では、葉子が日活でデビューする話が展開され、映画化がストーリーに影響を与えた可能性すら考えられる。

少なくとも『乾いた湖』において、湘南の若者という設定は、たしかに『太陽の季節』を想起させるものであるし、作中太田咲子に向かって「あきれた太陽族だ」（一二〇頁）という言葉が投げつけられる場面も描かれ、太陽族的な若者を登場させていたことは間違いない。ただし冒頭の構想は、榛葉の発案ではなく編集者の要望であった可能性が高い。冒頭について榛葉は、「『乾いた湖』はテーマと書出しが失敗だったか、それとも自分には全く不得意なのか、調子が出ず書くのに苦しくて仕様がない」（『日記』一九五七年九月一日）と書いており、テーマも「女子学生、女子高校生の若い人たちを書いてくれ」（『日記』七月二五日）との依頼があったと述べられている。

中村光夫は、石原慎太郎の芥川賞受賞後の文学状況を振り返るなかで、芥川賞を「目標にして修養をつづけている文学志望者はどうなるのか」と聞かれることが多くなったと述べる。[注▼30] さらに「中年に達して」「作家になることにかけている」文学修行者たちに対し、中村は「文学修行」が無駄になる可能性を自覚するのはよいことだとにべもなく答えるのだが、榛葉はまさに芥川賞を目標にしてきた中年作家であった。直木賞を受賞し、一躍人気作家の仲間入りをしたかに見えた榛葉であるが、日記からうかがう限りは受賞後も経済状況は好転せず、文芸誌への掲載も減少し、週刊誌等への掲載も不安定となっている。[注▼31] その結果、編集者からの依頼にしたがい内容の協議を重ね執筆することで、作家としての生き残りをはかっていったのではないか。『乾いた湖』の冒頭に、その跡をみることができるのかもしれない。

❖おわりに

本章では、榛葉英治『乾いた湖』の映画化をめぐって、原作として選ばれた理由や改変状況を明らかにしてきた。直木賞受賞後の人気作家としてはもちろんであるが、その背景には太陽族的要素を持った「性」を描く作家と見られていたことが関係している。榛葉もそうした作家イメージに抗いながらも、作中に太陽族的要素を登場させており、映画化に際しその要素はさらに過激化していった。

表現が過激化した背景には、テレビドラマに対抗する映画産業の問題が考えられる。佐藤忠男は当時の観客が「どんな極端な表現も受け容れ」「既成の良識を無視することに対してはもっとも寛大な層」である「男子の若年層に極端に偏った」ことを指摘し、その結果「性や暴力の表現がどんどん極端化した」[注▼32]と述べる。

紅野謙介は、一九五〇年代の独立プロダクションの状況から、「映画界の分裂と再編を通して」女性の脚本家起用など「新しい人材の登用」が実現したことを指摘し、それには「文学を原作とすることが大きな予算を必要とする映画製作にとって有利」[注33]であったと述べる。このような状況は、その後、すでに評価の定まった著名な作品を原作とする文芸映画に留まらないものになったと考えられよう。一九五〇年代は文芸映画の時代でもあったが、同時に文芸映画とは宣伝されないが、同時代に流行した小説を原作とした映画が数多く作られた時代でもある。中間小説を中心とした話題性のある小説群は、新しい映画企画として映画界からはみなされており、榛葉はそのような作家のひとりであった。

一九六〇年の松竹の不調期には、新しい人材の登用はさらに活発となり、『乾いた湖』では原作のみを社内で決定し、それ以外の人選を監督へ一任するまで製作上の冒険は進む。それは、不調を打開するための緊急案でもあったが、すでに日活が唾を付けた作品かつ直木賞を受賞し、太陽族的な原作者として注目された榛葉であったことにより、より堅実な興行を期待できるものとして製作上の冒険が可能となったとも考えられる。だが一方で、榛葉においても、篠田においても『乾いた湖』の映画化により、互いに作品を参照しあい、共同作業をおこなうことはなかった。

瀬崎圭二は、映画と文学の批評に関して、「『太陽の季節』という小説が批評される際に、すでにその映画化の動きが評価に潜在することで小説それ自体の評価が困難になっていくことと、それが映画化されてその映画が評価される際には、原作の表現が常に参照軸として持ち出されてくることはコインの表裏のようなもの」[注34]だと述べるが、『乾いた湖』の映画化に際しては、すでに小説も映画もそれ自体が批評されることは限りなく少なくなっていた。約五年の間に、映画や文学の大衆消費もまた加速度的に進行していたからである。これがいわゆる文芸映画と『乾いた湖』のような中間小説を原作とした映画とで異なっていたかは別の議論が必要であるが、内容の改変や不出来な映画に不満を述べはするものの、日記を読むかぎり、榛葉自身にも映画と小説の評価が結びついているという意識はうかがえない。だからこそ、『乾いた湖』の映画化に際しては、作品内容や製作レベルでの映画と文学の「共闘」はおこなわれなかったのではないか。

では、両者には何が残されたのか。『乾いた湖』では、同人雑誌活動をしていた卓也によって、「ぼくらの夢として、「学生で小説を書いて、今は自家用車を乗りまわしている。あいつは、ぼくらの英雄だな。北海道の無名の女の書いた小説が、ベスト・セラーになる。かれらは、一千万の金を握ったな」（二八頁）と石原慎太郎と原田康子の『挽歌』が、金銭を得るための小説として半ば揶揄をこめて語られている。いわば、こうした価値観のなかでいかに小説家として自らを継続させるのかが榛葉にとっての問題であった。

松竹もまた、一九六〇年頃に松竹ヌーヴェル・ヴァーグ作品を量産しヒットを飛ばし、話題を集めたのち、安定性を求めて従来のメロドラマと庶民的喜劇路線へと回帰する。注▼(35) そして榛葉は契約金という形で、作家の生命線を保つこととなった。『乾いた湖』の映画化の話がすすむなか、榛葉は「収入になる仕事をあまりしなかったので、（注文もなかった）」酒屋に借金ができ、質屋にいき、「信用金庫に借金を申し込む算段をしていたところ」（『日記』一九六〇年七月七日）に、その契約金として四八万円が舞い込む。日記に記録される執筆料が数千から数万円で推移するなか、契約金は執筆する場の減少した榛葉の生活を支えた。こうして『乾いた湖』の映画化に際し、映画と文学は互いの金銭的、経営的危機を相互に補い合い、すれ違いながら束の間の「共闘」をすることになったのである。

＊『乾いた湖』の引用はすべて『乾いた湖』（和同出版社、一九五八年一一月）に拠っている。

注▼

（1）文芸映画と文学との関わりについては、紅野謙介「吉村公三郎と文芸映画」（『文学』一五巻六号、岩波書店、二〇一四年一一月）を参照。
（2）一九五〇年代〜六〇年代の映画界状況については、佐藤忠男『日本映画史三　増補版』（岩波書店、二〇〇六年）を参照。
（3）篠田正浩「映画と文学。映画監督が体験した文学との対話」（『文学』一五巻六号、岩波書店、二〇一四年一一月）。
（4）佐藤忠男『日本映画史三　増補版』（前掲）。
（5）篠田正浩「篠田正浩・自伝と自作を語る」（『世界の映画作家一〇』キネマ旬報社、一九六六年五月）。
（6）篠田正浩『日本語の文法で撮りたい』（NHKブックス、一九九五年）。
（7）清水昌「乾いた湖」（『キネマ旬報』二六八号、一九六〇年）。
（8）「松竹ヌーヴェル・ヴァーグの行方」（『キネマ旬報』二六七号、一九六〇年）。
（9）増村保造「世代の限界」（『キネマ旬報』二七〇号、一九六〇年）。
（10）映画あらすじは、「新作紹介」（『キネマ旬報』二六七号、一九六〇年）を参照。
（11）以下、一九五〇年以降の『赤と黒』の刊行を挙げる。北原一夫訳『赤と黒』（養徳社、一九五〇年）、和井田一雄訳『赤と黒第一巻』（思索社、一九五〇年）、大崎正二訳『赤と黒』（山根書店、一九五〇年）、桑原武夫、生島遼一訳『赤と黒』（河出書房、一九五一年）、大久保和郎訳『赤と黒』（角川書店、一九五二年）、鈴木力衛訳『赤と黒』（三笠書房、一九五四年）、秘田余四郎訳『赤と黒』（早川書房、一九五五年）、桑原武夫、生島遼一訳『赤と黒』（河出書房、一九五六年）、小林正訳『赤と黒』（新潮文庫、一九五七年）。
（12）粕谷祐己「スタンダール『恋愛論』と日本」（『Gallia』四〇号、二〇〇〇年）。
（13）木内徹「日本におけるラングストン・ヒューズの受容」（『日本大学生産工学部研究報告 B 文系』二五―一、一九九二年）。
（14）佐藤忠男「松竹大船の時代」（『世界の映画作家一〇』キネマ旬報社、一九六六年）。
（15）早稲田大学演劇博物館所蔵『乾いた湖』台本を参照。
（16）瀬崎圭二「一九六〇年代初頭における寺山修司とテレビ」（『テレビドラマと戦後文学』森和社、二〇二〇年）では、寺山の戯曲「血は立ったまま眠っている」（『文学界』、一九六〇年六月）に描かれた「テロリズムの脱臼」が、映画『乾いた湖』と通底することが指摘されている。
（17）塩澤実信『ベストセラーの光と闇』（グリーンアロー出版社、一九九五年）。
（18）朝日新聞記事データベース『聞蔵Ⅱ』より、「太陽族映画」をキーワードとして検索した結果による。
（19）「太陽族映画は作らぬ　映倫申入れに堀日活社長言明」（『朝日新聞』一九五六年八月一七日、夕刊、七面）。
（20）「文部大臣に建議　太陽映画取締の立法化」（『朝日新聞』一九五六年八月三一日、夕刊、七面）。
（21）『渦』は、その後『おんなの渦と淵と流れ』に改題され、日活より一九六四年に映画化される。
（22）一九六五年以降は日記の記述量も少なくなり、映画に関する記述はみられない。
（23）中村八朗『文壇資料　十五日会と「文学者」』（講談社、一九八一年）。
（24）天野知幸「〈肉体〉の増殖、欲望の門―田村泰次郎「肉体の門」の受容と消費―」（『日本近代文学』七五号、二〇〇六年）。
（25）本書第一部第一章（須山智裕）を参照のこと。
（26）本書第二部「雑誌メディアへの言及の変遷」（中野綾子）を参照のこと。
（27）たとえば、「乾いた湖（一一六）」（『内外タイムス』一九五七年一二月二九日、四面）などでは、由谷敏明による葉子のヌードの挿絵が掲載される。
（28）呉新栄は、台湾で発行された『内外タイムス』を購読し、その感想を日記に記していた。一九五八年一月一日『呉新栄日記』（呉新栄（張良沢総編撰）『呉新栄日記全集』第一〇巻、国立台湾文学館、二〇〇八年、一七六頁）。『内外タイムス』の刊行経緯等については、島田大輔「占領期『中華日報』『内外タイムス』の研究一九四六―一九五三（上）―経営と紙面分析―」（『メディア史研究』四一号、二〇一七年）、「占領期『中華日報』『内外タイムス』の研究一九四六―一九五三（下）―一九五〇年代における『内外タイムス』の台湾進出―」（『メディア史研究』四二号、二〇一七年）を参照。
（29）「新人監督で勝負　日活の原作もの」（『内外タイムス』一九五八年三月七日）。

(30) 中村光夫「現代文学の可能性―最近の新人の進出ぶりについて」(『読売新聞』一九五八年九月一日、夕刊、三面)。
(31) 一九五七年一二月二六日の日記には「宛にしていた週刊新潮の小説が出なかったりで、内外タイムスの稿料を年内にもらえないと、年が越せないことになった」と記される。
(32) 佐藤忠男『日本映画史三 増補版』(前掲)。
(33) 紅野謙介「文学が映画になるとき―「文芸映画」の一九五〇年代」(『文学』一四―六、岩波書店、二〇一三年)。
(34) 瀬崎圭二「〈現代文学〉の風景―物語の大量消費と石原慎太郎「太陽の季節」―」『日本文学』六〇巻一一号、二〇一一年)。
(35) 佐藤忠男『日本映画史三 増補版』(前掲)。佐藤忠男「危機と模索」(『日本映画の模索 講座日本映画6』岩波書店、一九八七年)。

第五章

作家が描いた引揚げ体験と南京大虐殺事件

――『城壁』との関わりから――

◉和田敦彦

❖はじめに

榛葉英治の小説「城壁」は河出書房新社の雑誌『文芸』一九六四年八月号に掲載され、同社からこの年一一月に単行本として刊行される。日本の近代文学史の中で、南京大虐殺事件に正面から取り組んだ数少ない作品の一つである。

一九三七年、上海を制圧した日本軍は南京に向けて戦線を拡大していく。一二月、中支那方面軍は南京戦区に突入、一二日に南京は陥落する。日本軍による南京近郊での農村における略奪や放火が頻発し、南京城内では投降兵や敗残兵の大規模な殺害がなされる。翌一九三八年二月に南京作戦は終了するが、その占領期間にも市民への強姦や暴行、略奪を含め、残虐な行為が繰り返された。

占領下にあった南京には、日本人、中国人以外の外国人、記者や医師、宣教師、大使館員らが留まっており、数多くの記録や証言が残されている。中でも、南京に安全区を設けて市民の保護にあたった南京安全区国際委員会の人々による証言や記述は、直接事件の渦中にあって記された貴重な資料となっている。注▼(1)

『城壁』は、これら南京安全区国際委員会の人々の資料をベースに、彼らの視点と、南京に侵攻する日本軍、さらにはその中の一小隊との視点を交差させながら描いていく。この小説は刊行以後、長く忘却され、復刊されることもなかったが二〇二〇年、復刊された。注▼(2) この小説の成立の経緯、そのもととなった南京事件関係資料とその用いられ方、そして南京事件の描き方については復刊の際に付した解説で詳しく論じている。注▼(3) あわせて、この小説が忘却されてきた要因についてもそこでは論じた。そのうえで『城壁』を、南京事件を複数の視点から描き出したばかりではなく、それをいかに歴史として残していくかを問うた最初の小説として、記憶されるべきであるとした。

本稿では、『城壁』についてこれまで指摘してきたこれらの論点を整理、概観したうえで、さらに、榛葉英治の日記や小説を通して、南京事件を描くということと、引揚げ体験を描くということとがどう結びつき合っていたのかを明らかにする。それはまた、こうした点を解明していくうえでの日記資料の可能性、有効性をも示してくれるものとなろう。

❖一、『城壁』の成立

まず『城壁』の執筆から発表に至る経緯について、これまで論じてきた点をまとめておくこととしたい。榛葉英治の作家としての活動は戦後となるが、『城壁』を含め、その執筆には戦前、戦中の満洲での体験が大きく関わっている。注▼(4) 一九三六年に早稲田大学文学部英文科を卒業した後、彼は叔父にあたる作曲家の村岡楽堂を頼って満洲に渡る。アルバイトでしていた訳業を評価され、一九三九年には満洲国外交部に職を得ることとなった。

満洲国外交部は日本の外務省にあたる。外交部の次長は上村信貞であり、榛葉は調査二科（欧米情報担当）に属していた。二科の主席事務官が榛葉を誘った山本永清で、山本は一九四二年に新京（現在の長春）から南京大使館へと転出する。一九四四年に、榛葉は中国青年の意識調査を目的として、一ヶ月の中国出張を命じられ、北京や南京を回ることとなる。南京で以前の上司であった山本永清から、内々に南京事件についての資料を提供された榛葉は、それを実家の掛川に郵送する。この資料が『城壁』に用いられていくこととなる。

彼は一九四五年二月に召集され軍務につき、敗戦を迎える。ソ連軍の捕虜となって新京の東南郊外におかれた南嶺収容所に入れられるが、脱走する。翌年新京からソ連軍は撤退し、かわって中国共産党軍に占領され、さらに同年中共軍は撤退して街は国民党軍の管理下におかれる。その年、一九四六年七月に日本への引揚げが可能となり、故郷の掛川へと引揚げた。

では、南京事件を描くという構想はどのようにして形を得ていくのだろうか。引揚げ後に妻の実家のある仙台で生活していた榛葉英治は、一九四九年、東京で職業作家として活動を始める。日記では、一九五五年、ホロコーストを扱ったポーランド映画『アウシュビッツの女囚』を見た折の記述に注意したい。注▼(5) 日記では映画自体は説明不足で感動を受けないとしつつも、以下のように記している。

ただ、ナチの惨虐にはいまさらのように想いを覚えた。戦争というもの。また起るかもしれない。人間の中の悪魔。満洲のことを小説にする気持がうごいた。

（『日記』一九五五年八月一二日）

漠然と満洲時代のこととしか書かれてはいないが、ホロコーストと結びついた記憶の想起であること、また、後に見るように榛葉英治にとっての満洲の記憶は南京事件を書くという行為と結びついている点で注意したい。また、戦争を伝える、描くという思いが、まず映画という「物語」に惹起されている点も重要であろう。とはいえ、実際にその準備にとりかかるのはしばらく後の一九六二年で、南京事件の資料をもとに「書く意欲が沸きそうだ」（五月一六日）とある。その後、満洲国外交部時代の友人を呼んで話を聞き、南京事件についての議論をしている（五月二二日）。そして資料の収集や聞き取りにとりかかる。『八十年現身の記』ではそれをより具体的に記しており「この大量虐殺が上からの命令によるものか、兵隊の野蛮な恣意によるものかを知ろうとして、現地の大佐参謀だった人に質ねたが、はっきりした返じ《ママ》は得られなかった」とある。注▼(6) ところが、刊行を予定していた中央公論社からは掲載を断られてしまう。

「南京の残虐」〔「城壁」を指す〕の仕事に没頭した。妻の従兄元海軍士官岩渕氏の紹介で、元南京で参謀だった人から、別の元参謀に紹介してもらった。その仲介者から、中公へ文句がいって、取止めとなった。作品は80枚ほど殆ど完成していた。日本の底流にある危険な勢力を知った。諦めるよりほかにはない。つまり、日本には言論の自由はないのだ。

（『日記』一九六三年六月二一日）[注7]

保守合同のなる五五年体制のもと、南京事件についての記述や記憶が抑圧、封印されていく時期でもあり、歴史教科書からもその記述が消されていた時期である。[注8] 榛葉英治は、この原稿を掲載するあてがないまま書き続け、原稿はしだいに増えていった。

10日に「城壁」（218枚）を書き上げた。収入ほとんどなし。この原稿も発表の当なしだ。

（『日記』一九六三年一〇月一三日）

仕上がった「城壁」を、榛葉はひとまず河出書房新社に預けた（一〇月二一日）。そしてこの年一二月から翌年の一月末まで、彼は「城壁」の長編化に没頭し、五〇〇枚の原稿へとふくらんでゆく。

これは雑誌に連作するところもなかった。そんなへたな商売をし、生活を犠牲にしながら、この長編に熱中している。人からは笑われるだろう。自分としてはどうしようもない。これを完成させなければ、つぎの仕事をする気持になれない。（中略）この「城壁」にすべてをかけている。こんな自分はいったい正しいのか。それとも誤っているのか。

（『日記』一九六四年一月三〇日）

五月一六日、原稿六〇二枚の「城壁」が完成する。この原稿を、河出書房新社から三〇〇枚にして『文芸』に掲載する話がまとまり（六月二二日）、原稿を整理し直し、八月に掲載された。八月三一日の日記には再び「「城壁」完成」とあり、翌日、河出書房新社に届けている。これが再度加筆して六〇〇枚の形になった単行本版の最終稿と思われる。そして、単行本『城壁』としてこの年一一月に刊行される。注▼9

❖二、資料の扱い

『城壁』がもととした資料のH・J・ティンパーリー『戦争とは何か　中国における日本軍の暴虐』（以降、『戦争とは何か』）と、その小説での改編について次にまとめておきたい。注▼10 南京安全区国際委員会の人々が作成した報告や書簡が収録されており、一九三八年にロンドンで刊行され、ニューヨーク版や翌三九年のフランス語版も刊行されている。注▼11 ティンパーリーは『マンチェスター・ガーディアン』誌の中国特派員であった。

戦時下の日本ではむろん輸入することは不可能な著述ではあるが、中国では刊行と同じ一九三八年に中国語で翻訳され、郭沫若の序文を付して刊行される。さらにはその中国語版から日本語への重訳した版もいくつか作成された。この日本語版『外国人の見た日本軍の暴行』には鹿地亘《かじわたる》と青山和男の序文の付された版、そして出版事項などの記載がない版がある。このうち後者の版について、洞富雄《ほらとみお》は「おそらく当時、[日本の]軍部で訳刊し、中枢部のものにかぎり少数配布した、極秘の出版物であったと思われる」とする。注▼12 一九四四年に榛葉英治が南京で内々に手渡されたのはこの資料である。

『城壁』は、南京戦、そして占領期の南京を、日本軍のある小隊からの視点と、南京安全区国際委員会の人々からの視線とを交互に配置する形で描き出す。南京安全区国際委員会の委員長でもあったドイツ人のジョン・ラーベ（John H. D. Rabe）や、同じく委員会の委員で米国人宣教師プラマー・ミルズ（W. P. Mills、作中ではミルス）の視点から描かれた部分や、占領下での日本軍の略奪、強姦の記録は、この『戦争とは何か』をもとにしている。『城壁』は、当時まだ一般の刊行物として出てはいなかったこの資料を、読みやすくしつつも直接、大幅に引用し、構成することで作られている。各国大使館宛の公信や、事件番号の付された暴行報告、書簡や日記を生かしながら、その内容にあわせて、南京安全区国際委員会の委員達の行動を描き出し、また彼らと日本軍の江藤小隊の部隊員との接点を作り出していく。

この作品は、その記録の部分は以上の資料を基にしているが、これは純然たる小説であり、構成も、主要人物も、すべて作者の創作であることを付記しておく。注▼(13)

『城壁』初版のあとがきに記されたように、この小説では出来事やその時系列は記録にそいながら、人物の背景や出会いを創作していく。ただ、「記録の部分は以上の資料を基にしている」としつつも、この小説ではこの記録、『戦争とは何か』からの引用部分自体にも、榛葉英治による内容の変更や追加がある。『城壁』は、単に読みやすくするのではなく、引用している記録自体の内容を六ヶ所、大きく変更している。これまでの研究で、その具体的な変更箇所と、それらを作り替えた理由について明らかにしてきた。

変更点については**【表】**に示した通りである。資料自体の変更、追加を行った理由は、以下にまとめた小説

『城壁』(二〇二〇年復刊版)	原資料(龍渓書舎版)
[事件報告引用部分　本文132頁]第八十六件(十二月十八日)夜、日本軍下士官の指揮する一隊は、外国人委員を含む金陵女子文理学院収容所の職員を強迫して、大門の入口に、約一時間とどめた。六名の日本兵は収容所から婦女六名を拉致し、六人はまだ還らない。	第八十六件　十二月十七日 日本兵は陸軍大学から南京青年会総幹事某君家の娘三人を虜にした。彼女達はもともと陰陽営七号に住んでゐたが、安全といふ見地から陸軍大学に移つてきたばかりであつた。日本兵は彼女達を国府路に拉致して汚辱を加へ夜半釈放した。
[事件報告引用部分　本文132頁]第九十四件(十二月十九日)　日本兵はリグス宅付近の某家の娘を連れ去った。娘を国府路に拉致して汚辱を加え、翌朝釈放した。娘はキリスト教青年会秘書某君の婚約者である。	第九十四件　十二月十七夜日本軍人指導の捜索隊は金陵女子文理学院収容所の職員を強迫して大門の入口に集め約一時間の長きに亘つた。同軍人は捜索済なることを証明する書き付けをひき裂いた。同時に日本兵は収容所に闖入して婦女十一名を拉致した。
[十二月二十三日　日記引用部分　本文162頁]今日から、各収容所でも、登記が開始された。日本軍の上級将校は、私に、「難民区には、まだ二万の敗残兵がいるので、掃討したい」といった。私は「せいぜい、百人足らずだろう」と答えた。/中国人の組織した自治委員会は、田中書記官の尽力で、昨日正式に成立した。	[十二月二十四日の日記からの引用]
[十二月二十三日　日記引用部分　本文162頁]ミルス神父が代表となり、登録の仕事をたすけた。/明日のクリスマス・イヴのパーティには六人の客がくるはずである。	[なし]
[事件報告引用部分　本文211頁]第一七四件(一月一日)	第二二二件　一月三十日
[書簡引用部分　本文219頁]私は、現在の仕事が片づきしだい、この街を去るつもりだ。これからこの国は、ながいあいだ、戦場になるだろう。私には、戦場になる国にとどまる関心も、興味もないのだ。南京市難民区国際委員会も、遠からず閉鎖されるだろう。私たちといっしょにはたらいているミニー・ボートリン女史も、私と同行する希望をもっている。私は彼女といっしょに、本国へ還ることになるだろう。/私がこの手紙を書いている室の窓の外では、日本軍部隊の行進がつづいている…	[なし]
[事件報告引用部分　本文242頁]第一八六件(一月九日)　午後三時頃、ラーベ、スミスの二人が、城の西南にいって、状況を視察した。たまたま、一人の女が嬰児を抱いて、日本の兵隊に犯されているのを見た。他の一名は見張りに立っていた。	第一八六件　一月九日午後三時頃ミルスとスミスの両君が城の西南に行つて状況を視察した。偶々一人の女が手に嬰児を抱いて三名の日本兵に輪姦されてゐるのに遭つた。

【表】　改変の対照表

の筋立ての創造と大きく関わっている。

・金陵女子文理学院から女性が連れ去られ、レイプされる場面で、南京安全区国際委員会の人々と、江藤小隊の接点を作り出し、双方の側からその出来事を描く。
・南京安全区国際委員会の中でスマイス（作中ではスミス）とボートリンに恋愛関係を作り出し、米国に旅立つようにする。
・婚約者である葉雪珠をレイプされた中国人の黄士生の側から、その葛藤と新たな旅立ちを描く。
・クリスマス・イヴにラーベ宅に委員会の人々がつどい、日本と南京事件について見解を述べ合う場面を作る。

創作にあたって、実在する記録文書を、作中の引用部分で榛葉英治が改変した点については、これまでにも批判してきた点である。注▼(14) 実在する記録資料を引く際に、創作だからといってその資料自体を改変して示す行為は、その資料に対する、そしてその資料が記録する膨大な死者や被害者に対する配慮と尊重を欠いていると思う。

しかも『城壁』の刊行時にはまだ榛葉が元としたこの邦訳文書の存在は知られておらず、読者は参照、検証することができないのだからなおさらである。歴史学で南京事件研究の草分けでもある洞富雄が『南京事件』を刊行するのは一九七二年であり、この邦訳文書を含めた複数の版や、原著の正確な訳を含めた解説が刊行されるのは翌一九七三年である。注▼(15) 一九七二年には龍渓書舎がこの邦訳文書のリプリント版を刊行する。注▼(16)

とはいえ、こうした問題を含めて、この小説の可能性や限界、欠点自体がなされてきていないことが問題なのだ。その意味では、小説における記録資料の扱いや用い方自体を考え、問いかける可能性をもこの小説はもっ

ていたと言ってもよい。[注17]

❖三、描き方の特質と忘却

南京事件を正面からとりあげた長編小説は多くない。いちはやく描いているのは、日中戦争のさなかに執筆、発表された石川達三《いしかわたつぞう》『生きてゐる兵隊』である。石川達三は南京事件の翌年、一九三八年一月に南京で取材にあたり、この小説を執筆する。この作はその年三月号『中央公論』に多くの伏せ字をともなって発表されるが発禁処分となり、彼は起訴され有罪となる。戦場での日本兵の民間人殺害や略奪、強姦を示唆する表現が処罰の対象となった。

この小説は南京事件を正面からとりあげたというよりも、南京入城までの戦闘が多くを占める。戦後国際検察局の聞き取りに対して石川は、南京城内での出来事を作中の別の戦線を描く場合に用いたりすることで小説化をしていると述べており、[注18]確かに南京事件での聞き取りをもとにしているものの、「事件そのものを叙述しようという意図はなく、むしろそのことは回避しようとしたふしがある」との指摘もある。[注19]とはいえ、戦後、伏せ字復元版が出版され、この小説の発表の経緯を含めて、現在まで読み継がれ、研究もなされてきたという点では、『城壁』のように閑却されきたわけではない。[注20]

南京事件そのものに取り組んだ小説ではやはり堀田善衛《ほったよしえ》『時間』（新潮社、一九五五年四月）が重要だろう。一九五三年の一一月から複数の雑誌に掲載され、五五年に長編小説『時間』として刊行された。『城壁』の十年ほど前である。この小説は、南京の海軍部で官吏として勤務する中国人の陳英諦の日記という形で、つまり南京戦の被害者となる市民の視点から占領される南京を描いていく。この作について堀田は刊行の翌年、東京

裁判の記録や南京事件についての写真や中国人からの聞き取りをもとにしたと語っている。[注21]

この小説における南京事件の描き方は、ちょうど『城壁』における描き方と対照的な特徴をもっている。それは『時間』が中国人側の視点、『城壁』が日本の将兵や南京安全区国際委員会の側の視点という対照のみではない。[注22]いわば、南京事件を物語として描くか、物語にならないように描くか、という対照がそこにはある。榛葉英治の『城壁』の場合、南京戦の背景や全体を俯瞰しつつ、南京事件に関わる多様な人物の背景、心情を三人称で時系列にそって描き出す。一方、『時間』は日記の形で一人称で語りながら、目の前の出来事に思索や記憶が交錯し、ときに記憶の混濁、語り直し、あるいはそこからの回避を交えたモノローグの形で事件を描き出す。『時間』ではむしろ「戦争の話術、文学小説の話術で語らぬこと」、「小説的（ロマネスク）な記述を故意に拒否」しようとする語り方を選び取っている。[注23]

南京事件の全体像を分かりやすく、また関わった多くの人々の視点からうかびあがらせているのが『城壁』の特徴だが、それはまたこの小説の長所でもあり、短所とも言えるだろう。南京事件における膨大な被害者や加害者の一人一人の体験や内面を、分かりやすい言葉にすることにそもそも無理がある。また、南京事件を生み出す要因にしても、個々の兵士のレベルから、現地指令部、参謀本部といったレベル、さらにはその背景となる歴史、経済的な要因を含め、広範な広がりがあり、それを言葉で具体的にイメージさせていくこともまた難しい。具体的な物語を作るとは、これら無数の線を一本の太い線で上書きしてしまうような行為でもある。「戦記もの」の出版ブームで戦争が安易に物語化されていく五〇年代に、南京事件を物語にならない物語として語る堀田善衛『時間』は重要な意味をもつ。[注24]

とはいえ、そもそも戦争の物語化を批判、解体する手法が意味をもつためには、まずは戦争の物語化が必要だが、南京事件の場合、まずこの物語にされるということ自体がほとんどなされないという異常な事態が続いていく。終戦後、南京事件が日本の社会で歴史認識、戦争認識として定着せず、七〇年代以降、いわゆる南京事件を否定するような言論が登場する土壌が生まれていった要因を笠原十九司は論じ、次のように述べている。

国民は南京事件はあったようだという漠然とした、あいまいな認識にとどまり、具体的な歴史イメージや南京事件像に裏打ちされた明確な記憶をもたなかったということである。注▼(25)

小説を通して具体的なイメージとして南京事件を描き出す、という試みは、それを読者が追体験し、疑似体験することでより具体的な像として記憶に定着していく力をもっている。この点で『城壁』は、南京事件を歴史知識にもとづきながら想像可能な物語にして広く発信していった小説としてその重要性を認める必要がある。そしてまた、その重要性にもかかわらず、今日まで顧みられなかった理由を、忘却されていった過程を、とらえなおしてみる必要がある。

この要因については、これまでにいくつかの点を指摘してきた。南京事件の歴史、記憶を忌避し、否定する言論状況はむろんその忘却の大きな要因となっていよう。南京事件についての歴史研究の成果が広く共有されることなく、七〇年代以降に事件を否定する言説が登場し、いわゆる南京事件論争がはじまっていく。八〇年代には多くの証言や資料集の刊行もなされ、事件自体を裏付けるその成果も次第に共有されてゆくことになるが、『城壁』が出版、受容されていく六〇年代半ばから七〇年代は南京事件を描いた『城壁』にとってはまさに冬の時代であったといえよう。

また、南京事件に対する忘却に加え、榛葉英治という作家の営為が、これまでの研究でなおざりにされてきたということが、『城壁』忘却の要因にはある。そこには、大衆作家、中間小説作家を十分に研究の対象とすることができなかった日本近代文学研究という場の問題がある。また、彼が引揚げ体験を描く作家であったことも作用していよう。引揚げ体験は戦後、膨大な手記や回想記を生み出してきた。しかし、朴裕河はこれらが、加害者としての日本を含む「植民者たちの物語」であったがゆえに、戦後の論壇や学界、さらには文壇や文学研究領域でも見過ごされ、忘却されてきたことに注意を向けている。注▼(26) こうした「引揚げ文学」の忘却も、榛葉英治の著述が見過ごされてきた要因として考えられよう。

『城壁』は、南京事件を具体的なイメージ、物語として描いたことに加え、南京事件をいかに記録し、記憶するかという問いをはっきりと組み込んでいる点でも重要な小説と言えるだろう。この小説は南京事件を描きつつ、この事件を言葉にする新聞記者や評論家を、あるいは日記や書簡、報告書として書き付けるその行為を描いた小説でもある。南京事件を前に、『城壁』では、ラーベに「人類共通の問題として、のちの時代につたえたい」と語らせ、江藤少尉に向けてミルス神父に「あなたが南京で経験したことを一生、忘れることができないでしょう」と語らせている。あるいは「この南京占領は、歴史にどう書かれるだろう?ここで日本軍隊が何をやったかということを、国民も、後世の人も知らずにすぎるだろうか」と記者に語らせる。注▼(27) 南京事件をどういう立場から、どういう言葉で残し、記憶していくのか。この後、半世紀にわたって続く論争に先だって、読者にこの問いを投げかけているこの小説の意味は大きい。

❖四、引揚げ体験という靭帯

『城壁』の生まれた経緯や、その表象の特徴、さらにはその忘却の要因について、これまでの研究の論点を整理しながらまとめてきた。ここでさらに論じたいのは、南京事件を記憶する、描くという『城壁』の方法が、榛葉英治が生涯にわたって描いている引揚げ体験と、どう結びついているか、という点である。『城壁』の創作には、この記録を彼が所蔵していたことのみではなく彼自身の敗戦、引揚げの記憶が重要な役割を果たしていたことをここでは明かしていきたい。

榛葉英治は、敗戦後間もない時期に発表した短編「鉄条網の中」(『文学者』一九四九年二月)から、終戦から半世紀を経た晩年の自伝『八十年現身の記』まで、自身の引揚げ体験をくり返し小説化している。なかでも、直木賞を受賞した一九五八年の『赤い雪』、さらにその「体験の事実だけを書きとめておきたい」と考えて書かれた一九七一年の『極限からの脱出』、そして一九八二年の『満州国崩壊の日』は、長編の引揚げ三部作といってもよいだろう。注▼(28)

とはいえ、この三部作を含め、榛葉英治の引揚げ体験には、引揚げていく過程自体はあまり描かれない。引揚げるルートとしては、妻、息子とともに家族で長春(新京)から鉄道で一日半かけて瀋陽(奉天)に移動、そこから四日がかりで錦西の営舎に行き、二〇日間そこで過ごした後、鉄道で胡芦島に向かい、そこから日本へと出港する。『赤い雪』ではこの道程そのものが描かれず長春を出発するところで小説の幕は閉じる。『極限からの脱出』でも引揚げの道程が描かれるのは全体の一割程度であり、上下巻に及ぶ長編『満州国崩壊の日』でも十数頁である。注▼(29)

では、榛葉英治がくり返し描いているのは引揚げ体験における何だったのか。描かれるのは長春で収容所から自宅に戻るまでであり、進駐した軍隊のもとでおびえる生活体験を描くことにその関心は向けられている。彼にとって引揚げの記憶を描くことは、外国の軍隊に占領された町でおびえる体験を言語化することだった。そこに、榛葉英治が南京事件を描くという構想との連続性が見いだせよう。

この引揚げ体験を描くということと、南京事件を描くということの連続性は、一九七六年に刊行された伝記小説『夕日に立つ』の構成からもようかがえる。これは自身の伝記ではなく、高碕達之助《たかさきたつのすけ》を描いた伝記小説である。[注▼30] 高碕達之助は元満洲重工業開発の総裁で、終戦時に長春で日本人居留民会（日本人会）の長として避難民の保護にあたり、内地への支援を訴えかけた。日本人会は満洲の地で日本人難民の救済資金の調達、避難民収容所の運営、進駐したソ連軍、中共軍、国府軍との折衝にあたる。[注▼31] すなわち、『夕日に立つ』は日本人難民が逃げ込んだ長春の町において、難民や住民と占領軍、さらにはその間にたって交渉する交渉団の関係を描いており、南京城内で日本軍と交渉をあたる南京安全区国際委員会と似通った形の構造で作られている。

まとめるなら、満洲時代や引揚げ体験にこだわり、書き続けられた作品群と、南京事件を描く『城壁』とは構造上似通っており、両者の靱帯は南京での占領者としての記憶と、長春での被占領者としての記憶とが、つまり加害と被害の記憶とが重ね合わせられることによって生まれている。むろん、長春と南京とを相似形と見なすこの認識のあり方自体は批判されるべきであろう。そもそも榛葉を含めて長春の日本人自体が占領者でもある。とはいえ、そのことが南京事件を描くことへの使命感とも結びついていたと言えよう。

ただ、榛葉英治の日記や著述を追ってみると、特に一九七〇年代以降、抑留者やその記録に対する関心が強まっていくにつれ戦争被害者としての感情が、戦争の加害者としての記憶を圧倒していくことがうかがえる。七一年の自伝的作品『極限からの脱出』で、榛葉は自身のみならず、引揚げ者や抑留者の記録に関心を向け、作中に生かしている。一九七七年には満洲の憲兵隊時代の知人である五味文彦（元憲兵准尉）から『朔北の道草』を送られ、感銘を受ける。[注▼32] ソ連に長期抑留された人々の手記や歌を集めた大部の抑留記である。その後、榛葉英治はこの抑留記をまとめた朔北会を通して、関東軍の元参謀であった草地貞吾《くさちていご》や、五味を訪れ、取材も行い、それは一九八一年に『ソ連強制収容所』の形で刊行される。

抑留記や、抑留体験者からの聞き取りを通して、もしも自身がソ連にあのまま抑留されていたら、という思いを棒葉は著述や日記でくり返し記している。彼にとって、抑留者の手記、時間は、自分自身がそうあったかもしれないもう一つの戦後の時間であった。注▼(33)

あのときに脱走しなかったら、私は死んでいたと思う。今度、この本を書くに当って、当時、シベリアに送られた人たちの多くの手記を読んで、いっそうこの感を強くした。あのときにシベリアへ送られていたら、体力がなくて労働にも馴れない私は、極寒の苛酷な状況の中で死んでいたに違いない。

(『ソ連強制収容所』)

もしあのときに、自分が捕虜収容所から脱出しないで、シベリアに送られていたら、生活の事情は違うにしても、自分の息子も残留孤児になっていたかもしれない。

(『満州国崩壊の日』下)

あのときに脱出していなければ、自分は間違いなくシベリヤで死んでいた。現在までの自分はないわけだ。

(『日記』一九八一年一二月五日)

棒葉英治にとっての戦後の時間は、もしも抑留されていたら、といういわば「仮想抑留者」としての恐怖と怒りの中で想像、再構成されていく。時間がたてば記憶は薄れるが、仮想抑留者にはその逆の現象が起こる。仮想の分岐点からの時間が長ければ長いほど、つまり戦後の豊かで幸せな時間があればあるほど、抑留されていた場合の喪失の総量は増え続け、恐怖は増していく。

榛葉英治の場合、『戦争とは何か』を『城壁』へと引き継ぎ、作品化していく過程には占領者としての記憶と、被占領者としての記憶との結びつきが、戦争の加害と被害の意識の結びつきがあった。しかし、その後、仮想抑留者としての被害者意識が強まっていくなか、戦争の加害者、占領者としての側の意識が満洲の記憶から後景にしりぞいていく。

❖おわりに

本章では『城壁』という小説を掘り起こし、記憶していくことの意味を、あるいはそれが忘れられた意味や理由に目を向け、論じてきた。ここでねらいとしたのは、榛葉英治という作家を偉人化することでも、神聖化することでもない。戦後に生きた一人の職業作家の営みから、南京事件をどう受けとめ、描くのかという問いを、そしてまたその忘却にいかに抗するのかという問いに向き合う糸口を考えていきたいがためである。

半世紀にわたる榛葉英治の日記は、こうした問いを考えていくうえで非常に有効な手立てともなっている。『城壁』からは確かに榛葉英治が南京事件にどう向き合い、作品にしているのかは分かる。しかし、日記の記述は、この書き手と戦争の記憶との関係を、この小説刊行の一つの地点としてではなく、その後の生涯にわたる線で示してくれる。その線は晩年までとだえることはない。

昨日、一日がかりで「城壁」を読んだ。よく調べたよい作品だと再確認した。これは小説新潮賞候補になったが外れた。それにしても埋れているのが惜しい。文庫にでもなればいいが無理だろう。

（『日記』一九九六年二月二三日）

一つの時点としてではなく、半世紀にわたるいわば線として、戦争の記憶の継承をとらえる可能性がそこにはあろう。それはまたその線の先にある後の時代の読者、私達がその記憶をどう引き継いでいくのかに深く関わっていくことともなろう。

注▼

（1）南京事件調査研究会『南京事件資料集　一　アメリカ関係資料編』（青木書店、一九九二年一〇月）。洞富雄編『日中戦争南京大残虐事件資料集　二　英文資料編』（青木書店、一九八五年一一月）に訳出、解説されている。

（2）初版、榛葉英治『城壁』（河出書房新社、一九六四年一〇月）、復刊、同『城壁』（文学通信、二〇二〇年六月）。

（3）拙論「解説」（榛葉英治『城壁』（前掲、文学通信版）所収）。

（4）榛葉英治『八十年現身の記』（新潮社、一九九三年一〇月）。

（5）『アウシュビッツの女囚』（原題『The Last Stage』、ポーランド、一九四八年、ワンダ・ヤクボフスカ監督）。

（6）榛葉英治『八十年現身の記』（前掲）二四二頁。

（7）榛葉英治はティンバーリイ『外国人の見た日本軍の暴行』（訳者不詳、評伝社、一九八二年一一月）「解説」では「旧軍人の団体から、編集部宛に、掲載中止の申し入れがあり、これは実行された」と記している。

（8）笠原十九司・吉田裕編『現代歴史学と南京事件』（柏書房、二〇〇六年三月）。

（9）雑誌初出と単行本では大きな異同があるが、異同の詳細については拙論「解説」（榛葉英治『城壁』（前掲、文学通信版）所収）を参照願いたい。

（10）Timperley, H.J. ed., *What war means : the Japanese terror in China*, Victor Gollancz, 1938.

（11）Timperley, H.J. , *Ce que signifie la guerre, la terreur japonaise en Chine*, traduit de l'anglais par l'abbé Gripekoven et M. Harfort Amitiés chinoises.

（12）洞富雄編『日中戦争南京大残虐事件資料集　二　英文資料編』（青木書店、一九八五年一一月）三頁。なお、洞は『近代戦史の謎』（人物往来社、一九六七年十月）や『南京事件』（同、一九七二年四月）で『城壁』がティンバーレーの著書の日本語訳を用いたことにも言及している。

（13）榛葉英治『城壁』（前掲、文学通信版）初版あとがき。

（14）榛葉英治は『満州国崩壊の日』（評伝社、一九八二年一二月）「あとがき」で、歴史資料は小説化する際に手を加えてもいいが、小説の表現には一文字たりとも手を加えてはならない、という趣旨のことを記している。

（15）洞富雄編『日中戦争史資料　9　南京事件2』（河出書房新社、一九七三年一一月）。

（16）ティン・バーリイ『復刻版　外国人の見た日本軍の暴行』（一九七二年二月、龍渓書舎）。この復刻版には使用原本などの書誌的な説明や解説は付されていない。

（17）この小説がほとんど研究されていない中、『城壁』を『生きてゐる兵隊』、『時間』を継承した作ととらえ、その多元的な視点を評価する陳童君「南京虐殺事件の戦後日本文学表現史」（『中国研究月報』二〇一八年一二月）は重要な研究と言えよう。

（18）原文は英語。粟谷憲太郎・吉田裕編『国際検察局（IPS）尋問調書』（第五〇巻、日本図書センター、一九九三年八月）。

（19）笠原十九司「日本の文学作品に見る南京虐殺の記憶」（都留文科大学比較文化学科編『記憶の比較文化論』（柏書房、二〇〇三年二月）所収）九五頁。

（20）『生きてゐる兵隊』の検閲や流通の過程については近年でも牧義之『伏字の文化史』（森話社、二〇一四年一二月）や河原理子『戦争と検閲』（岩波書店、二〇一五年六月）で、その描き方については五味渕典嗣『プロパガンダの文学』（共和国、二〇一八年五月）でも関心が向けられている。

（21）堀田善衛・佐々木基一「創作対談　日本・革命・人間」（『新日本文学』一九五五年六月）。

（22）陳童君（前掲論）は、中国人側の視点が描かれていることも評価しているが、日本人将兵、南京安全区国際委員会側と拮抗するほどの視点構成になっているとは言いがたい。

(23)『時間』の引用は『堀田善衛全集』(筑摩書房、一九九三年六月)による。
(24)戦記ブームとこの時期の戦争観については、吉田裕『日本人の戦争観』(岩波書店、一九九五年七月)を参照。
(25)笠原十九司『増補　南京事件論争史』(平凡社、二〇一八年一二月)一〇七頁。
(26)朴裕河『引揚げ文学論序説』(人文書院、二〇一六年一一月)。
(27)楱葉英治『城壁』(前掲、文学通信版)九九頁、一八三頁、二三六頁。
(28)楱葉英治『極限からの脱出』(読売新聞社、一九七一年八月)。
(29)成田龍一『「戦争経験」の戦後史』(岩波書店、二〇一〇年二月)は男性の引揚げ手記には引揚げの道程は描かれない傾向にあると述べる。
(30)高碕達之助『満州の終焉』(実業之日本社、一九五三年七月)、渋川哲三『高碕達之助伝』(ダイヤモンド社、一九六六年六月)。
(31)一九四五年八月一九日に長春日本人居留民会(新京日本人会、小野寺直助)が結成され、各地の日本人会を統括する組織として在満邦人救済委員会(満州日本人救済総会、高碕達之助)が作られる。
(32)「あとがき」(『ソ連強制収容所』評伝社、一九八一年一二月)、朔北会『朔北の道草　ソ連長期抑留の記録』(朔北会、一九七七年二月)。
(33)楱葉英治『ソ連強制収容所』(前掲)二六四頁、同『満州国崩壊の日』(下、前掲)二九一頁。

「美しい日本」の懐古と追憶

第六章

作家はなぜ「釣り」を書くのか

――榛葉英治『釣魚礼賛』を起点に――

◉河内聡子

❖はじめに

棒葉英治『釣魚礼賛』は一九七一年に東京書房より刊行された釣りの随筆集である。当初一五〇〇部の限定本で、函入りの豪華版で刊行したところ三ヵ月あまりで完売し、一九七六年に日本経済新聞社より増補改訂の普及版として再販、一九八〇年には同社より『続釣魚礼賛』が出版された。その後には、一九九五年に両書より抜粋して編纂された『川釣り礼賛』が平凡社ライブラリーより刊行され、また一九九九年にはつり人社より「つり人ノベルズ」シリーズの一編として正編続編ともに再版されている。『釣魚礼賛』は、榛葉の作品の中でも長く広く販売され、多くの読者を獲得したといえる。注▼(1)

【表1】のようにいくつかの単行本として「釣り」に関する榛葉英治の著作が発表されており、その他にも一九五〇年代中頃から一九八〇年代にかけて、雑誌や新聞へも数多く寄稿している。その種類は専門誌のみならず大衆紙や業界紙、または少年誌や婦人雑誌にいたるまで多岐に及び、「釣り」が幅広い活躍の場を提供するテーマであったことがうかがえる。

榛葉は自らを「晴釣雨読居士」注▼(2)と自称するほどに「釣り」を愛好し趣味として嗜む一方で、執筆のテーマともしており、それは作家生活を続けていく上での重要な収入源ともなった。「釣り」に関する著述は、榛葉英治の文業を支える上で大きな比重を占めるものであったと言える。本稿では、榛葉英治『釣魚礼賛』を起点として、作家が「釣り」を表現する営為について、日記テキストを手がかりとしながら、併せて同時代の大衆文化やメディアの状況を踏まえて考察し、文学と「釣り」の関係からとらえられる問題の射程を検討していきたい。

◎単行本（随筆・紀行文）	
『四季の釣り』真珠書院、1965年	
『渓流・川と海の釣り』金園社、1966年	
『釣魚礼賛』（1,500部限定版）東京書房、1971年	
『釣魚礼賛』（増補改訂版）日本経済新聞社、1976年（1999年に「つり人社」より再版）	
『続釣魚礼賛』日本経済新聞社、1980年（1999年に「つり人社」より再版）	
岩崎定夢編『釣り随筆集 四季の魚影』岩崎企画、1985年	
『川釣り礼賛』平凡社ライブラリー、1995年	
◎雑誌・新聞への寄稿 ※連載あるいは断続的に複数回寄稿しているものは-で示した。	
『水産時報』水産庁、1954-	『中日新聞』1965-
『東京新聞』1956-	『プリンス』プリンス自動車、1965
『旅』新潮社、1958-	『週刊サンケイ』扶桑社、1966-
『温泉』日本温泉協会、1958-	『つりマガジン』桃園書房、1966-
『報知新聞』1959-	『スポーツ・ニッポン』1967-
『週刊読売』読売新聞社、1960-	『経済往来』経済往来社、1968-
『山と高原』朋文堂、1960	『平凡パンチ』平凡社、1969
『アサヒ芸能』朝日新聞社、1963	『週刊少年サンデー』小学館、1970-
『銭：The zeni』経済週報社、1963-	『勝利』勝利出版、1970
『読売新聞』1963-	『ザ・ドリンクス』日本バーテンダー協会、1971-
『産経スポーツ』1964-	『婦人公論』中央公論社、1971
『味くりげ』名古屋タイムズ、1965-	『つり新聞』つり新聞社、1974-
『小説倶楽部』桃園書房、1965-	『電波新聞』電波新聞社、1980

【表 1】榛葉英治の釣りに関する著作

❖一、趣味としての「釣り」、主題としての「釣り」

榛葉が本格的に釣りを始めたのは一九五一年、四〇歳を目前とした頃のことである。注▼(3) 伊豆に逗留した折に土地の人の手ほどきを受けて渓流釣りを体験したことをきっかけとして、「ここ二ヶ月の自分は、釣りに酔ったようになって」（『日記』一九五一年九月九日）、それからは週に三、四回のペースで、遠くの山へヤマメ釣りに行く日もあれば、近所の多摩川で鮎釣りを楽しむ日もあるという、釣りに興じる日々を送ることとなる【図1】。当初の没入の程度は甚だしく、「雨のなかで、傘をさして釣り。自分ながら、こんな自分に、ちょっと異常なものを感じる」（『日記』一九五一年一一月一三日）とも述べている。七〇年代後半以降、江見に別荘を購入してからは主に海釣りに遊ぶようになるが、「渓流と川とは、私がいちばん熱中した釣り」注▼(4)であったという。つまり『釣魚礼賛』は、渓流釣りに没頭した約二〇年もの年月を重ねた集成ともなっているのだ。

そもそも趣味として始めた釣りについて、それをテーマとして書こうという意識はどのように芽生えたのだろうか。釣りを始めた頃の日記は釣りに行った事実を端的に記すだけであるが、一九五三年頃からは釣りの話題だけで長文の記事が書かれるようになる。それは、釣りの情景を描写したもので、後に執筆される多くのエッセイにも通じる表現と言える。

【図1】『新潮』53巻8号（1956年8月）巻頭グラビアで釣り竿を手にする榛葉英治

> 谷の水音が耳について、一睡もしないうちに白々明けになる。三時半頃に仕度をして、出た。行く道で、犬でも猫でもなさそうな小動物に会う。いつもいちばんに鈎を、おろす岩かげで、七寸ぐらいの虹鱒を一尾上げる。魚はとびついてくる感じで、ググッと竿にくる感じで合わせる。谷間は明るくなってきた。三尾釣って、道に上り、さらに一里上へいった。
>
> （『日記』一九五三年五月二五日）

同日の日記の最後には、「釣りにゆきながら考えたのだが、作家としての復活を計画的に実行してゆこうと考えた。どんな雑文も、計画的に書く。明日から、雑文、山女魚釣り、読物…」と記されており、作家として「釣り」を対象として書くことが意識されたと見ることができよう。その後、佐藤垢石《さとうこうせき》の『鮎の友釣』を読むなど、釣りに関連した読書も重ねていたようである。初めての寄稿は一九五四年のことで、『小説公園』に「釣りの随筆」を寄稿している。この時期、作家として釣りをテーマに書くことの着想について、日記では「今日の釣り行きで感じたこと。『日本の美しい国土、美しい自然』その自然と人間（国民）とこの国を書きたい。全国を歩いて。紀行でもいい。」（『日記』一九五四年三月九日）と記述しており、「釣り」という営みを通じて、「日本の美しい国土」と「自然」を活写することを執筆の動機に据えていたことがうかがえる。

さて、先に触れた通り、榛葉の日記の釣りに関する記述がエッセイにも通じる表現を獲得していくのだが、「雑文も、計画的に書く」という意思で釣りの日記を書き留め、一九五四年からは「釣り日記」と称する別立ての日記を作っていたようである。注▼5 実際に、日記を基にしてエッセイが書かれたと考えられる部分がいくつか確認される。以下の引用は、大丹波川で釣りをした記述で、前が日記本文で、後が『釣魚礼賛』「渓流の妖精・山女魚」の一節である（傍線引用者）。

「マナイ沢」へはいったが、全くだめでまた大丹波川へもどり、夕方まで釣った。合せて、五尾。それはそれとして、マサイ沢へゆく道を歩いていると四方にそびえた山の桧が濃く、春の陽がのどかにあたって、分教場の校庭で小さな子らが、輪をかいて、かけていた。先生がピッピッと笛を吹いている。生きる有難さを感じたが、自分には、いつも健康の不安がつきまとっている。

（『日記』一九五四年四月一五日）

べつの年の四月初めに、大丹波川の支流のマナイ沢から私は本流にもどってきた。／村の分教場の桜は満開であった。その花びらも散らないおだやかな日で、山間の部落には春の陽があたっている。分教場のせまい校庭では、女の先生がピッピッと笛を吹き、小さな子らが輪をかいて駆け足をしていた。／竿をもって道を歩きながら、私は生きていることの有難さを味わった。[注6]

細かい表現は変えられているが、傍線で示したように出来事については一致しており、日記を素材として書かれていることがわかる。この例に限らず、日記と共通する記述は散見される。榛葉の釣り随筆は、趣味としての釣りを嗜む日常と、地続きの表現としてある。

❖二、書く対象としての「釣り」の意識

ここで、作家である榛葉英治が「釣り」を主題として書くことに、どのような意識や思考を持っていたのかについて確認する。それを考える上で日記に注目すべき記述があるので、まずはそれを糸口に考えてみたい。次の記述では、伊藤桂一《いとうけいいち》[注7]が『文芸日本』に発表した作品について述べている。

伊藤桂一が「文芸日本」に釣りに魂をうばわれた頃の心境を書いている。自分にもいくらか思いあたるところがあった。しかし、運動としてせいぜい週に一度くらい出かける釣りが、彼の云うようにそんなに精神的に害になるとは考えられない。ゴルフだって同じではないか。

（『日記』一九五九年一〇月一三日）

右記で榛葉が読んだという作品は、時期からすると「産卵」という短篇であると推定される。その一部を引用する。

ふしぎなもので、年中釣ばかりしていると、人間としての生理の状態までが、魚類のそれに似てくるものである。ぼくは何年という間、酒も女も遊び事も一切断絶して、休日にだけ晴雨にかかわらず釣に行った。／（中略）あらゆる抵抗と思考を尽きたあとに、いわば断末魔の絶叫だけがこみあげた。山に向い手をあげ全くの自己放棄のままに叫んだとき、そのときその場から自身の爽やかな崩壊を悟りえた。奇妙ないい方だけれど、それは健康な発狂というべきものででもあったろうか。（中略）水のほとりにいて、それが一見解放された姿勢でありながら、ぼくはたまに、ぼくの身近を掠める、ごく危険なものを予感することがある。どっちみち窮死するのだから、それ以上にぼくを脅かすもののある訳がない、と、そんなときぼくは自らにいいきかす。注▼(8)

伊藤桂一の短編小説「産卵」では、「釣り」に耽溺する日々の中で、「生理の状態までが、魚類のそれに似てくる」として、まともな人間生活から逸脱していく感覚が示される。それは、「崩壊」「危険なものを予感」あるいは「窮死」といった破滅を連想させ、「釣り」という行為が、身体的には「一見解放された姿勢」でありながら、精神的には「爽やかな崩壊」を来しており、「健康な発狂」として表現される営みとされている。これに対して、先に触れたように榛葉は「運動としてせいぜい週に一度くらい出かける釣りが、精神的に害になるとは考えられない。ゴルフだって同じ」と述べており、相互の姿勢に大きな隔たりがあることは明白である。

このような榛葉の「釣り」への認識は他の記述からも確認できる。例えば日記には、釣りに没頭する日々について「この夏は、仕事をすてて、精神と体の恢復を考えようと計画している。海にきて、八日になるこの頃、どうやら健康になり」（『日記』一九五九年七月二九日）や、「すっかり健康をとりもどした模様でまっ黒になり裸で暮している。（中略）昨年同様、仕事は完全に放下した。夏のRecreationで、これでいいのだろう」（『日記』一九六一年八月一五日）などと書かれ、健康増進を目的としたものであるという記述が散見される。「釣り」による肉体の健康については『釣魚礼賛』の中にも記され、「青くむくんでいた顔は陽に焼けて頬の肉もしまり、体が軽くなった。永年、渓流を歩きまわったので、私の腿はマラソン選手みたいに固い。「釣りボケ」だなどと、私をからかう友人に、この陽焼けした顔をみせてやりたかった[注9]」と「固い腿」や「陽焼けした顔」など身体性を誇示するような記述が散見される。また、「このごろでは、釣りも、立派なスポーツとして認められるようになった（傍点引用者）[注10]」とも述べている。

伊藤との比較でも明らかなように、榛葉にとって「釣り」は、あくまで身体的な行為としてあり、健康の維持を目的とした「スポーツ（運動）」や「レクリエーション（仕事の余暇）」であった。榛葉が「釣り」を対象として書くのは、出来事や事象を記録するような筆致の随筆や紀行文に限られており、伊藤のように小説の主題となることはない。

前節で述べたが、榛葉の釣り関連の作品は、日記の記述の延長線上にある。榛葉の「釣り」に関する著作の特徴というのはまさにここにあり、日常的な趣味の記録を素朴に綴ったものを、随筆・紀行文として発表していたというところにあると言える。

❖三、文学における「釣り」の系譜

それでは、榛葉英治が「釣り」を主題として執筆したことは、文学上の営みにおいてどのような位置づけが可能になるのだろうか。ここでは、先行研究を参照しながら、「釣り」に関係する文学史を簡単に振り返っておきたい。[注11]

日本における「釣り」に関する書物の成立は江戸時代の中期に遡る。享保年間より釣りの方法や道具に関する指南書、または釣り場案内として登場したのが初めであった。[注12] 明治期に入ると「釣り」を主題とした随筆・紀行文が登場し、後期には幸田露伴《こうだろはん》の「キス釣り」や村井弦斎《むらいげんさい》「釣道楽」など、作家による随筆などの著作が発表される。また、のちに日本において「釣り師の聖典」[注13]とも称されるアイザック・ウォルトンの *The Complete Angler*（初版：一六五三年、邦題『釣魚大全』）が幸田露伴らによって紹介される。[注14] 大正期には『釣の趣味』（一九一九年）、『釣の友』（一九二〇年）、『つり』（一九二五年）など、「釣り」の専門誌が複数創刊され、関連する随筆や小説が掲載されて、ジャンルが多様化していくとともに、書き手も増加することになる。

昭和期になるといよいよ作家による「釣り本」が増加し、中村星湖《なかむらせいこ》『釣ざんまい』（一九三五年）、佐藤垢石『釣の本』（一九三八年）、幸田露伴『幻談』（一九三八年）など単行本が相次いで発表される。「昭和に入ると急に釣り書の出版も多くなる」[注15]とされ、その傾向は特に一九六〇から七〇年代に隆盛を迎え、単行本・専門書が一気に増加し、井伏鱒二《いぶせますじ》『釣師・釣場』（一九六〇年）、『釣人』（一九七〇年）、開高健《かいこうたけし》『フィッシュ・オン』（一九七一年）など、作家による作品のテーマとしても多く見られるようになる。書き手もジャンルも様々に関連書籍が数多く出版され、一九七〇年にウォルトンの『釣魚大全』完訳版（訳・森秀人）が刊行されたことも、「釣り本」の需要が高まっていたことの象徴的な出来事と言って良い。

このような一九六〇年代からの潮流は、背景として空前の「釣りブーム」という時代的状況があったことは注目すべきである。

> 釣りは、かつては老人くさい道楽とみられていたが、ここ数年、若い人の間にもどんどん流行しはじめた。道楽からスポーツへ脱皮しはじめたのが、今日のブームを呼んだのだそうだが、イソ釣り、投釣りなどは、特にスポーツ的要素が多い。（中略）「釣りでもしようか」というレジャー族に拍車をかけたのが、釣道具の改良とマイカー族の急増だ。（中略）公害の都会を離れて、清潔な空気がいっぱい吸えるし、うまくゆけば獲物もある…などの条件が重なって、いまでは「釣り人人口一千万」と、いわばプロ野球のファン並みだそうな。[注16]

この資料にあるように、「釣り」はかつてのような「老人くさい道楽」から「若い人」も楽しめる「スポーツ」へと変貌し、釣り道具の改良やマイカーの普及を前提条件に「公害の都会を離れて」のレジャーとして流行していた。一九六〇年代後半には釣り人口は推定で「日本中におよそ一千万人、東京都でいえば百万人」[注17]とされ、それに伴い「釣りの雑誌、新聞は急速に発行部数がふえ、また種類もふえている。単行本もたくさん出ている」[注18]という状況であった。

【表2】のグラフは、一九四五年以降に刊行された「釣り本」のタイトル数を示したものである。棒グラフが専門書・実用書等を含めたタイトル総数で、線グラフは作家による釣り本のタイトル数を年代別に表している。先ほど確認した一九六〇年代以降の「釣り」を巡る状況に即してタイトル数は増加し、作家による著作数の伸びも比例している。特に一九七〇年代には顕著な上昇を示し、関連する出版物はブームの様相となっていることがわかる。他にも漫画『釣りキチ三平』（矢口高雄）の連載開始は一九七三年であり、メディアや世代の垣根を越える大衆文化となっていたことの証左と見ることもできよう。このような時代的な潮流のなかに、棒

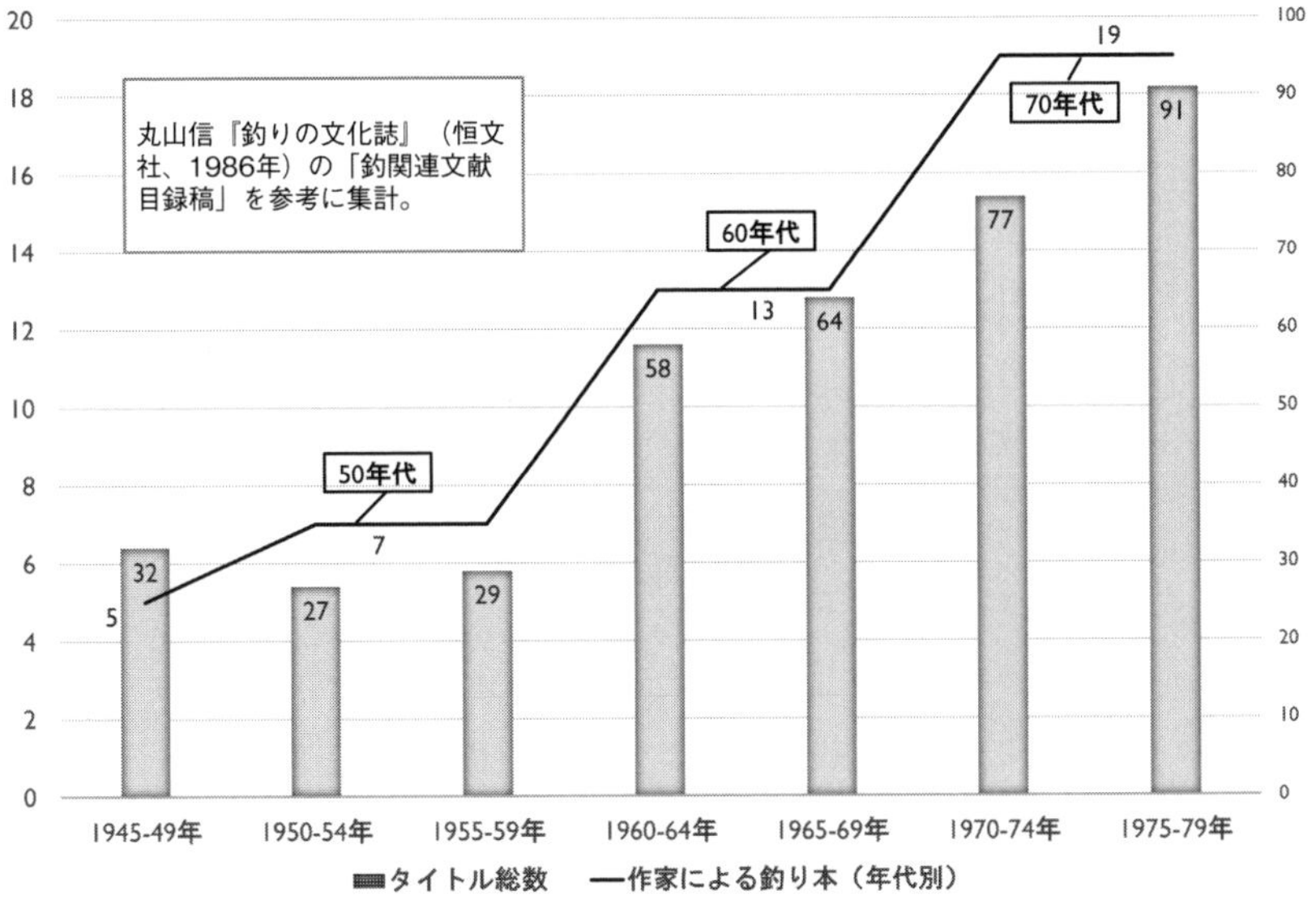

【表2】「釣り本」刊行タイトル数（1945～1979）

葉英治の『釣魚礼賛』の刊行も位置づけて考える必要があるだろう。

「釣り」が社会現象化したことに伴うメディアの増加は執筆する機会を拡大させ、先の【表1】で既に確認したように榛葉が様々な媒体で活躍することにつながった。またそれは、文学上の表現の系譜に連なる営為であったと言うことができる。

❖四、「釣り」を書くことをめぐる葛藤

釣りブームの到来によって獲得した「釣り随筆家」としての肩書きは、必ずしも小説の執筆が順調ではなかった一九六〇年から七〇年代当時の榛葉にとって、作家として身を立てていく上でも、文業によって生計を立てていくためにも、重要な足場となったことは間違いない。一方で、当時の日記には「釣り」について書くことに対する葛藤を覗かせる記述もある。それは、『渓流釣りの初心者のために』という本の執筆依頼に関する内容で

ある。

内職の「渓流釣りの初心者のために」執筆引受ける。二五〇枚（写真、図入り）一八万円手取り。（一枚七二〇円）情けないことだが、今のところ、これ以外の確実な収入の当てとてないので、仕方なく引受けることにした。

（『日記』一九七二年四月二二日）

生活のためにやむなく承引した「内職」であったが、釣りの本の依頼とはいえ、いわゆる初心者向けハウトゥ本であったことから、すぐに「契約したのを悔む。作家としてあるまじき根性だ。」（『日記』同年五月二九日）と後悔の念を綴っている。他にも「いやで仕様が無い。しかし、創作意欲は依然として湧かない。」（『日記』同年六月一〇日）「これではいけない。立直れない。自分はこれだけの人間か？」（『日記』同年六月二七日）と、作家としての自負を抱えながら懊悩する様子が記される。どうにか脱稿した後には、「金のためだ。仕事の上では絶望的な気持がある。何とか乗り越えなければ…。」（『日記』同年七月一一日）と、背に腹は代えられない実情に焦燥する胸の内が吐露されている。

釣りブームにより関連メディアは増大し、それに伴って書き手としての需要が拡大したというメリットがあった一方で、実用書のようなものを書くことにはジレンマを抱えていることがうかがえる。榛葉にとっては「釣り」の随筆や紀行文を書くことが理想であるのに対して、初心者向けハウトゥ本執筆という現実には強い反発を覚えていたようである。しかし、作家としての自尊心が毀損されながらも、反面、経済的な状況を優先しなければならないという切実な事情もあった。文を生業として生活する、または家族を養うという極めて実際的な問題に直面する一方で、通俗的に消費されてしまうことへの抵抗感や危機感が強く滲むことからは、あくまで作家として「釣り」を書くという矜持や自覚を垣間見ることもできるだろう。

❖五、『釣魚礼賛』の受容と評価――「日本の原風景」の記憶と記録

ここまでは榛葉英治が「釣り」を主題として書くことについて述べてきたが、本節からはその代表作である『釣魚礼賛』がどのように受容され、評価されていたのかについて考えていきたい。冒頭でも述べた通り、『釣魚礼賛』は後に続編や再編が刊行されるなどシリーズ化して、榛葉の数ある作品の中でも多くの読者を獲得したと言える。本作が長く広く読まれる作品として評価される意味とは何なのか。

『釣魚礼賛』について批評したものには、例えば「榛葉の釣り紀行をひもといていけば、豊かなノスタルジアへと誘われる」[注▼⑲]や「昭和二、三〇年代、奥多摩の支流・大丹波川での渓流釣りの風景など、どんな山奥の村のことなのかと思うほど、現在の賑わいからは想像もできない話が描かれる」[注▼⑳]など、昔日に思いを馳せるという内容が散見される。

『釣魚礼賛』の再編版『川釣り礼賛』（平凡社ライブラリー）の解説を記した芹澤一洋は、次のように述べている。

一章、いや数行読むたびに、遠い記憶が呼び覚まされ騒ぎたつ。かつて目にし肌に感じた山野里川の風景が蘇ってくるのだ。／と同時に、すでに文中のそこここには変貌していく川の有様が顔をのぞかせてもいる。川と渓流の変容ぶりはその後いっそう加速して、人々はその素朴な水辺の風景を遠くへ押しやってしまったのだった。／榛葉さんは日本の川が変質していくまさにその時期に釣りの現場にいた人だ。[注▼㉑]

この上で芹澤は、「渓流のほとりに道路が作られ、それとともに天然の山女魚が姿を消していった時代を率直に語るその文章は、榛葉さんが好むと好まざるとに関わらず、そのまま社会と自然の関係に目を向ける硬骨のエッセイにもなっている」としている。すなわち榛葉の釣り紀行文は、「遠い記憶」を喚起し「かつて」の「風景」を去来させる、いわば日本の原風景とでもいうべきものを記録したエッセイであり、それは時に批評性をも含意すると評価されている。このような指向は『釣魚礼賛』の執筆理由に関して榛葉が「このながい年月には、私が釣りにいった渓や海は、ひどく変った。永遠にもとには戻らないだろう。それだけにこの釣り随筆集は、私にとっては貴重な記録である」[注22]、あるいは「この私の思い出を読んで貰いたい」[注23]と述べているように、自身も意識していたことがうかがえる。

『釣魚礼賛』と『続釣魚礼賛』が執筆された一九六〇〜七〇年代は、開発による公害や釣りブームの影響もあって水場の環境が大きく変容する時期であった【図2】。右の引用にあるように「日本の川が変質していくまさにその時期に釣りの現場にいた人」である榛葉の日記には、釣り場が悪化していく様子がたびたび綴られてもいる。

アユ釣りのために幾度か通っていた酒匂川を一九七〇年に訪れた際には「この辺の町はすっかり繁華になっている。川は人々、車で、キャンプできている組もいる。釣り手は多く、アユは小さくて指ぐらい。もう、アユ釣りはやめたと思った。」（『日記』一九七〇年六月八日）と記している。かつては一部の釣り人の聖域であった水辺も「家族連れなどの釣り人でにぎわって」（『日記』一九七三年一月六日）おり、「近年のこの釣りブームには、昔とくらべておどろくしかない」（同前）状況となっていた。都市開発の波はフナ釣りの適地であった郊外の風景も一変させ、「浦安の町の変化におどろく。十年ほどまえには葦原と湿地の池などだった処が、広大な空地になっていて、駅前にビルが林立して」（『日記』一九七三年九月九日）、「二度とくる処ではない」（同前）としている。このような環境の変化は、かつて「いちばん熱中した」[注24]はずの渓流と川での釣りから距離を置くことに繋がった。

五井の養老川へハゼ釣りにゆく。（中略）石油コンビナートのなかを流れる川で、公害（魚の汚染）のおそれもあるし、眺めの気分がわるく、二度とゆきたくはない。やはり釣りは、自然そのもののなかにいることが大切だ。

（『日記』一九七三年一〇月二四日）

榛葉は「釣り」の随想を日記に書き綴るようになった頃、前出のように「日本の美しい国土、美しい自然、その自然と人間とこの国を書きたい」（『日記』一九五四年三月九日）と述べていたが、当初の執筆意図から状況は一変していた。次の資料は『朝日新聞』に掲載されたコラムで、釣りブームにおける環境悪化を批評する内容である。

【図2】『朝日新聞』1965年1月24日（夕刊）「魚より多い？　釣堀の人出」所狭しと釣り場に並ぶ人々

川は汚れ、あちこちにダムができ、天然アユがのぼってくる川は、いまや全国でも数えるほどしかない。海もまた、埋立てや汚水で漁場の荒廃がなげかれているとき、釣り人口のこのような急上昇は、皮肉にも見える。／しかし、一面、人口の都市集中や生活環境の緊張といった社会の流れを見るならば、そうした緊張と騒音からのがれ、自然のただ中で、安らかさを見出そうとするのは、一種の人間の生存本能である

かもしれない。注▼(25)

ここでは、開発の影響により環境汚染が進むなかで、却って釣り人の人口が増している状況は「皮肉」であるとしながら、一方でそのような社会だからこそ自然を求めずにはいられない人間のあり方を、一種の「本能」であるとしている。当時の社会状況として、人間が求めれば求めるほどに自然が損なわれていくという「自然」と「人間」が矛盾した関係にあり、それが課題として表面化した時期でもあったと言える。そのような時代背景を前提とした人々の欲求と、失われつつあるかつての「釣り場」の風景を「美しい国土／自然」の記録として率直に書き残してきた榛葉のエッセイは、互いに呼応するものがあったとも考えられる。

❖六、懐旧《ノスタルジー》の回路としての『釣魚礼賛』

そのことは同時期に刊行された他の作家のエッセイにも通じる性質であり、以下に挙げる吉田司雄の井伏鱒二の釣り随筆に関する記述は示唆に富む。

〈釣人〉井伏鱒二が志向するのは、人界遠く離れた世界に足を踏み入れ「釣られ殺される魚の現実」まで目を逸らさず描くことではなく、〈自然〉への志向を抱いて訪れた釣場での〈人間〉との思わぬ遭遇と軋轢を、牧歌的な田園詩の一齣として描出することなのだ。（中略）井伏は声高に非難したりはしないが、かつて清冽だった〈水〉は汚れ、渓流に生きるヤマメやイワナも確実に減ってゆく。そうしたなかで書かれたのが、昭和三十四年一月から十二月まで「小説新潮」に連載された「釣師・釣場」というルポタージュ的随筆であったことは興味深い。（中略）それにしても井伏鱒二は、なぜかつての釣り体験を思い起しながら、再び彼らのことを描こうとしたのか。それは戦後の時間のなかで、静謐で豊かな釣場とともに、彼らのような〈風貌〉〈姿勢〉もまた消えていってしまったことを意識してではなかったか。注▼(26)

井伏鱒二は一九六〇年に『釣師・釣場』（新潮社）、一九七〇年に『釣人』（新潮社）を発表しており、榛葉とほぼ同じ時代の釣り場や釣り人を描写していた。「釣師・釣場」を描く目的意識に、「かつての釣り体験」で出会った釣り場や釣り人が「消えていってしまったこと」があるという指摘は、失われゆく環境への懐旧と憧憬の念が込められた榛葉のエッセイとも相通じるものである。注▼(27)

日本の都市化が進行するなかで、釣り場はその姿を変えるだけでなく、場所も移っていくことになる。それを象徴する作品が、『釣魚礼賛』と同年の一九七一年に発表された開高健の『フィッシュ・オン』（新潮社）である。『フィッシュ・オン』はアラスカを皮切りに北欧など海外を舞台とした釣りの体験が記されており、冒頭の巻頭言にはロダンのことばを引用し「都会は人の墓場です　人の住むところではありません」と暗示的な文言が載せられている。その意図について開高は「アラスカの荒野の川でキング・サーモンを釣ってからパリへいってみると、かつて何度いってもあきることがなくて、ときには呪いつつも魅きつけられずにはいられなかったあの都が、ふいに一変してしまって、〝華麗な肥え溜め〟としか感じなくなった」注▼(28)と述べている。日本における急激な都市化による釣り場の変容と衰退、昔からの釣り人の追いやられていく状況下において、開高の『フィッシュ・オン』が刊行されたことは示唆的であり、日本から海外へとその舞台を移していくという流れに、一つの必然があったと見ることもできるかもしれない。

あたかも世間では一九七〇年から国鉄が展開する「ディスカバー・ジャパン」が始まり、川端康成の文言を捩った「美しい日本と私」というキャッチコピーが流布していた。

日本には美しい自然があります。美しい歴史、伝統、人々のふれあいがあります。田舎の土臭い一本の道にも、やさしい一本の木にも、そして一人の老婆にも、私達は日本を発見することができます。注▼(29)

このようにわざわざ提起しなければならないということ自体が、「美しい日本」は改めて意識して「発見」しなければならない対象となっていることを意味している。つまりそれは、一旦は忘却され喪失してしまったものであったはずである。

東京五輪や大阪万博などに象徴される開発熱の時代を経て、忘れられ見失いつつある「美しい日本」を再評価する時代を迎えていたとも言える。かかる時代背景も踏まえれば、日本の都市化が進み、公害や環境汚染が社会問題化するなかで、釣り場における変わりゆく環境と喪われる自然を、自身の体験に即し直截に綴った随筆・紀行文である『釣魚礼賛』のシリーズは、「美しい日本」の懐古と追憶を喚起する読み物として、ひいては文明批評としても、一定の需要を満たしたと考えられるのではないだろうか。

❖おわりに

棟葉英治の『釣魚礼賛』シリーズは、約三〇年の間に再編と再版を繰り返して刊行されており、著作中で最も長く広く読み継がれた作品であると言える。その背景には、一九六〇～七〇年代に起こった「釣りブーム」によるメディアの活況と、それに伴う関連著作の需要の高まりという時代的な状況があったことを踏まえる必要がある。作家による「釣り」をテーマとした作品が数多く発表されるなかで、榛葉は小説ではなく、あくまで身体的な体験に基づく随筆・紀行文として、「釣り」の行為と風景を記録することに徹した。一方で、経済的な理由に優先されて実用書の執筆を請け負いながらも葛藤する姿からは、加熱するメディア状況の中で安易に消費されることに対する、作家としての危機感と自意識がうかがわれる。

「釣り」をめぐるメディアや言説が数多く流通するなかで、「釣り」の行為と風景を綴った『釣魚礼賛』が一定の評価を獲得しえた背景には、高度経済成長下における社会構造と自然環境の変化に伴う「釣り場」の変容と喪失という事態があり、懐旧の念を喚起するものとして享受された可能性がある。榛葉の釣り随筆は、もとは日記の中に書きためられた私的な文章でありながら、失われつつあるかつての日本の風景を書きとどめた「記録《ドキュメント》」として、時代を経ても読まれる普遍性を獲得したとも言えるだろう。

注▼

（1）『釣魚礼賛』の売れ行きや評判について「千五百部の本は、すぐに売り切れた。私のところには、釣りの友人や一般の読者からも、本をほしいという希望があったが、どうしようもなかった。」（日本経済新聞社版『釣魚礼賛』「あとがき」）と記している。

（2）榛葉英治『釣魚礼賛』「榛葉英治略歴」一九七一年、東京書房、三七四頁。

（3）雑誌のインタビューで「釣りの魅力にとりつかれたのは、どんな動機ですか」との問いに「私の場合、小説の仕事で伊豆の河津川のそばに十日ほどいたことがあるんです。昭和二十五年ぐらいだったと思うが、そこで土地の人に渓流釣りを習ったんです。」（『財界』二一巻一二号、一九七三年七月）と述べている。『日記』には一九五一年七月二四日から伊豆で連日釣りに興じる様が綴られ、「村の鮎釣りの人がヤマメ釣りのやり方や、餌のつけ方まで教えてくれた」（一九五一年七月二八日）と記される。『釣魚礼賛』の「鮎釣り日記」は釣りを始めた頃のことが記され、また『八十年現身の記』にも「土地の人に山女魚釣りを教わって」（二〇〇頁）とあり、それ以後、釣りに没頭していく流れとなる。

（4）榛葉英治『川釣り礼賛』（平凡社、一九九五年一一月）二五九頁。

（5）『日記』に「入間川へいった。（釣り日記）」（一九五四年九月二二日）、「『破片』に手をつけようとして、なかなか燃えず、釣り日記なぞ出してみる。」（一九五五年一月七日）とあるが、「釣り日記」の現存は確認されていない。なお『釣魚礼賛』の「鮎釣り日記」は日次で記された紀行文となっており、現在見つかっている日記には含まれない内容であることから、この日記に基づいて構成されたものとも推測される。

（6）榛葉英治『釣魚礼賛』（前掲）二一、二二頁。

（7）伊藤桂一（一九一七〜二〇一六年）小説家・詩人。戦場小説や時代小説、私小説風の身辺小説などを執筆した。一九四三年に召集されて南京などに配備され、上海郊外で伍長として終戦を迎える。一九六一年に戦場の兵士を描いた短編小説「蛍の河」で直木賞を受賞。釣りを趣味とし、『源流へ』（一九六九年）、『釣りの風景』（一九七九年、一九九五年に「平凡社ライブラリー」で再版）など、釣りを題材とした私小説・随想を多く執筆した。

（8）伊藤桂一「産卵」（『文芸日本』七巻一〇号、一九五九年一〇月）。

（9）榛葉英治『釣魚礼賛』（前掲）四二、四三頁。

（10）榛葉英治『釣魚礼賛』（前掲）三六七頁。

（11）以降の記述は丸山信『釣りの文化誌』（恒文社、一九八六年）、永田一脩『江戸時代からの釣り』（新日本出版社、一九八七年）、金森直治編『近世・釣り文学』（集成　日本の釣り文学（別冊二）、作品社、一九九七年）を参考とした。

（12）津軽采女『何羨録』（享保八〈一七二三〉年）がその初めとして知られるが、写本であり流通は限られた。刊本の初めは岡山鳥『水中魚論丘釣話』（文政二〈一八一九〉年）で、その後に刊行が増加した。（金森直治編『近世・釣り文学』（前掲））

（13）丸山信『釣りの文化誌』（前掲）二五頁。

（14）丸山信「釣仙露伴」（丸山信編『文士と釣り』阿坂書房、一九七九年）一二〜一四頁。

（15）永田一脩『江戸時代からの釣り』新日本出版社、一九八七年、二二一頁。
（16）「釣りブーム その素顔―マイカー族が拍車 道楽からスポーツに―」『朝日新聞』一九六六年五月一八日（夕刊）八面。
（17）檜山義夫「釣りキチ只今一千万人」『文芸春秋』四五巻一二号、一九六七年一二月。
（18）同前。
（19）田渕義雄「榛葉英治の釣魚礼賛！」『Fishing Café』四〇号、二〇一二年一二月。
（20）「平凡社の釣りの本」『月刊百科』四二六号、一九九八年四月。
（21）芹澤一洋「解説―釣りと人生の自伝」（『川釣り礼賛』平凡社、一九九五年）二六八、二六九頁。
（22）榛葉英治『釣魚礼賛』（前掲）「あとがき」三七三頁。
（23）榛葉英治『川釣り礼賛』（前掲）二六一頁。
（24）注4に同じ。
（25）「忘れられた釣り人のモラル」『朝日新聞』一九六九年一〇月二九日（朝刊）五面。
（26）吉田司雄「井伏鱒二の釣り随筆」『国文学―解釈と鑑賞』五九巻六号、一九九四年六月。
（27）榛葉英治と井伏鱒二の釣り随筆に時代的な共通性を見ることは可能であるが、一方で、井伏鱒二は「釣場」とともに「釣師」という存在に焦点を当てて描いており、その違いは特筆すべき点である。伊藤桂一（注8）が孤独な釣り体験を描いたことなど、釣りを文学の主題とする場合の対象および表現の多様さは十分に考察すべきことであるが、本稿の主旨に外れるため、今後の課題としたい。
（28）開高健『フィッシュ・オン』新潮文庫版「後記」新潮社、一九七四年、二九一頁。
（29）国鉄監修『交通公社の時刻表』四六巻一一号、一九七〇年一一月、五頁。

人生から引き剥がせない記憶

column

引揚げ作家の満洲経験を紐とく

◉大岡響子

「満洲はおれだ。(司馬には、杉森にも書けない)」。『満洲国崩壊の日』が刊行された一九八二年一二月から遡ること一二年、一九七〇年三月二一日付けの日記に綴られた一文である。この日記は、たとえ売れっ子作家であっても書き得ないモチーフとして、榛葉が満洲を位置づけていたことを物語っている。

榛葉英治は生涯を通じて、繰り返し満洲生活と引揚げ体験について書いた作家である。しかし、いわゆる引揚げ文学の書き手として認知されているかといえばそうではない。注▼(1) そこで、本コラムでは、満洲を繰り返し描いた作家の断片的な日記記述を起点として、ひとりの作家が人生の中で満洲経験をどのように位置付け、執筆に相対したのかの一端を、時代背景や満洲時代の評論を手がかりにしつつ探ってみたい。

榛葉英治の約一〇年に及ぶ満洲生活は、大きく二つの時期に区分できる。昭和一二年から一四年にかけての大連憲兵隊の英語通訳時代と、昭和一四年から引揚げまでの満洲国外交部職員時代である。前者が引揚げ後も榛葉を悩ませるいわば満洲生活の暗部であるのに対し、後者は公私ともに充実した生活が自伝にも多く記されている。

憲兵隊の英語通訳として職を得た後悔は、引揚げ後の日記においてもしばしば綴られ、それは時に作家人生の妨げになるのではないかという疑心として表出する。

「報知」に自分に対する悪意ある記事出たという。大連や新京での自分の過去をあばき出しているそうだが、かえりみて、精神的に愧じることは何もないのだ。(中略)大連での職業は真実を知らぬ人にとっては、自分を誤解する一つの原因となるだろう。自分は作家として、このような悪意ある打げきに参るだろうか。作家として死滅するだろうか。

(『日記』一九四九年一〇月一六日)

ひとつのcomplexとして、大連での三年間の職業が、アタマにこびりついて離れない。苦しい。しかし、どうしようもないことだ。これから書くより、救われる道はない。しかしこれが自分のなかでは、いつも心の暗い影になっている。
（『日記』一九五一年九月二六日）

日記には、こうした記述が一九七九年までたびたび見られ、「どうしても拭えない過去」（一九五五年七月二〇日）として長らく榛葉を苦しめる。自伝である『八十年現身の記』でも、憲兵だったという噂が「永い間つきまとって、私を苦しめた」[注2] と回顧している。渡満後まもなく、親友の阿部喜三からきた「君が憲兵になったというのは、ほんとうか？」という手紙に対し、「大学を出て憲兵になるのは馬鹿」であって、「甲種合格の現役」から志願した者が憲兵学校を出てなるものだと詳細に説明する。[注3] 憲兵だと間違っても思われたくないという意識が垣間見える記述である。憲兵と見做される不快感は、大学出の自分が「小学校出の下士官」[注4] に呼び捨てにされるという屈辱的な現実への嫌悪でもあったわけだが、時代的な背景も関係していよう。

なぜなら、榛葉が学生生活を送った一九三〇年代初頭から中頃にかけては、憲兵が軍事的な戦闘に留まらず、「思想憲兵」として特高的な活動を拡充し、一般庶民にとっても恐怖の対象として立ち現れてきたからである。[注5]

次の日記からは、引揚げから三〇年の月日を経ても、未だ大連憲兵隊の英語通訳を勤めた三年にも満たない時間が、榛葉の心に暗い影を落としていることがわかる。

自分は文壇ジャーナリズムから完全に捨てられている。何が理由かわからぬ。まさか、大連時代の職業のせいとも考えられないが、とにかく理由がわからない。
（『日記』一九七九年六月一八日）

敗戦から三〇年以上をへて尚も、こうした疑心を抱き続けた背景として、戦後間もなく憲兵への嫌厭や恐怖が公に表現されるようになったことが指摘できる。一九四五年一〇月五日付の『朝日新聞』には三木清の獄死を取り上げた記事が掲載され、「戦時中憲兵隊と特高警察によって演ぜられた一種の恐怖政治」が批判の的となった。また、同年一〇月一一日付の「天声人語」欄に見える「憲兵と特高の政治警察は、民主主義実現の一大障害」という一文は、「政治警察」を決別すべき悪しき過去として断じる。一九七〇年代以降も、ＮＨＫの朝の連続テレビ小説で人気を博した「鳩子の海」（一九七四年）や「おしん」（一九八三年）で、言論と思想を抑圧する憲兵の姿が描かれた。
右の日記は、作家として大成できない言い訳探しのようである一方で、戦後日本社会における憲兵への嫌悪感があたかも自分へと向けられ、社会的地位を得ることを阻んでいるのではないか、という逃れ難い疑念にとらわれていたことを示している。それは、戦後日本社会に復帰するにあたって、「加害者」と見做されはしないかという恐れの表れであったと見ることもできよう。

大連時代が長らく社会的な疎外感に苛まれる原因であった一方で、冒頭の日記に象徴されるように、榛葉にとっての満洲経験とは「満洲を知る数少ない作家として、自分がやるべきかもしれない」（『日記』一九七〇年三月二〇日）という満洲を書く使命感の源泉でもあった。特に『満州国崩壊の日』は「亡霊となっても」（『日記』一九八二年六月五日）書き残したいほどの執念をもって書かれ、「今までに書いた満州の作品の集大成であり、自分のライフ・ワークといえる」（『日記』一九八二年一二月三一日）作品であった。

こうした満洲を書くことへの強いこだわりは、実は榛葉が引揚者となる以前から感じていた、内地作家たちが片手間に満洲を書くことへの憤りが基底にある。満洲時代、一九四三年から一九四五年にかけて書かれたいくつかの論考の一つである「満洲文化礼讃論」（一九四四年）では、次のことが理解できない書き手には「満洲を書く資格」[注▼6]がないと述べている。

文化と風土、生活環境の相関関係は特に満洲に於て絶対的な意味をもつ。民族問題、新しき道義観、日本人としての切実な自覚、そのいづれを拾つてみてもすべての満洲の謂はば生活感情としてわれわれの日常に溶け込んでいるものであつて、通りすがりの流行者の眼の届かぬ生活のオリのなかに、各民族の心の底に、この生活感情はそれぞれ愛情、増悪、歓び、苦悩の生々しい断面を隠しているのである。[注▼7]

引揚げ後、満洲を書く原動力となったのは、かつて「通りすがりの流行者の眼の届かぬ生活のオリのなか」に住んでいたという自負であり、「人生そのものに密着」（『日記』一九四八年一〇月七日）[注▼8]したものこそが、満洲を描く文学であるという信念であったと思われる。と同時に、引揚げ後間も無く発表された短編「鉄条網の中で」（『文学者』一九四九年二月）から自伝『八十年現身の記』（一九九三年）まで四〇年以上にわたって繰り返し書かれた満洲関連の作品群は、満洲を書く信念や資格などより深い次元で、「人生そのもの」から引き剥がすことのできない記憶を終生反芻し続けた作家の軌跡そのものであるとも言えるだろう。

注▼

（1）「引揚げ文学」とは、朴裕河が植民地と占領地から「帰還」した人々が植民地の記憶と苛酷な引揚げ体験を綴った作品を対象化する際に用いた枠組みである。戦後の文学研究において看過されてきた「引揚げ文学」をポストコロニアルの文脈から問い直そうという試みである。朴は主に幼少期から少年少女時代を植民地・占領期で過ごし、敗戦によって「帰還」した人々の作品群を「引揚げ文学」の射程としており、榛葉英治は満洲を描いた作家として認識されていない。朴裕河『引揚げ文学論序説』（人文書院、二〇一六年）。その他、尾崎秀樹は「外地引揚派の文学」、西成彦は「引揚げ者の文学」という語を用いている。

（2）榛葉英治『八十年現身の記』（新潮社、一九九三年）六一頁。

（3）榛葉英治『八十年現身の記』（前掲）六〇頁。

（4）榛葉英治『八十年現身の記』（前掲）六〇頁。

（5）荻野富士夫『日本憲兵史　思想憲兵と野戦憲兵』（小樽商科大学出版会、二〇一八年）三四頁—三八頁。

（6）榛葉英治「満洲文化礼讃論」（『満洲公論』一九四四年、三月）八九頁。

（7）榛葉英治「満洲文化礼讃論」（前掲）九一頁。

（8）同日記では、豊島與志雄と中島敦の作品に触れ、「一種の衒学的なアソビ」が感じられ、人生そのものに密着したものではないと綴っている。

第2部

データ編　日記資料から何がわかるか

日記への関わり方
——日記のなかに書かれた「日記」の記録

この項では、榛葉英治の日記から自身の日記に言及したデータを収めている。さらに日記の年間執筆量および執筆日数の変遷をまとめたデータを【表1】から【表3】に示した。【表1】の執筆日数には月の日数を超えている箇所があるが、これは榛葉が後日加筆をおこなっているためである。なお執筆がなかった月は色をつけて示した。

一九四六年から一九九八年まで執筆された日記は一日あたり平均一〇〇字～二〇〇字程度の分量で書きつらねられていく。しかし、五〇年以上の執筆期間をみれば空白になっている期間もあり、一九六五年～一九六八年、一九七五年～一九七七年はそれが顕著に表れている。榛葉は作品の構想や資料集めに集中する期間に日記を書かなかったふしがある。ただ、この期間の日記には何かを書くことの辛さも言及されており、作家にとって書くという営為のもつ難しさがみえてくる。こうした日記への意識はそこに書き留められる内容にも関わっている。

執筆当初の一九四〇年代から一九五〇年代にかけては日々の記録のほかに文学に関する問題意識や作家としての方向性にも多くの紙幅が割かれている。一九六三年の五月一日の日記には「自分を中心にして、政治、社会、科学などのうごきにも注目し、読書の感想や、自分のその日の考えなども書きとめることにする」との記述があり、一九六〇年代の日記では国際情勢や政治への言及も積極的になされている。一九七〇年代の日記は全体的に執筆量、日数がともに増加しているが、これは榛葉が生活の記録として日記を書くことを意識し、日常の些細な出来事まで記録しているからである。晩年にあたる一九八〇年代後半から一九九〇年代の日記には過去の日記を読み返す榛葉の姿が確認でき、過去の日記は榛葉の自伝にあたる『八十年現身の記』（新潮社、一九九三年一〇月）の執筆に用いられている。

本項は五〇年以上にわたる日記のさまざまな揺れ動きを断片的にでも可視化することで、日記を立体的に感じてもらうデータのひとつになっている。

（加藤優）

	1月	2月	3月	4月	5月	6月	7月	8月	9月	10月	11月	12月
1946年									3	5		7
1947年	10	6	6	7	6	6	4		7	3		2
1948年			1				8	9	1	6	7	10
1949年	9	9	10	13	9	13	13	8	13	3	4	7
1950年	12	23	7	9	8	13		7	20	9	28	24
1951年	15	12	22	32	17	9	16	6	12	2	8	22
1952年		2	27	15	16	25	30	28	13	11	1	8
1953年	16	17	4	11	10	15	4	10	29	22	6	15
1954年	23	18	21	13	26	14	22	6	7	16	18	17
1955年	20	5	12	18	18	22	33	34	25	13	15	19
1956年	21	4	6		4	4	9	20	21	12	8	6
1957年	1	7	3	7	6	11	18	4	2	4	2	6
1959年	24	13	4	8	4	5	2	5	7	9	2	2
1960年	4			5	7		12	2	3			3
1961年	6	9	7	2	3	1	7	5	2		1	1
1962年	9	2	8	23	15	17	9	12	11	26	20	12
1963年	16		5	2	5	4	1		2	2	1	1
1964年	1				10	4	14	13	2	3	4	3
1965年	5			1	1	3		1			1	4
1966年	5		9	1		1						1
1967年	6			1								
1968年	2			1			1					2
1969年	1	2	3	5	6	5	12	6	2	6	2	8
1970年	19	28	29	17	20	29	25	24	28	28	25	22
1971年	19	7	17	13	24	20	20	14	26	24	27	29
1972年	29	29	25	32	28	30	16	19	15	23	20	21
1973年	31	30	32	31	30	22	18	31	32	28	24	13
1974年	26	23	20	30	32	19	26	31	29	26	25	28
1975年	19	8										
1977年							30	11	15	32	22	32
1978年	32	29	32	28	28	34	32	35	28	19	17	3
1979年	21	23	26	38	27	27	29	21	25	17	23	16
1980年	17	18	17	10	16	11	12	17	11	14	10	5
1981年	19	13	18	7	12	7	8	10	8	8	5	11
1982年	19	19	20	10	12	14	10	10	7	8	7	17
1983年	21	15	19	15	8	16	13	18	7	9	10	14
1984年	8	6	12	7	10	11	13	16	22	13	12	29
1985年	22	20	22	24	29	16	21	18	12	16	15	11
1986年	20	13	7	12	14	6	5	4	9	14	9	4
1987年	1					10	22	24	17	14	3	7
1988年	16	16	10	14	9	14	14	16	10	17	15	8
1989年	15	3	5	13	6	6	4		10	6	3	7
1990年	8	8	5	4	16	18	22	9	1	2	10	14
1991年	9	8	10	4	7	2	2	10	9	9	9	15
1992年	19	13	19	14	7	11	10	9	10	10	3	13
1993年	11	7	9	8	32	7	6	8	9	7	7	11
1994年	9	5	9	5	6	11	6	3	6	6	1	8
1995年	7	6	9	5	4		1	1	3	10	7	
1996年	19	8	5	3	1	5						
1997年		1			14		2		1	1		
1998年				1	1	3	2	3			1	

【表1】 日記を記した日数

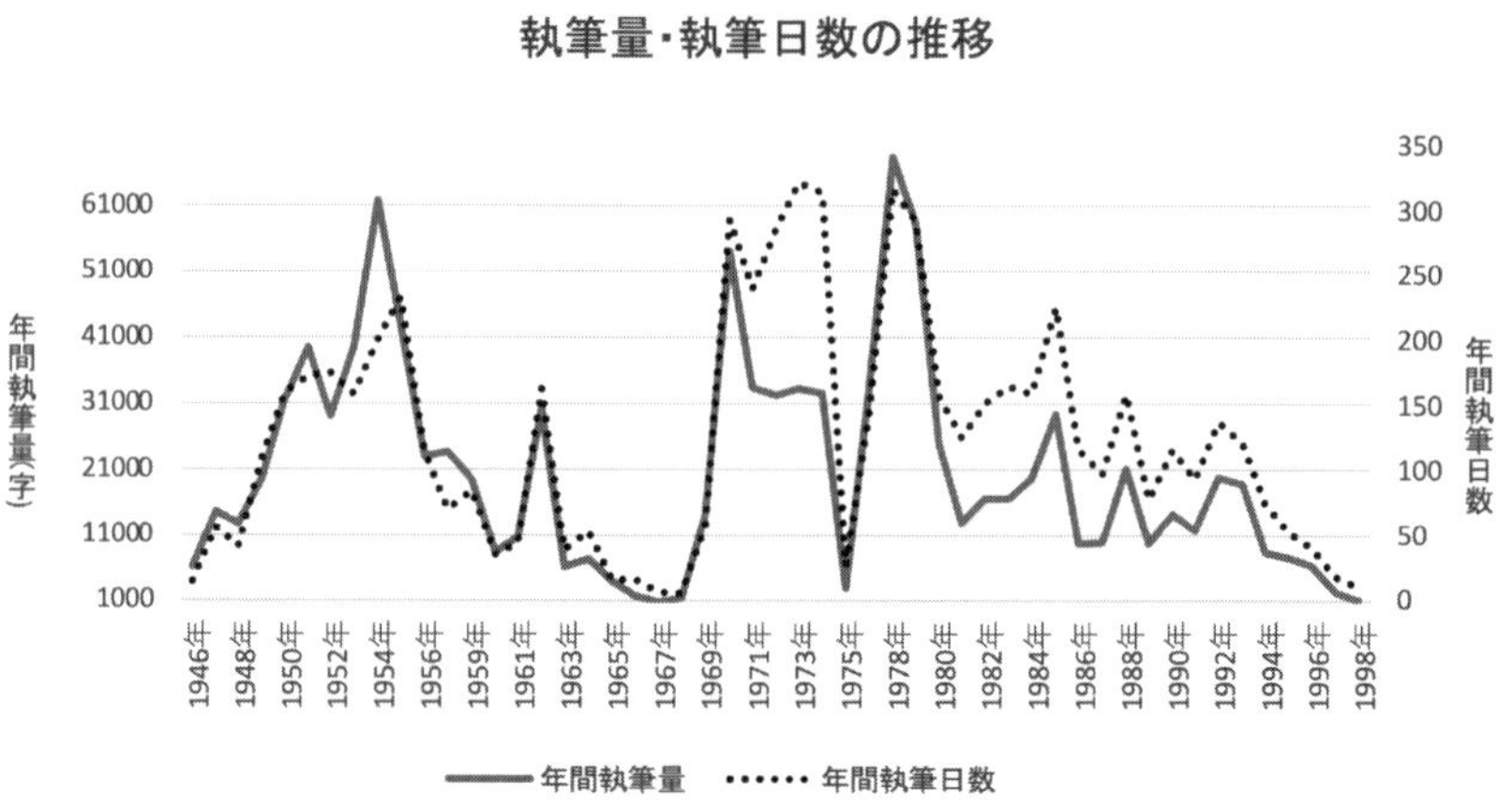

	年間執筆日数	年間執筆量	1日平均執筆量
1946年	15	6149	410
1947年	57	14560	255
1948年	42	12761	304
1949年	111	19659	177
1950年	160	31596	197
1951年	173	39505	228
1952年	176	29026	165
1953年	159	39494	248
1954年	201	61832	308
1955年	234	42856	183
1956年	115	22979	200
1957年	71	23725	334
1959年	85	19484	229
1960年	36	8389	233
1961年	44	10758	245
1962年	164	30320	185
1963年	39	6198	159
1964年	54	7376	137
1965年	16	4010	251
1966年	17	1916	113
1967年	7	834	119
1968年	6	1581	264
1969年	58	14327	247
1970年	294	54168	184
1971年	240	33495	140
1972年	287	32326	113
1973年	322	33325	103
1974年	315	32569	103
1975年	27	2996	111
1977年	142	32856	231
1978年	317	68462	216
1979年	293	58446	199
1980年	158	24795	157
1981年	126	12910	102
1982年	153	16631	109
1983年	165	16628	101
1984年	159	19614	123
1985年	226	29352	130
1986年	117	9812	84
1987年	98	9939	101
1988年	159	21244	134
1989年	78	9725	125
1990年	117	14317	122
1991年	94	11782	125
1992年	138	19791	143
1993年	122	18782	154
1994年	75	8399	112
1995年	53	7483	141
1996年	41	6307	154
1997年	19	2258	119
1998年	11	1203	109

【表 2】 日記の執筆日数、量（字）の推移

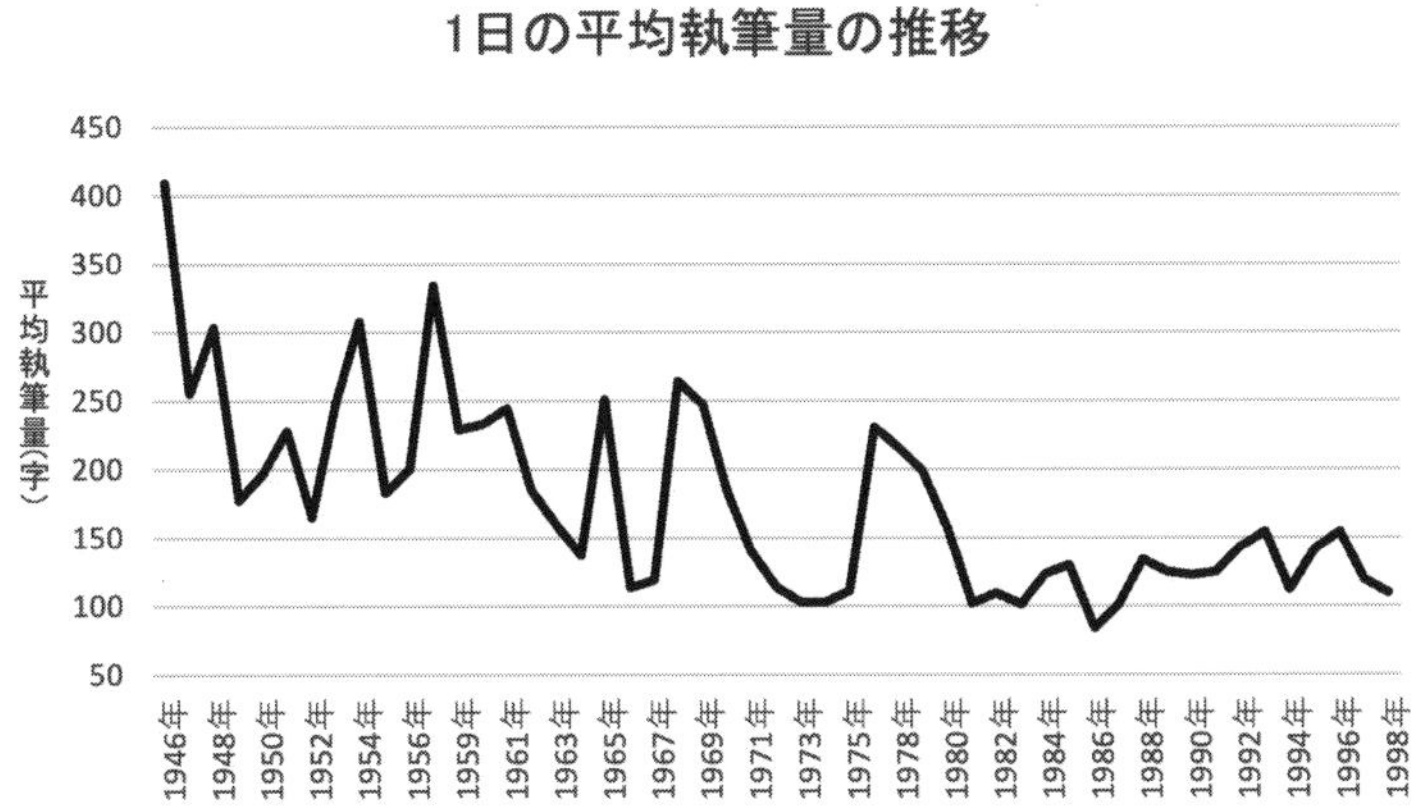

	1日平均執筆量
1946年	410
1947年	255
1948年	304
1949年	177
1950年	197
1951年	228
1952年	165
1953年	248
1954年	308
1955年	183
1956年	200
1957年	334
1959年	229
1960年	233
1961年	245
1962年	185
1963年	159
1964年	137
1965年	251
1966年	113
1967年	119
1968年	264
1969年	247
1970年	184
1971年	140
1972年	113

	1日平均執筆量
1973年	103
1974年	103
1975年	111
1977年	231
1978年	216
1979年	199
1980年	157
1981年	102
1982年	109
1983年	101
1984年	123
1985年	130
1986年	84
1987年	101
1988年	134
1989年	125
1990年	122
1991年	125
1992年	143
1993年	154
1994年	112
1995年	141
1996年	154
1997年	119
1998年	109

【表 3】 一日平均の執筆量（字）の推移

一九四八年（三六歳）

一一月一六日　ずっとまえ、自分の日記には思想がないと書いたが、自分は作品で思想する。ああ現実、現実、現実、東京に渦巻く現実。

一九四九年（三七歳）

六月一五日　浜野へ原稿断りの手紙。「流れ」全然見当がつかぬ。今後は一応テーマが出来上っていない作品は引き受けぬこと、充分締切日まで余裕あることを何よりも守りたい。（中略）夜三冊の日記よみ返す。時々読み返してみる必要がある。

一九五一年（三九歳）

一月一八日　中共が国連側に反対提案をした。米軍は朝鮮や台湾に侵略した外国軍隊であるのか。自国のことは自国でと言う風に考えると、中共側の提案が正しいようにも思われる。民主党（この党は好きになれないが）の政策として、早く占領下を脱し、被支配者の立場から自主性をとり戻すべきだというような一項目があったが、これは賛成。撫ぜられるのは気持悪い。アメリカ人は、日本人を犬のように撫ぜようとしているのではないか。しかし、すべてを考えて、占領以来、アメリカが日本にやった政策は正しいし、またよかったと思う。あとは自分たち日本人に自尊心を回復させてくれることだ。

武田、三島、大岡、椎名、野間の諸作を近々のうち読んでみたいと思っている。

この日記から一つの小説のプラン。最上の果実。アメリカより与えられる真にいいものを望む日本人のほんとの気持。反対に偽らない反発（すべて事実のなかから）。

一九五二年（四〇歳）

三月二八日　この日記はジイドとちがって、人にみせられない。読んだら、人は自分を白痴だと思うだろう。自分は日記にジイドのような「思想」を書くのはへただ。その習慣もない。「思想」は作品に書く。日記は、生活（日常）の記録だ。小説は文章でなし。内容だ。

一〇月九日　雨の後の秋晴れの日。妻を芝田に会いにやり、多摩川へゆく。七寸から九寸の鮎を一一尾釣った。はじめての大漁。強引な引きを楽しむことができた。健康な楽しい一日だった。これからの日記は、何とかして、思索生活の記録にしたい。仕事のことは、「文芸ノート」に書く。

一九五三年（四一歳）

一月二日　寒い日。読物のために机に向うが書けない。こんなことでは仕様がない。

○今年の日記は、生活的にも、内部的にも、どんなに生彩ができるか楽しみだ。何でも書くようにしたい。

○女、旅行、読書

八月八日　「破片」新聞でも一般にも、大体好評。新聞の月評では、自分が一時の停滞を脱したと言っている。新潮社のT氏からも礼のハガキをもらった。十日会の友人もほめてくれた。三年ぶりに、雲がはれた。陽を見た気持だ。もしこれで出直すことができるとしたら、この三年間、この日記に書きつけてきたような「あやまち」は再びくり返さないつもりだ。休火山がもう一度爆発するように、噴出して仕事をしたい。

一九五四年（**四二歳**）

六月六日　復活日記を始める。記入事項、この日記に。思想。執筆状態。計画性。読書。あと二篇（読物）、三万書いて売込むこと。それだけでなく純文と苦闘。

七月一二日　今までの日記を反省してみる。

①節酒。胃をなおすこと。診断。

②女を書く。デモーニッシュに燃えて、女を知る。

③仕事の質と量で、自分の市場価値を高めてゆく。（反対に希少価値ということもある）、自分の空想の限界に対決する。

④旅

⑤石達など（その他）の新聞の説を読んでも、自分の筆力が劣っているとは思えない。──自信。その底にある意欲、作品を吹き出してくる精力が、自分には欠けている。健康

⑥彼ら先輩の後継者になる。

⑦ひとつずつ積み重ねていって、大きくなる作品。一作毎に精神のみがきのみえる作品。

⑧読物作家になるのは、ムリ？

⑨日本の美しい国土（自然）とその人間を書きたい。旅行と紀行。

⑩最上のもの、美、愛、人間肯定。芸術の「最高」のものを勉強する。

⑪不安のない経済生活。余裕ある気持。おしゃれ。交際人気とポーズで。

⑫劣等感をすてる。強くなる。

⑬敵を学ぶ（月刊雑誌の作品）、編集者と友だちになる。

⑭自分は、ほんとの自分にならなければいけない。まわりのことに気を使いすぎる。燃えてない証拠。狂気。

⑮自分は、文学上の内部的追及をやっていない。読書と思索。

⑯ノドの変な感じ。こわい

⑰盲目、蛇におじず。

⑱発表を考えないで、作品を書きためる。

⑲時間を意識して仕事をせよ。くやまないために

⑳素朴、純真はすてること。眼を据える。

一九五五年（**四三歳**）

六月二三日　これから、入院中、この日記は、一種の精神的変換の記録としてゆきたい。その意味で、大切な仕事だ。安静三度と言われた。

一九五六年（**四四歳**）

一月二〇日　この日記も、その毎日の精神的な記録として、これまでとは、ちがったものを書いてゆきたい。

今年の決意

人生五十まで。自分にのこされた可能性を探る人生ものこり少ない。中学生が一年にはいって、卒業するまでだ。今年は、ほんとに大切な年だと考えている。念頭の決意も、ここから生れるわけだ。

一〇月四日　今日以後、健康についての日記もつけることにした。この日記をつけることで、いつも体に関心がいくから。手段としては、できるだけ早く、病院へいくこと。生活も、いろんな条件が重なった今をいい機会にして、すっかり変えようと思う。酒を飲まないこと。そのような交際をしないこと。読書と孤独な生活。

一九五七年（**四五歳**）

一一月一二日　「乾いた湖」に追われて日記をつけなかった。この頃は何の足にもならない「生活上の記録」を細々とつけたりするのに意味があるのかと考えるようになった。それはともかく狛江へきて三ヶ月になる。仕事の上では不便で、これが今後大きな障害になるかもしれないが、空気のよさとか書斎からの眺めなど、きてよかったと思うこともすくなからずある。

一九六〇年（**四八歳**）

一月二一日　明日あたりから、「うつせみ（仮題）」を書き始めることにしようと思う。これを書くのには生活の規律も大切だし、書きながら、その時々の文学にたいする考えを、この日記に書いてゆくこともあろうと思う。

一二月一三日　この頃、この数ヶ月来、日記をつけるのもいやになった。何よりも胃腸の不安と体の弱ったことが、毎日、重苦しく心のわずらいになっている。病院へゆく勇気も出ない。（中略）名誉だけを考え、きれいごとばかりでは食っていけぬ。毎日、体の具合が悪く、睡眠もよくとれないので、この仕事をするのがやっとで、いろいろな計画、野心まで手がまわらない。しかし、死ぬまでつづくこの野心のために、手をうつ手段も考えている。

一九六三年（**五一歳**）

五月一日　今日から、日記の内容が今までと変ったものになる。自分をはなれて、現実の外へのひろがりをもたせるようにしたい。自分を中心にして、政治、社会、科学などのうごきにも注目し、読書の感想や、自分のその日の考えなども書きとめることにする。「アミエルの日記」ではないが。

一一月二五日　些々たる自分の日常生活の記録でなく、この時代と社会のなかに生きる自分がみたいろいろな事実を、今後、日記に書いてゆきたいと思う。もし自分が、あと十年長生きするとしたら、この記録は、十年間のひとりの「作家の見た歴史」となるであろう。

一九六五年（**五三歳**）

四月二四日　この間、約三ヶ月、日記をつけなかった。気持の余裕がなく、精神もおとろえていたのだろう。海に、渓流に釣りには熱中した。冬樹社より釣りの随筆集を出すためもあったのだが、これは出版は半年おくれることになった。いま、光文社に「うつしみ」八〇〇枚、「釣りぼけ」四〇〇枚の原稿が預けてある。二月中はとりたてて書くべきことなし。三月初めに「倦怠の花」が冬樹社より出版された。五千四百部、検印ナシ。

一九六七年（**五五歳**）

〈**月日記載なし**〉　来月からは「自由」の連載が始まるし、「週刊セブン」の注文もあるし、せっかくのチャンスがきているのだ。このチャンスを酒浸りで逃がすのでは、自分も人前には出られぬ。生活を建て直すためにも、日記は再びつけ始めることにする。

一九七〇年（**五八歳**）

四月二九日　花山居へきて、二十日間、一度も机に向わなかった。文章を書く気がしなかった。むろん、こんなことでは生きてゆけない。自分の内部には何が起ったのだろうか。スランプか、自信喪失か、怠惰か？　それともつぎへの脱皮か？　これからの五年は最後の締めくくりといえる。今までも仕事はつづけてきたが、ジャーナリズムに取り上げられないので、徒労の結果に終った。この締めくくりには、大飛躍が必要だ。ともあれ、この二ヶ月間は、ムダな休養でなかったことにしたい。何でもよいから、溢れるように書くことだ。いや、書いてみたい。（中略）また、日記をつづけよう。一日のこまかいことまでも書くことにする。

一〇月五日　経済上の危機に追いこまれる。豊作なし。今さら、今半年の過去を反省しても、打開の道はないのだが、これをやらなければならない。今日より、夜の時間を読書にあてる。日記を書き、反省をし、方針を立てても、読み返しもせず、忘れてしまっては何にもならない。考えることはいろいろとある。第一に、どうして仕事がうまくゆかないかということだ。その理由の一つに、排気ガスによる鉛の蓄積があるように考えられる。これは診察を受ければ解ることで、その上で、打開策を考えるべきだろう。鉛のほかに、酒の害もあるにちがいない。これは自制することができる。

一九七一年（**五九歳**）

一一月一六日　「天のしずく」のために、これまで二五年間の日記を読み返している。心の痛みはどうやら薄れたようだ。代りにこの体験をいい作品にしたいと気持がうごきだした。

一九七三年（**六一歳**）

一月七日　こちらへくると、どういうわけか、きっと夜中の三時頃に目がさめ、もう一度眠るのにひと苦労する。昨夜もそうで、そんなときには頭も冴えて（?）いるのか、何でもよいから、書いておくことにした。別のノートに、そのほかの感想や創作の計画などを書くことにした。日記には長すぎるからだ。今日の雨では休日におしかけた釣り人たちはがっかりしたろう。昼まえに机に向う。

一九七八年（**六六歳**）

二月一六日　一四日の光記の日記はとり消す。しかし自分の心のうごきをのこすものとして削除はしないでおく。

一九七九年（**六七歳**）

六月一四日　一生の総決算、随筆集「愚者の楽園」を編纂するために、昭和二一年からの日記二〇数冊を読み直している。収入の当もないのに呑気なことだが、ほかにすることもない。失敗の連続だったにせよ、ここには自分の後半生のすべての歴史がある。悔いはあっても、生きてきた真実はある。

六月一九日　自分のおかれたこの現実を見定めて、そこに立って生きるしかないと考えがきまった。もう、くり言を繰り返すのはやめる。「思いきめた仕事を一心不乱にやれ」と森信三も教えている。それは性の追求だ。しかし果して自分は一心不乱になっているか？　酒に溺れ、ゴマ化して、ムダな日を空費しているだけだ。日記のこうした書き方も改めようと考える。（中略）これからは日記に、自分の考えではなく、生活の記録を書く。

一九八二年（**七〇歳**）

一月八日　朝五時頃に起きて書く。これまでの自分の気持を総括してみよう。日記は人に読ませるものではないので、正直な自分の気持を書いてもよい。事実のみを書く。今後、役に立つかもしれない。

一九八五年（**七三歳**）

六月六日　仕事のことは改めてよく考える。ここしばらくは体の回復だ。この静かさについてはうれしくてたまらぬ。(この日記については意味のよく解らないところがある。これは意図したことである)

一九八八年(**七六歳**)

七月六日　河出書房新社より八〜九月に出版がきまった「霧の中のロンド(輪舞)」「ホーム・トーク」一年連載について当時のことを書く。いろんな思いが新しく起るからだ。昨夜妻にこの話をしたら、執筆依頼があったときに、こんな雑誌に書いてよいかと光記に相談したら、まじめに書けばよいと言ったそうだ。自分は忘れていたが妻は覚えていた。そう言われれば、確かに石神井の喫茶店で倅に会った記憶がある。当時の日記(五四年一〇・八日)には「悩んできたが、生活のために腹をきめた」とある。第一回が一一月号(?)に出た。一三万五千円の稿料だ。

一九九二年(**八〇歳**)

五月二四日　庭で鶯が鳴いている。いつ聞いてもいい声だ。「現身の記」を書いている。日記を読み返している。これまでの作品を集めた貴重なファイル(袋)を探す必要がある。失っているとすれば、これほどの愚かさはない。「現身」のために日記をすべて読んでいる。今日は九巻昭和三〇(一九五五)の夏ベトレヘム入院当時。

作家の経済活動――金銭収支の記録

作家としての榛葉英治の主収入は原稿料と印税である。本項では榛葉の日記から、金銭収支の記録を中心に作家の経済活動に関する記述を収める。

日記には収支の具体額が日常的に記される。原稿料は実際の支払額だけでなく、執筆中の原稿枚数から算出した見込み額が記されることも少なくない。支出面では家計に関わる出費も記されるが、飲酒やパチンコによる個人的な浪費の記載も目立つ。そのほか原稿料の前借りや、知人恩人からの借金記録も散見される。家族を養える安定した生活を望み、安い原稿料をぼやきながらも散財する榛葉の日記は、創作に苦心する作家の長年の記録であると同時に、生産と消費を営みながら戦後日本を生きる家族持ちの生活者の記録でもある。

原稿の採否が当面の経済生活に直結するだけに、日記には出版社からの連絡に一喜一憂する様子も見てとれる。原稿料は作家の市場価値を露骨に反映するため、その価値をみずから高めるには一流の純文学雑誌で活躍する必要があった。榛葉自身もそれを人一倍に自覚しながら、目前の経済的安定のために、カストリ雑誌への執筆など「カネのための仕事」（一九五二年七月七日）に手を染めて苦悩した。『赤い雪』（一九五八年）による直木賞の受賞後も経済的な苦境は続き、無収入への不安や、不安が解消された一時的な安堵は最晩年まで綴られる。一握りの超高収入作家の周辺には、榛葉のように不安定な経済生活を送りながら創作を続ける無数の作家の存在があった。

榛葉英治の日記は、一面では経済的安定を最後まで得なかった直木賞受賞作家の生活の実態を示す。しかし他面では、作家として稼ぐことにこだわり続けた人間の執念の記録でもある。榛葉は多作の作家であり、日記には毎年、執筆期間や報酬額を備えた克明な著作一覧が付された（一例を左頁の表に示す）。生涯現役の作家であった榛葉は、未刊に終わった「自選短篇小説全集」の企画（一九九六―九八年）に至るまで、さしたる活動休止の期間なく創作活動を続けた。

日本近代文学と金銭の関係は、山本芳明も指摘するように、これまで十分に考察されてきたとは言い難い（『カネと文学　日本近代文学の経済史』新潮選書、二〇一三年）。本項に収めた記録がその進展の一助となるとともに、個人の記録から戦後日本の生活誌を考察するための手がかりとなることを期待したい。

（田中祐介）

	題名	起筆月日	完成月日	枚数	掲載誌	（榛葉による）備考
1955年	翳ある女		1月9日	40	傑作クラブ	双葉、5,000（スミ）
	鱶	1月26日	1月31日	41	小公	スミ、27,000
	暗い波	3月XX日	4月26日	109	新潮	スミ74,000
	鳴子温泉	5月16日	5月16日	1	サンデー毎日	1,700
	蔵王と東北	6月1日	6月2日	15	旅	（入院中）5,000（スミ）
	きりぎりす（書替え）	6月10日	6月20日	30	逓信文化	15,000（スミ）
1956年	禁苑			32	新潮	スミ　20,100
	渦（改作）		5月31日	340?	近代生活社	2000（6.19）
	アカシアの花	6月11日	6月13日	23	笑の泉	2000（6.20）
	善良な夫	6月23日	6月24日	7	日本経済新聞	10,000
	蛇は草むらに	8月22日	8月26日	43	小説公園	3000スミ
	近藤勇と芹沢鴨	8月28日	8月30日	20	人物狂来	9000

【表】　榛葉英治の著作リスト 1955-56 年（原稿料記載ありの抜粋）

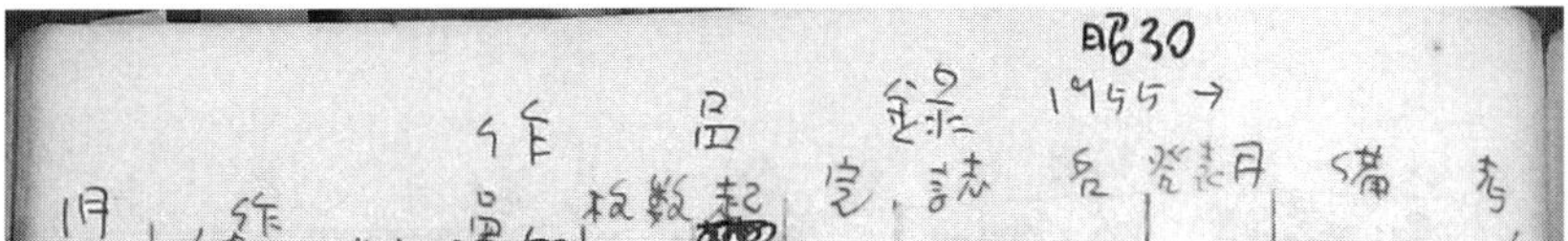

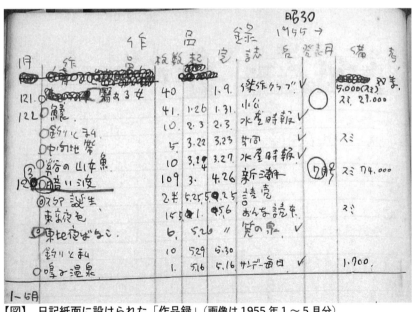

【図】　日記紙面に設けられた「作品録」（画像は 1955 年 1 ～ 5 月分）

一九四六年（三四歳）
一二月五日　これまでに、一〇月一八日、苦竹の進駐軍に通訳（実際はタイピスト）としてはいった。月給は千八百円。
一九四七年（三五歳）
一月一日　去年の八月引揚げ帰国して以来、仙台にきて妻の叔父の家で間借り生活、進駐軍に出て八百円の封鎖暮しをしているが、屋根の下に住み、職にもありついたということで、まあ苦情も言えない身分だろう。
三月三〇日　役所から始めて月給をもらった。八九〇円。女事務員並だ。おまけに臨時嘱託で、とにかくそれでは喰っていけないが、他に今のところどうしようもない。小説かいて編集者にぺこぺこするのもいやだ。暗い気持だ。雲をつかむような懸賞小説でも宛にする以外にない。靴も破れた。
四月二〇日　事務局の俸給七〇〇円しか貰えない。これで喰ってゆくなんて考えることもできぬ。紙不足で、書いたものを金にすることが不可能とすれば、当分は恐らく生涯でいちばん苦しい時を送らねばなるまいと妻に話した。
九月二七日　今日、「独楽」五十八枚を書き上げた。これで去年の秋、引揚げ帰国してから小説六篇、評論一篇、六百枚近く書いた。一枚五十円とすれば三万円、月二千五百円でどうから原稿料で喰ってゆけるだけは稼いだわけだが、悲しいかな、すべて空しくホゴ同然のストックになっている。
一九四八年（三六歳）
一一月九日　今日あたりからやっと書けそうになっている。「イカルス失墜」の構想を練る。（中略）大体自分の考えとしては来年二、三月頃までに上京の計画を樹てる。問題は金だ。一応プランを書いてみる。
（既定）一二、一月収入
「渦」七〇×二〇〇＝一四、〇〇〇
「意志をもつ風景」五〇×一五〇＝七、五〇〇
杉浦に言って前借「北へいった女」三〇×二〇〇＝六、〇〇〇
一五〇＝四、五〇〇
二月収入「蔵王」五〇×二〇〇＝一〇、〇〇〇
退職金　？
（執筆予定）一一月中　イカルス失墜
一二月中　肉体の人　フロラ洋裁学院
（予定）「イカルス失墜」小説界へ「タランテラ」文学者へ
一一月一一日　「文芸」より原稿料きたる。一万六千円（税抜手どり一万三千八百円）。

一一月一八日　手持ちの原稿売れる宛がついただけでもいい。或いは一応三万円分位の原稿（百四十五枚）の掲載の約束がとれただけでも。役所はやめ、東京と半々位に自分だけ暮してもいい。

一九四九年（三七歳）

二月七日　午前、新小説社へゆく。編集山田氏。「女の霧」稿料八千円もらう。（一枚二百円）（中略）夜、阿部と新橋で飲む。三千円。

三月二二日　稿料前借のために河出書房の文芸編集部へいった。編集長の杉森さんに半月ぶりで会った。五千円前借。

四月九日　一文なし。二重廻しを入質する。七百円。

五月一〇日　鎌倉文庫へゆき、それから「小さい広場」のことを訊きに、文芸春秋社へいった。原稿を返された。岩野泡鳴がこんな場合平然と懐へ入れて帰ったことを思い出して帰った。これはそんな悪い作だと思わないから、他へ発表するつもり。文春何ものぞ、と思った。

六月一日　七万円位の予算ができたので、これを半金として月賦の家を買うことにして探している。「血と笑い」文潮社の稿料の小切手を持って、銀行へいったら不渡り。帰りにコスモポリタン社へいって、長篇の約束をして五万の前借を申し込んだ。

六月二五日　今日、「文芸」杉森氏に電話をかけた。一万円は危いかもしれぬ。金にならぬ原稿ばかり書いていても仕様がなくなった。同時に今年中に大きく乗り出してしまわないと、ジャーナリズムに置いてきぼりにされる。それを書くのは、この七、八月だ。発表が十、十一月になるのだから。

七月二五日　「小説新潮」へゆく。K氏「蔵王」第二部をほめてくれ、稿料を前払いしてくれた。帰り、バスの中で気持が明るかった。

九月一二日　円頂書房へ「イカルス」の終り十枚をとどけ、帰りに「文芸」へいった。三六〇〇円稿料の一部を受けとる。夕方、柳沢君と丹羽さんの宅へいき雑談。玉川上水の太宰がとび込んだ処を見た。中野で飲んで別れた。

九月二七日　家に坐ってだけいることで、書くことには堪えられない。そこに自分の現在の小説の貧しさと危険を感じる。現実の色んな生活を知るために、計画的に色んなことをやってゆきたい。

一、作品で片ずけなくてはならないもの。（一）文芸（伽藍）、（二）文学会議（未定）。

二、money. 今月中に一万円　文芸五千、文芸ヨミモノ一八〇〇、静岡、婦人朝日、新小説

三、家族の生活費約二千円（一週間分）
四、自分の金　五×七＝三五〇〇
五、妻の病気恢復
六、現在の仕事、「流れ」校正改作　二八日中。「夜の庭」サンデー毎日

一九五〇年（三八歳）

六月二七日　一文なし。（中略）「裸者と死者」「志賀直哉集」（河出版）を売った。一四〇円。小説公園より原稿料の一部五〇〇〇持参。

九月六日　昼、神田の日東出版へO氏に稿料のうち千円借りて帰る。（中略）留守中、小説新潮小林氏きたとのこと。原稿依頼。夕食後散歩、書店で新刊の文芸辞典の類を立読みした。自分の危険な立場を痛感。純文学の世界で黙殺されていることを感じた。非は自分の不勉強にあり。

九月一九日　住宅公庫に申し込み、家を建てる計画をしている。近頃、連続して、仕事怠け不振。「ジープ」より休刊のため、執筆断りの旨、来信。

一九五一年（三九歳）

三月七日　「モダン生活」の社員くる。アンコールもので、一万五千出すという。断わる。（中略）「モダン生活」のこと考える。金は必要、名は惜しい。妥協案として、匿名で出すこと考える。明日交渉してみるつもり。（一万で）

四月一九日　午前中、黒田宅を訪う。単行本契約書のこと。黒田氏不在。娘さんが四〇〇〇円とどけてくれた。

四月二九日　金の必要に迫られながら、「ヨミモノ」書けず。現在の生活が悪い。

五月一八日　一七日夜、随筆「酒三題」珍しく十枚書き、今日、妻に持たせてやったが、千円しかくれぬ。

六月四日

〈或る計算〉

月五万収入のためには、毎月八〇枚、約三篇
一年で　一二×三＝三六篇
十年で　三六〇篇
単行本　一万出ると、二〇万円、四ヶ月
六ヶ月喰うためには　約八千
一年〃　　（一二×五万）÷二〇円＝
七〇万／二〇円＝三万五千部。
ふつう単行本四〇〇〇として、八冊。

七月四日　小説公園に「風俗」（三五枚）を渡した。一万円の小切手を受けとった。一文なしなので、途方にくれ、現金化を方々に当ってみたけれど、駄目。万策つきて、丹羽文雄氏宅へゆき、現金にしてもらった。

一九五二年（四〇歳）

三月四日　金がなく、生活の宛ないが、雑仕事をする気になれない。バルトの「われ信ず」を七〇円で売って、パチンコをやる。

三月二一日　食費のために、古本百八十円売った。こんなに追いつめられ、どん底で、暗い毎日を送っていても、跳ね上がる情熱が湧かない。小説を書く気がしない。これはどうしたことだろうかと考える。

四月一〇日　中央公論へルポルタージュ「東京港」を書くため、公社へゆき、平氏と芝浦の港湾建設局へいった。資料をもらってきた。調査費三千円もらう。パチンコで二百円つかった。

六月二一日　朝、新聞広告をみる。小説公園に書いた小説が出ていない。「昼と夜」はこの雑誌には、不向きと思っていた。三千円しか金がないと、つぎに金のはいる宛もないので、大変困ることになった。

七月七日　新女苑へゆく。広西に電話かけ、小堀氏に千円借りることを相談。名誉のためよしたらよかろうと言わる。一文なし。金にするものもなし。金のための仕事をひと通りやり、自由な生活をすることにきめた。

七月一四日　稿料八千はいり家に生色よみがえる。子供に菓子六〇円買う。「レバンテ」で生ビールを飲む。

八月四日　徹夜で四〇枚の書き直しをやり、新宿で芝田さんに渡す。六千円もらう。夕方、散歩に出て子供に、バンドとムギワラ帽子を買ってやった。

一〇月八日　「風のなかのうた」一〇七枚、改作だが、昨日「オール・ロマンス」の芝田に渡した。一万五〇〇〇円、一枚一五〇円。生活のために、低級雑誌の読物を書かなければならないし、注文はどこからもひとつもない。

一九五三年（**四一歳**）

五月一七日　「あまとりや」に書く小説で、苦しんでいる。全然書く気がしない。前金を三千円もらってある。この雑誌に書くことで、危険と現在の没落をひしひしと感じている。

八月二九日　現在の自分の理想像。健康で（精力的に仕事ができるほど）生活に不安がない程度の定収入があり（月二万五千）、精神のすみ家にふさわしい仕事部屋（家を建て直し客室の応接間兼仕事部屋をつくる）があり、適当な社交生活をし、自由な体験をし、しかも日常は本に埋れて、流れるように本を買い、思索する。これを可能にするには、月五万の収入あれば足りる。一枚六〇〇円として百枚、三篇。

一〇月三日　妻、講談社へゆく。講倶稿料、一枚五百いくら、安いのにがっかりした。真剣に書くものにあらず。

一二月二七日　静かな日曜日。新聞小説（一枚三〇〇円）を書きはじめた。夕方、散歩して、パチンコを五〇円やった。年末に一万八千できる予定のほか、宛のない正月を迎える。借金などで、一万は出てゆく。

一**九五四年**（**四二歳**）

一月二二日　ポケットには、七〇円あるだけ。感傷的にはなっていなかったが、自分の愚かさにたいする怒りがあった。（中略）来月収入の宛なし。家には、五、六百の金があるだけ。とにかく、金、仕事と、それだけ考えることにする。悲しいことに、純文を書く心は動かず、今年こそやめるつもりだったカストリ雑誌の原稿を、深夜まで書く。

一月二五日　今日、本を売り、百三十円で生活した。はっきりした宛は、明後日の四千円と外にない。二月の生活の宛、はっきりしない。下らない読物を書いていると、魂まで腐る。しかしそれで生活の宛をつくらないことには、純文を書けない。竹内君らは、借金をしたらいいというが、その勇気もない。

一月二九日　今日は、本など売り、百八十円パチンコをやった。これも、四十男の迂愚の沙汰か。それともつつましいトバクの満足か。

二月一三日　三時頃出て、駅のそばでパチンコを一二〇円ばかりやる。帰って本を二冊もち出し、金にかえて銀座の試写会へいった。「月蒼くして」というアメリカ映画でつまらない。金はなく、みすぼらしい服装で、銀座へ出るのは気がひける。

三月三日　手紙でお願いしてあった二万円をお借りしに丹羽文雄氏宅へゆく。快く貸して下さった。五月より五千円づつお返しするという誓約書を置いてきた。雑誌社を歩いて、作品を売りこんだらいいというお話だった。じっと坐っていて注文を待っている時ではないらしい話の様子であった。

五月一五日　第一に現金を握らない先に、宛にして予算を立てるという相変わらずのやり方がいけないので、三月先の仕事をし、三か月の生活を確実な集金、或は現金で確保しておく生活に切り替えるべきだ。それには九万円に相当する作品（百枚、約三本）を先ず書かなければならぬ。そして、その後は月に二本づつ三ヶ月先に売り込んでおかなければならない。三月も四月も怠けて机に向うのがいやで、二本しか書かなかった。これではこうなるのはあたりまえだ。

七月二五日　金がなくなったので新聞を十貫ばかり売った。二百円。通りの紙クズ屋まで、二度かついでいった。

一二月四日　鱒書房の告白もののアルバイトをしてい

る。これを最後にしたい。三日に笑の泉へゆき、金にならず腹が立って、焼酎を飲み、パチンコも八百円やった。

一九五五年（**四三歳**）

二月二〇日　強風。明日、杉森氏とヤマメ釣りにゆく約束をしたが、金がないのでやめることに断り状を出した。（中略）昨日は「破片」を書きつぎ、今日も、この仕事をした。金がなく、オーバアを質にいれた残りの千円しかないが、ほかの仕事をする気になれず、一方、去年の今頃みたいな仕事の上での不安はない。

三月一〇日　今日も、明日千円はいるが、あとにはいる宛はない。借金か？　四月になると、下宿人が揃うので、喰ってだけはいかれる。

三月二三日　雨、田村（泰）氏宅へゆき、前日、手紙でお願いした。三千円の借金をお願いする。豪壮な宅邸の応接間で、色々な話をした。

四月一〇日　花見日和。丹羽さんのお宅へいった。二万円お借りする手紙を上げたら、丹羽氏は不在で夫人が読んで貸して下さった。「いい仕事をしてきてください」とおっしゃった。心から嬉しかった。

六月九日　秋江泡鳴集を買うつもりで薬師通りへ出た。パチンコ屋にはいり、例のごとく、カアッとなってしまい、四百円つかった。

九月二一日　東京新聞に、「はぜ釣り」の原稿をとどけ、七千円もらう。

一九五六年（**四四歳**）

八月六日　近代生活社へゆき、社長にビールのごちそうになり、小説公園へゆく。三千円前借り。

八月二三日　借金生活も、この秋から打切ることができよう。

九月二八日　荒木君の宅へゆき、三千円借りた。夜、新潮の田辺君きたり、二五日までに百枚の注文。難題。

一〇月五日　妻近代生活より五千円もらってくる。ばかにしている。新宿へ出、パチンコを三百円ほどやる。（中略）夜、生活の建直しのことなど考えた。

一九五七年（**四五歳**）

二月二五日　「笑の泉」へ金を一部もらいにゆく。二千円。街は、煙霧でぼやけている。空気のきれいな海岸を思う。

五月一一日　服を質に入れ、外へ出るのにも着るものがない。映画批評で二千ばかり入るが、そのあと、金をつくる宛てもない。（中略）六百枚の長篇も「赤い雪」も二つとも、本にはなりそうもない。税務署から、二三日までに税金を収めないと、家を公売にすると通知がきた。（中略）なぜ、こう自分は不幸なのか。根本は、やはり書けないこの自分にあるのだ。あるいは、書いた作品の悪さ、つまりは自分の才能にあるのか。日頃の生活態度の総決算がここにきているのか。

五月二五日　全然、収入の宛がなく、明日より、どうして良いか方法がない。夕食後、妻にもそのことを云った。税務署の者がきて、月末に二千円収めないと、無警告で家を競売にすると云ってきた。

一九五九年（**四七歳**）

一月六日　光書房が、印税五〇〇〇円しか送ってこないので、怒って電話をかけた。腹を立てると、体を悪くする。（中略）明日までに、週刊一回、新聞二回書かなければならず、九時まで床にはいったが、何だか腹が張り、気分もよくないので、嘔いた。

一〇月三日　小説のために、先ず金を作ること。古典(?)日本では荷風、泡鳴、武郎、谷崎（現代）を学び、現代の小説に及ぼす、これは新聞長篇も含む。新作家で女を書いた作品も読む。

一九六一年（**四九歳**）

八月二五日　金がほしい。最低二百万かせがなければならぬ。仕事の注文はない。ジャーナリズム方面へも出歩かないし、交友もない。「現し身」六、七百枚を秋までに仕上げようとガンバっている。

一九六二年（**五〇歳**）

七月二六日　テレビの前半金が仲々はいらず、気をもんだ。二五日になり、やっと、泉君より、手渡された。謝礼五千円。

一〇月二九日　今すぐ引っ越しできない（あとの生活にすぐ困る）収入のための完全な手をうっていない

一二月一五日　今は最悪のどん底である。熱海君に借りた一万五千で食っている。日本信販で二〇万借りるのに、岡上井上両君に保証人になってもらった。原稿の注文はなく、発表する出版社の当てもなく、「愛の原型（業の花改題）」を書いている。

一九六三年（**五一歳**）

九月五日　これまでに、「史疑」〔『史疑徳川家康物語』〕の出版がきまり、その仕事に没頭した。完成して、今日、雄山閣にとどける。生活にゆきづまっている。収入がないのだ。

一〇月一三日　一〇日に「城壁」（二一八枚）を書き上げた。収入ほとんどなし。この原稿も発表の当なしだ。

一九六四年（**五二歳**）

一月三〇日　「城壁」は六〇〇枚になるだろう。一枚二千円としたら一二〇万の原稿料だが、これは雑誌に連載するところもなかった。そんなへたな商売をし、生活を犠牲にしながら、この長編に熱中している。人からは笑われるだろう。自分としてはどうしようもない。これを完成させなければ、つぎの仕事をする気持になれない。つまり、この「城壁」にすべてをかけている。こんな自分はいったい正しいのか。それとも誤っているのか。とはいえ、あと百枚ぐらいだから仕上げることだ。

一二月六日　「倦怠の花」四一七枚を完成した。明日、冬樹社に渡す。竹内君が紹介した「温泉旅行」という雑誌の稿料一万五千が不払いで、家には千円足らずの金しかなくなった。こういう愚は繰り返さないことだ。

一二月九日　「倦怠の花」を冬樹社に渡した。初版六、〇〇〇部印税一割。前金として三万の前借申込む。併せて「釣り呆け」を出すことで、その進行にかかることにする。

一**九六五年**（**五三歳**）

六月一日　中山吉郎氏につれられ、厚生省へゆき、河畑という若い秘書官に「江川太郎左衛門」の筋書を渡す。冬樹社へゆき、金の相談をする。

一一月頃（**日付無**）　日記を書く気持を失った。九月中に「道化芝居」一〇〇枚を書き、新潮へ持ち込んだ。（中略）「城壁」が小説新潮賞の候補になった。（五篇）九月中に「釣りぼけ」四五〇枚、未出版、「四季の釣り」二〇〇枚完成出版（十万円の買切り）十月中に「渓流・川・海の釣り」二五〇枚完成原稿を渡した。

一二月三一日　「釣りぼけ」四五〇枚ついに出版されず。（中略）「釣り」解説書の印税二万五千で年を越す。「山並」（六〇〇枚）河出書房に預けてある。純文「道化芝居（一〇〇枚）」新潮より返却される。原稿の注文、ほとんどなし。

一**九六六年**（**五四歳**）

一月二七日　九日に初めての時代ものの「江戸のすね者（五四枚）」を書き上げた。もう一篇、別のものも書いている。この頃、収入の当て、まったくなく、くるのは借金の催促のみで気が狂いそうになる。

一**九六七年**（**五五歳**）

一月六日　今年は、「性と文学」を書く予定。目下、東京スポーツに連載中。自分は五十五才。五十才よりは、アッという間にすぎた。窮迫の連続、立直り不可能か。全智をしぼる必要がある。日記もつけるようにしたい。

一**九六八年**（**五六歳**）

一月一日　この四日より、静岡新聞に連載「怒涛のなかに」が始まる。（中略）今年は酒を節して、仕事に打込むことができそうだ。ほかに「自由」にも連載している。野村尚吾氏は、「もっとのんびりと書け」と賀状に書いてきた。佳き年にしたいものである。

一**九六九年**（**五七歳**）

二月一八日　昨年の暮れに「怒涛のなかに」が完結していらい、正月をはさんで一年間のつかれが一度に出た感じだ。眼がわるくなったのものそのせいだろう。この頃、体のあちこちに故障が出るようになった。外房の江見に土地を買い、別荘を建てることにした。（中略）住めるのは五月ごろか。この土地は、いまのところすべてのイミで気に入っている。老後をすごすにふさわしい土地と思われる。

一一月五日　月収六万円は最下層の生活である。この頃の自分はあたまがよわっているのか。とすればたいへんだ。

一九七〇年（五八歳）

二月一四日　一二日に「毎日」へゆき、森君より、不成立の原稿を受けとる。「悲愁の川」が六千部しか売れなかったためという理由。野村尚吾氏と会い、夜は二人で新宿へ。「未来」でのむ。四千円借金。月曜には返さなければならぬ。

二月一六日　長篇三作の売込みで、頭を悩ましている。（中略）収入、執筆、出版すべて五里霧中。繁栄にとり残される一人か…？

一〇月二日　偕成社にゆき小川氏に一〇万円前借をたのむ。承知してくれた。（中略）税務署より滞納による差押えの通告がきた。そのために偕成社へいったのだ。自分がジャーナリズムから全く忘れられた存在であることを痛感する。これはもう何年もいや十年もまえからのことだ。つまり、作家として生きてゆけないことで、収入もないということになる。この深刻な自覚から出発しなければならない。すぐ次作に取り掛からなければならない。むろん、発表に自信あるものだ。

一九七一年（五九歳）

二月二二日

収入予定（三月以降）

税一三万、小説サンデー　二五万（三月）

月刊ペン「ほろ酔い人生」一五万　「英雄たちの顔」二〇万（四～五月）

「裸の衣裳」二〇万（六～七月）　原稿料三万　計九五万

未定、地の果より、天の雫く、人間動物園

六月二日　婦公の倉沢氏に会う。「天の雫く」は成否未定。だいぶ先になる。評論「性解放…」は不採用。他に発表先を考える。夜、古市氏来。五万円を借りた。

六月一一日　「英雄たちの顔」が月刊ペン社より出版。五、〇〇〇部。四八〇〇円。一〇万円前借り。

一九七二年（六〇歳）

一月二二日　自分の人生最後の勝負に「性」を追求する小説をきめる。ノーマン・メイラーの「性と囚人」を買った。「アコひとりパリへ」四〇〇〇部増刷。一五万円。金がはいることはいいことだ。

四月二二日　内職の「渓流釣りの初心者のために」執筆引受ける。二五〇枚（写真、図入り）一八万手どり（一枚七二〇円）。情けないことだが、今のところ、これ以外の確実な収入の当てとてないので、仕方なく引受けることにした。

六月五日　腐りにくさって、日記をつける気持にならなかった。（中略）家には七万円しかない。（中略）仕方なく（生活の必要にも迫られて）、釣りの手引書の内職を書いている。

七月一一日　「初歩の渓流釣り」二五〇枚、アルバイトのいやな仕事だがどうやら片付けた。金のためだ。仕事の上では、絶対的な気持がある。何とか乗り超えなければ……。

一**九七**三**年**（**六一歳**）

一月二九日　NHKで「日本史探訪」の「江川太郎左衛門」について語る。出演は八分、謝礼は一万円。三月一〇日（土）夜　放送決定。

二月一六日　「茜」へゆき、やたらに出されるウイスキーをのみ、七千二百円の散財。三千円のツケとなった。この店へゆくのはやめることにした。

一**九七四年**（**六二歳**）

一〇月一四日　「秘の花」もう、推敲の余地なし。運を天に任せるのみ。つぎの仕事（収入）に成功しなければならない。生活にゆきづまる。

一〇月二一日　生活の不安で、釣りをしていても愉しくない。何を書いて収入を図ったらよいのか、見当がつかない。すべてはこれまでの自分の怠惰、無計画の結果だ。

一**九七五年**（**六三歳**）

一月一三日　妻より、財産十五万円といわれる。どうにでもなれという気持。子供にも劣る自分というこの男だ。すべて永年の酒の酒呆けのせいか。

一**九七七年**（**六五歳**）

七月二七日　「或る不幸な友人の話」一〇枚書く。三万円かせいだ。仕事がほしい。今夜はイサキの夜釣りに吉浦へゆく。

九月三〇日　気の進まない仕事をしている。二日間で四〇枚。今日は二〇枚の予定。前夜半に目覚め、仕事の絶望に苦しむ。作家として沈没の一途を辿る。

一〇月八日　メガネのレンズ割れたので、鴨川へ替えにゆく。一コ四五〇〇円。いよいよ金にゆきずまり、借金しなければならない。「サラ金太平記」果してうまく書けるか？　書かねばならぬ。

一九七八年（**六六歳**）

一月六日　前一〇時、駅前の喫茶店で桃園書房の伊藤（文）氏に「肉体の悪魔」の切抜を渡す。六八〇円、八千部、特別に二月から一部を支払ってくれる。江見の別荘を、会社の寮か、氏自身のものとして買ってもいいような話をした。

三月一四日　今日も、大宅文庫へゆく。「サラ金」について調べ、コピーをとった。その代金四千九百円くらい。「肉体の悪魔」が駅の売店に出ていた。六八〇円で一冊求めた。

四月七日　四・五　近代文学事典　全六巻　六万～六万五千　二〇回払い、月三二〇〇　銀行払い　ケー約ずみ

一二月二九日　「灰色地帯」は読んだ人の評判がいいのに反して、売れ行がのびなかった。サラ金という素材のとり上げ方が誤まっていたのか。一万二千部で、月額一〇万円にしかならなかったわけだ。この種の経済小説は自分には無理と知った。

一九七九年（**六七歳**）

三月二〇日　生きたい。生活できれば…。仕事をしたい。紙屑にならなければ…。神よ、仏よ、われを救いたまえ。くよくよするな。なるようにしかならん。それにしてもしずかなこの時間の有難さ。

四月一〇日　神宮に会う。連載小説の依頼を受ける。一一月より一年間、月一五万、四月末までに返事のこと。考えることにする。

一九八〇年（**六八歳**）

二月一三日　自分のいまのこのザマは、顔見せもできない。月に五万の収入が才覚できないとは……。つくづくと情なくなる。収入の道はないか？　必死に探すか？

四月一五日　日経大竹氏に電話した。森千人氏に電話。釣りの本は七月にきまっている由、安心した。毎日出版局のスタッフに資料を渡して下さった由。先方に任せる。出版不況で、一流に出版があつまるとのこと、当然。

一九八一年（**六九歳**）

六月五日　「愛と性…」あと一章を残して、五四〇枚を書き終えた。出版はむつかしいかもしれない。徒労になっても、書いてしまった以上、諦めるしかない。

九月六日　本「維新悲歌」が出た。印税の一部、二〇万受領。

一九八二年（**七〇歳**）

一月二八日　緒方氏より電話で、「…［ソ連強制収容］

収容所」好評、売れゆきよくて、二万部は出そうとのこと…。

一九八三年（**七一歳**）

七月二四日　出版、家の立ち退き、秋からの収入について、大きな壁につき当っている。何とかうまくゆくことを願うのみだ。甘い考えは禁もつだ。しかし今は執筆に全力をつくすのみ。

一九八四年（**七二歳**）

九月一二日　八木［義徳］のように多くの友人もいらないし、編集者にチヤホヤされなくてもよい。自分の選んだ〝独行孤道〟だ。いま、願うのは「大隈」が出版され、その金で「雪の道」を自費出版することだ。

一九八五年（**七三歳**）

一月二五日　二二日に本宅に帰り、二三日に新潮社へいった。インタビューで大隈のことを話す。「波」は三月一日発行。四月一九日に紀伊國屋ホールで講演会。本［『大隈重信』］は一万二千部（上、下あわせて二万四千部か、それとも六千部づつか？）定価一二〇〇円。

七月三日　「大隈重信」三版　三千部が出た。これで初版いらい、上下合わせて三万部が出た。収入は三百万円を越えた。出版いらい三カ月だから売行きはよいといえよう。「愛と性の十章」の売込み（出版探し・みつけ）もしたい。

一〇月一一日　ホテルオオクラレストランで林鹿雄夫妻と食事。同氏とは四十数年ぶりで会った。「満州国崩壊の日上・下」と「大隈重信上・下」を贈る。自分が御馳走。二万三千円也。

一九八六年（**七四歳**）

一二月一日　この頃悩んでいる。酒でまぎらして、眠りにつく。「女院」の結果が未定で不安は雲のように湧く。代って「自由は死なず」も出版の当てがなくて、紙屑にならないか？　この結論もつかない。来年三月後には収入のあてがない。どうしたらよいものか？　しかしと考える。よくも悪くも「女院」書いた。原稿は検討されている？　少くも「実績」はあるのだ。

一九八七年（**七五歳**）

八月二〇日　杉森氏より電話。秋に会うことを約束する。彼は今全盛。自分は九月半ばに借金せねばならぬ。二年間の二作が陽の目見ず、溜息ばかり。

九月二五日　中央公論社へゆく。江刺、鈴木両氏に会う。原稿［『女院徳子の恋』、日本経済新聞社より一九九二年に刊行］を読んだ鈴木氏の意見に従い、十一章を書き直すことにした。出版はまだ決らないが、望みはある。やや安心し、心の悩みもはれた。上野駅地下の食堂で、生ビール、酒、やきとりで乾盃する。

一九八八年（**七六歳**）

六月一三日　福島よりのハガキで「霧のなかの女たち」出版に決定した。生活費は一万円を残すのみとなった。最大のピンチだが、明日のことは明るい。これがすべてダメだったら、どうしていたか？　どういう気持ちか？　考えただけでゾッとする。とにかく、よかった！

八月一二日　新潮社鍋谷女史より本『板垣退助』できたとの電話あり。皆で祝盃を上げ祝う。五千円の刺身盛り合せを出した。一家無事息災、言うことなし。本の贈り先リストを社に送る。二〇冊。

一一月二一日　経済界社から出した「田沼意次（五〇枚）」印税一三万二千円。余りに少ないので明細書を要求したが、よこさないだろう。本を再刊しても支払わないだろう。今後は単行本の連作は引受けないことにする。

一九八九年（**七七歳**）

一月一日　「妻たちの輪舞」増刷とTV化を望む。河出福島氏に会うこと。「建礼門院」の出版も願う。「大隈五十話」完成資料集め。ほかによきこと、収入なきか？

九月二六日　河出の福島氏より電話で「蔵王・冬の道」出版決定、一月に出すとの通知あり。たいへんよろこばしい。しかし「高杉晋作」を新潮社に預けてあることで、難問ができた。潮が没になればよいが、引下げなければならない。福島にはその出版を約束したからだ。どうすればよいか？　よく考え、双方円満に片付ける方法はないか？

一九九〇年（**七八歳**）

六月一二日　「福沢諭吉」（一七九枚）を教育文化材に送った。一枚五〇〇〇円、一万部八月中支払い。八月刊。約八〇万円。企画と違うかもわからないが、これ以上に平易化はムリ。「思想」を書かなくては福沢は書けない。この方針を貫くこと。不成立でも金は要求せよ。

一九九一年（**七九歳**）

一二月六日　大竹氏より電話。「家康」の売行き、わりによい。埼玉の読者より「面白い」という電話があったこと。新聞その他で書評に上ることは、自分は諦めている。

一九九二年（**八〇歳**）

二月一四日　新学社版「福沢諭吉」が届いた。小中学生向きの内容のある平易な文でよいものと考える。（中略）つぎの収入を考えなくてはいけない。「建礼門院」その他。

四月一六日　日経に預けた「建礼門院」あてにならないので、いよいよ家を売る交渉を役所としなければならないか。

五月一九日　日経大竹氏より電話。「建礼門院」出版決定。六月中旬ゲラできたあと、打合わせのために会う。出版七～八月予定。
九月二三日　「建礼門院徳子の哀しき生涯」と「女院徳子の恋」の題名について、すぎたことだが、再販はされないし、自分の最後の代表作として、後者が正しい題だったかと今でも悩んでいる。
一九九三年（八一歳）
六月二六日　「月刊公論」稿料をまだ払わない。社の都合で遅れているというが、わずか一四、五万円の支払いがおくれるとは今後が危ぶまれる。孔明のほかに、今のところ仕事はなく、ひたすら新潮社の本の進展を待つ。気をまわすことであせることもよくないことは判っているが…。
一九九四年（八二歳）
一二月二日　大竹氏に「歴史小説集上下」の原本を送った。書留にしなかったのは愚かで、大丈夫だろう。「孔明」も望みあり。実現すれば来年の生計は大丈夫。「抱月」に全力をつくすことだ。「吉宗」印税一六〇万円、四回払い。
一九九五年（八三歳）
二月三日　江見引払いの決心つかぬ。八年度の収入にすべてがかかり、これは次作の成功が頼みだ。孔明と歴史小説集、結論をつけねばならぬ。
一九九六年（八四歳）
六月一五日　河出福島氏来。会談要旨、短篇小説選（全）集出版について。一冊六〇〇枚、第一集　よい作品を選ぶ。しんば資金負担三〇〇万　初版印税二千円で部数不明　一千部につき一四〇万印税　支払い日不明。
一九九七年（八五歳）
五月一二日　思うに江見に別宅を造ったのがよかった。その結果、補償金がはいり、こうして余生に心配はない。自分は向原でも道路拡張の金で救われた。神仏のおかげか。
一九九八年（八六歳）
四月二七日　金計算ずみ　予定自費出版交渉、今後の生活費計画　「自選短篇小説集」　交渉　河出、新潮、武田（?）
六月二〇日　河出書房に「自選短篇小説全集」発刊の交渉の手紙出す。
七月二七日　出版については自分の出資額、社の返済額について交渉きまらず。三五〇万、一五〇〇円で二千部、あとは出版の歩合という。郵送、目次、書名「自選棒葉英治全短篇小説集」「作者あとがき」。

八月一日　今朝の広告で、同社［河出書房］出版をみた。「みだれ髪」俵万智、ヨサノ晶子を書いた。二五万部出版とある。自分の「天上の舞台」島村抱月と松井スマ子の伝記、改めて同社に工作したい。全短篇集の経過（資金負担額）の交渉をみて…。

八月一五日　全短篇集目次など完了、出版は河出福島の考えによる。風が入るのでしのぎ易い。これですることはなし。すべて運命。

文壇グループの動態——人脈の記録

この項では、文壇グループに関する記述を採録している。早稲田派・榛葉英治の人脈の軸となるのは、丹羽文雄を棟梁とする十五日会およびその内部組織の十日会である。これに加えて、『文藝』編集長として榛葉をデビューさせた杉森久英と共に下界の会およびその後継の波の会に参加したり（後者には十日会の野村尚吾や八木義徳も参加している）、趣味である釣りを楽しむ「魚と遊ぶ会」に参加したりすることで、交際の範囲を広げている。

以下に、榛葉が参加した主な文壇グループ（ただし「魚と遊ぶ会」は文化人のグループである）の概要を記す。より詳しくは、参考文献として括弧内に掲げた資料を参照されたい。

十五日会・十日会……前者は、早稲田派の作家とその志望者を中心として、一九四八年四月に発足した。同年一〇月には機関誌『文学者』を創刊し、二度の休刊を挟んで一九七四年四月まで維持され、多数の作家・評論家を輩出した。一九五八年五月の再刊以後は、丹羽個人が全面的に資金を援助したのであった。後者は十五日会会員のうち、一九三四年から一九三八年までに早稲田大学を卒業した人々のグループである。（中村八朗『文壇資料 十五日会と「文学者」』講談社、一九八一年一月）

下界の会・波の会……前者は、海音寺潮五郎の寄付を受け、和田芳恵を編集発行者とする同人雑誌『下界』を一九五四年五月に創刊した。後者は下界の会の後継で、同じく和田を核とし、会食や旅行を通して親睦を深めた。（和田芳恵「自伝抄——七十にして、新人」『讀賣新聞 夕刊』一九七七年八月九日～三一日・竹内良夫『文壇資料 春の日の会』講談社、一九七九年四月・八木義徳「逃亡の時」『新潮』一九八二年九月）

魚と遊ぶ会……釣りを楽しむ会で、林房雄や田村泰次郎が会長を、画家の中嶋憲が事務局長を務めた。（中嶋憲『釣りの画文集 遙かなる魚たちの呼び声』パンリサーチインスティテュート、一九八五年一〇月）

宴の会……菊地康雄や寺崎浩らを編集人として、一九六二年九月より同人雑誌『宴』を刊行した。（千葉俊二「宴」『日本近代文学大事典 第五巻』講談社、一九七七年一一月）

物の会……榛葉を中心として一九七〇年に結成され、同人の作品の批評会や旅行などを実施した。管見の限りでは同会について紹介した文献は見当たらない。

（須山智裕）

一九四九年（三七歳）

二月一六日　F・N氏を中心に早稲田派の作家のグループの「十五日会」に昨日いってみた。F・N氏にこいと言われたのだ。会後、大体年代の同じな一〇人ほどと飲んで歌ったりした。しかし、酔って帰ってから、「もう出ねえぞ」と一人で言っていた。会の空気が自分の気にさわったのだ。F・N氏の最近の小説は尊敬しているが、子分になるつもりはない。一人で、自分の道を進んでゆきたい。ただ、人間的には同じ頃学校を出て小説を書いている人たちは懐しく、いつまでも飲んで歌ったりしていたかった。

三月一七日　十五日会の崩れで、「カナリヤ」へいったとき、Hと言い合いをした。「早稲田文学」より原稿を依頼され、その稿料を聞いてやったことを、非難されたわけ。Hはその編集主任。そして真相は、彼とそのグループの自分に対する小姑根性の、やきもちというところらしい。あいつ評判がよくてのぼせてるから、いじめてやれというわけか。「エロイーズ」を書いたMまで、そんな末梢的なことにこだわってるんだから、失望した。小説家の世界も俗世間と変らんというわけか。と言うことを教えられただけでも一得があった。

一九五〇年（三八歳）

六月一五日　夕方より十五日会に出席。会後、広西君と新宿に出て、道草で焼酎を飲む。一五〇円しかなかった。浅見淵氏がいた。竹内君の紹介で、展望の臼井吉見氏と話す。「蔵王」への批評のことをすまなかったと言っていた。

一一月一五日　十五日会。久しぶりに出た。丹羽氏の指名で、司会をやらされた。尾崎一雄氏が初めて出席されたので、「私小説のリアリズム」について主として話をすすめた。

一九五一年（三九歳）

七月六日　リッツの十日会へゆく。「蔵王・よみがえる女」出版記念会のこと。浜野君、恒松［恭助］君世話役になってくれる由。会後、皆と飲み、「東大派うんぬん」で自分が言ったことで、中村（八朗）君おこる。この種の会に出ると、自分が小さくなる感じがするし、また不快なことが多いので、前からも度々考えていることだが、今後あまり出ないことにする。しかし七月には仕方なく出ることにする。

・文学を支える大きな精神が、友人間の複雑な感情のなかで小さくすりへらされるし、低い対立意識から仕事をするようになる。

・だから、誤解されないようにして、絶対に出ないことが必要だ。

・八月以後は、（会費を収めたうえで）両方の会に出ないことにする。

八月九日　六日は午前新宿へ出て、食料やら釣具やらの買物をした。帰宅して風呂へゆき、東中野のモナミへいった。会の用意はできていた。広間に四〇人分の席で仲々立派だ。恒松君が手ぬかりなく万事やってくれて、感謝した。青野、丹羽、浅見、谷崎（精二）、寺崎［浩］、井上［友一郎］等の先生、諸先輩来場。藤井（共同通信）、田辺［茂一］氏も見えた。テーブルスピーチあり、かしこまって聞く。タバコに酔ったのか吐気がした。青野氏は「日本の神」（長篇）の続きを期待すると言われ、丹羽氏は自分を追求の作家（島木［健作］を例にして）と言った。浅見氏は作品の観念性を指摘し、生活を身につけた時のことを希望すると言い、井上氏は、肉体小説（エロ小説）が亡び、自分の真価が認められる時がきているのではないかと言った。自分を早稲田的でないと言った田辺氏の言葉や、やはり「日本の神」を期待している杉森氏のことばも印象に残った。同輩のことばは、月並なきらいがあった。自分は友人たちの好意とこの友人たちを持ち、早稲田の先輩をもつ幸福について話したが、半面、自分で自分のことばに反撥するものもあった。内輪だが、地味で、なかなかいい会だったと思う。自分に対する先輩の批評も聞けて、いい反省になった。

一九五二年（**四〇歳**）

五月一五日　十五日会、丹羽さんに借金のおわびをする。石川［利光］、自分に発言させず。

七月一〇日　十日会に出る。八木、浜野、自分の描写力について言う。浜野の言葉では、かまわず押してゆけというイミ。いまは私小説リアリズムに探りをいれているが、これが危険な袋小路であることは解っているので、いままでのリアリズムと空想、文章の迷いを脱けて、浜野が言うように、奔放にやればいいとも思う。八木に、自分をみじめにみせるようなジェスチュアしたが、そんなことは解っている。二重三重に屈折した心理。単純ではありたくない。

イタリヤ・リアリズムについて、佐々木基一の批評を読む。（改造）真剣に考え、表現を確立するつもりだ。

一〇月一八日　十五日会に出席し、その後十日会の人たちと丹羽氏の御馳走になり、「秋田」で大酒、井上孝君と連立って、人たちの後を、「ととや」へゆく。意地汚い心理。下賤な自分を意識した。酔っていたので、丹羽氏に半ば真実、半ば酔語の追従めいたことを言う。それは意識せず、ただ熱っぽくなっていた。

一一月五日　二日より、十日会で丹羽氏の伴をして、前橋、四万へいってきた。講演会では、講演させられたが、自分の名だけは除かれていた。宴会では、酒をのみ、見苦しいと思った。酒にイジ汚し。豊かになり、こんな席上で飲む必要のないようにしたい。いい仕事をしなければならないということをつよく感じたことだけでも、刺戟になったが、この友人たちのフンイ気は、自分には不快で居たたまれぬ。競争イシキのなかで、劣等感に苦しみ、ロコツな競争心をみせつけられる。出ないにこしたことはないが、このことはよく考えてみよう。

毎日を、骨を刻む仕事にうちこむ以外に、この自分を救う道はない。

一九五三年（**四一歳**）

二月八日　早稲田系同時代の連中の無言の軽蔑をひしひしと感じる。そのいちばんはっきりした現れは、旧臘の前橋講演会であった。後ろのビラに、他の連中の名前は書かれていたが、自分のはなかった。まるで、補欠かとび入りでつれていかれたようなもので、はずかしさにたえられなかった。宴席でも、I・Yなど、上座にどっかと座り、自分は例の inferiority complex で末座でガヤガヤっていたが、こんな旅行は真平と思った。自分で大名旅行した方がいい。去年は意地が汚かったと思う。

一九五四年（**四二歳**）

一月二七日　昨夜は、東京駅ステーション・ホテルの丹羽氏の「蛇と鳩」出版記念会に出た。たいへんな盛会で、筆をとって、これほどの喜びもあるまいと思った。読売の竹内君といっしょになり、竹内君は井上（友）さんより（自分の名を使って？）金を借り、二人で舞扇へいった。また新宿へもどり、中公の笹原君に会った。今日の会で野村（尚）君が、今年は長篇書きおろしの年だと言ったことを覚えている。

二月二〇日　二子玉川へいった。十日会で浜野肝入りとなって、石川達三氏を囲む会。河畔の料亭、宝亭で、石川氏に一同御馳走になり、大いに飲み、芸者と歌う。石川氏の逞しい風貌と性格に初めて親しく接したわけだが、この逞しさは、ほしいと思った。

この人たちの後継者たらんとする夢をみる。作品を背負うこと。

六月一六日　鮎を持って、杉森久英さんの宅へいった。「下界」の編集委員会だそうだ。

席上、竹内君の意見を聞いて、考えさせられた。文壇の垢に塗れよ、ということ。高いところに立って、見おろしているようなのはいけないという話だ。

これからは「文壇の垢」に塗れようと思った。

　また杉森氏の意見では、「下界はやがてひとつの勢力になる、しなければならない」とのことであった。

七月八日　十五日、十日会になるべく出ること。二ケ月に一回シャツになったら。

　今までとは違った気持で、十五日会と十日会に出、丹羽氏にも反感を起させないように近づく。その気持というのは、一歩はなれた冷い気持。一切の他人の触覚から越えて、それに気持も乱されないで、冷く、つかずはなれずやってゆく。つまり、冷くなり、感情的にならないこと。大人の態度。逆に考えると、出ないのは、子供の態度だ。十日会についても同じこと。

　但し、両会に出るには、最上の服装をし、みじめったらしくないことが先決問題。同人費、五〜一〇〇〇ずつ払う。丹羽さんには、三〇〇〇〜五〇〇〇ずつ。

　それらの会からうけた反撥を作品を書くことによって満す。

一二月二七日　二五日は下界の会で、竹内君につれられ、「ナルシス」で井上（友）氏にお会いし、借金のおわびをする。「いいから、いい仕事をしてくれ」と言われていたとか。先輩の言葉、身にしみた。

　戸隠そばで飲んだ。杉森、和田、池田［岬］、竹内。竹内君、自分が、編集者に金を使わなかったのがこうなった原因ときめつけた。ケチというイミにもとれたが、腹は立たぬ。大いに参考にしたい。

一九五五年（**四二歳**）

六月三〇日　青野氏は、自分のことを不気味な作家と言った。不気味な作家になろうではないか。自分の今までの誤りは、気が弱く、太々しくなくて、十五日会や十日会で、すっかり友人などに呑まれてしまったこと。自分の不気味さ、自分の持ってるものを出さずに人に食われてしまったことだ。自分の作品だけにむき合っているのが、いちばん強いのに、それを知らなかった。

　十日会が解散したのは、自分には大変いいことだ。友人へのギリもなくなったし、牽制されることもいらなくなった。

一二月二日　下界の会の同人と行田の湯本氏宅へいった。よく晴れた日だ。前夜、竹内君から電報で、知らせてきたので、時間通りに大宮駅へいったが、誰もこない。日を間違えたのではないかと思って、いらいらした。初めてみる市で、朝の通りをぶらぶら歩いたりした。下痢ぎみで、駅の便所にはいった。バスの停留所の処へ、吉富（利通）君がきた。そのうち、ぼつぼつ集ってきた。原、草川の両君。他にくる者はなさそうで、バスにのった。武蔵野の街道を走った。紅葉した雑木林を美しいと思った。一時間ほどで、行田市へつく。湯本君のお宅へいった。崩れた築地をめぐらし、邸のなかに堀があって、門の横の大つつじがみごとだ。大鍋に盛ったどぶろくを出された。するうち、ハイヤーをのりつけて、竹内君がきた。二人で酒を買いに出て、また帰って飲む。フロ吹き大根につけるユズ味噌がうまく、珍しかった。近所のK大出という中年の地主もきた。歌ったりして、泊って明日は魚釣りにいこうというのをお断りして、車にのった。夜霧に包まれた畑が見事だった。

一二月一〇日　「モナミ」で十日会の忘年会。席上、十五日会の解散、「文学者」の廃刊を知らされた。

一二月一五日　十五日会　最後の会。火野［葦平］さんの招待で、「秋田」へゆく。会後、「すずめ」で竹内、吉富と飲み、バッカスへゆき、吉富と吉野へゆく。

一九五六年（**四四歳**）

五月二五日　七月半ばに、演技座でまた「悲しみの土地（三幕）」をやることになり、そのことで昨日、竹内君が忠告にきた。三流劇団で度々やると、自分のネウチが下るというのだ。

　同じような意味で、下界同人であることも、組坂［若松］君の話では新日文の金達寿がこう言ったそうだ。「しんばさんは、下界の同人だな。しょうがねえな。いい気持でしょうね。」

　このことも、いずれは考えなければならない。

六月五日　昨日、「渦」のことで、組坂君がきた。推薦文のことで、丹羽さんが断ってきたという話。中村光夫氏も断ってきた由だが、確に、手紙一本で頼むのは、非礼であった。それに、自分の低い文壇的地位ということもある。組坂君には、すこし、軽率なところがあるようで、気をつける必要がある。彼と話しているところへ、竹内君がくる。自分は焼酎を三合飲んだ。「悪」の評判がわるいという竹内君の批評。あずかった彼の作品が、どう考えてもほめられず、そのことを言ったのが気にさわったのかもしれない。彼に誘われて、駅前で飲み、シャツに下駄ばきという格好で、新宿の「すずめ」へいったが、途中、彼は、自分の妻のことを悪妻だと言い、客に出す皿が汚いとか、箸が汚いとか、便所がくさいとか言った。これには、草川あたりの意見もはいっているようだ。「下界をやめてもかまいませんぜ」と言うので、「やめてもいい」と返事したら、「そしたら、自分もやめる」と言った。下界に送った短い文章のことで、三栄信用組合での借金のことを書いたら、「じめじめして、あんたにも不利だし、雑誌としても困るから、のせない」ということで、これも承知した。つまり、それとなく、この同人雑誌とは関係を絶つことにしようと考えた。

一九五七年（四五歳）

二月二三日　この夜は十日会の集りで、東中野のモナミへいった。ポケットにあるのは、二〇〇円とバス代。八木、広西、恒松、鈴木といった人たちが出てきて、淋しい集りだった。八木が、自分の大連時代のことを訊き、恒松が、当時の田村（泰［次郎］）氏の自分についての話をしたのが、気になった。

三月二六日　今夜、「下界」の会合へ出た。草川俊が酔ってきて、会の終り頃に、辻、沢氏などと話している前で、自分のことを「乞食」と言った。ほかの人たちは、耳にもとめず、聞き流したようであった。

三月二七日　竹内良夫にこのことも加えて、手紙を書く。草川とは絶交するが、「下界」との関係はどうするか。杉森氏のように、自然に遠のくのもよい。あの辺をウロチョロしないことだ。

一九五九年（四七歳）

三月一七日　早文会。丹羽、石川［達三］、火野三氏出席。自分も酒などで、体をこわさず（自分にとってのいちばんの欠点は酒だ）、この人たちの後を継ぎたいものだと考えた。雪華社の人たち、岩本、石川（利光）、沢野で、銀座で飲む。レスポワイルの女が、自分の名を知り、懐しがる。やはり、いい仕事をしたいと思った。

九月二〇日　早稲田文学が、廃刊になり、これには特に思い残りもないが、その解散の会の帰りに友人の浜野の言ったことは、心にとまった。彼はこんなことを言った。

君は精神に張りがなくなっている。

自己卑下と劣等意識は棄てよ。

過去の過ち（受賞以前の）は、くり返すな。

この三つの忠言は、友人の批判として率直に受けとった。

一九六二年（五〇歳）

五月二三日　昨夜、石川達三氏の会へいった。浜野や八木などくるかと思ったのに、名流（？）の人たちと、一流社のジャーナリストばかり。こちらは場ちがい者みたいで、はずかしかった。

今後、あらゆる会には出ないことにしよう。こういう会で顔を売ると思われるのもいやだし、事実は恥をかくばかりだからだ。

五月三〇日　二六日（土）に、釣りの会で、三浦半島の金田湾へ、キス釣りにいった。集った者一五、六人で、林房雄もこられた。舟釣りをするのに、一人だけ自分は投げ釣りをたのしんだ。舟には敵わないにしても、リール竿の投げ釣りには独自な面白さがあり、キスのかかりもわるくなくて、けっこうたのしめた。八寸のいい型を一尾、小ものも混ぜて一八尾を得た。天プラにしてたべた。

六月一三日　今夜、赤坂プリンス・ホテルで、十日会がある。この頃、日のすぎるのが早い。

仲間の会に出た。有楽町のおでん屋。浜ノが、自分のことで、受賞後、カストリ週刊誌に書いたために不利になったことを伝えた。八木は、自分の作品に、処女作にくらべ、「張りとリズム」がなくなったことを指摘した。この二人の言い分を善意に受取るとして、自分の作品の変化については、自分としての考えもある。

会のあとで、残った四人で「お喜代」へいった。野村は、先程、浜ノの言ったことについて、自分にたいして、「半年我慢して、そんな雑誌から遠ざかるように」と言った。過去のことは仕方がない。今後は戒心して、汚名を挽回する作品を書くことだ。

七月三日　六月三〇日から一泊で、外房の大原へ、釣りの会でいってきた。「松朱丸」という船宿に泊る。林房雄もこられた。舟仕立ての自分としては初めての鯛釣りである。初めの日は、夕方より、岬の上から石持ち釣りをしたが、土地の人たちで立込み足場も悪く、自分は一尾も釣らなかった。翌朝四時に舟にのる。雨もよいで、海は凪いでいるとのことだが、太平洋の沖へ出ると、その揺れは、相当こたえた。午前中の釣りで、ハタと馬面（川ハギ）一枚ずつ。同船の人で鯛は一尾上げただけであった。日活の園田君の車に便乗し、中島、竹下両君と、帰途、一ノ宮海岸で「イシモチ」の投げ釣りをやる。思いきりとばす快味を味わった。風がつよく、砂が吹きつけ、あまり、楽ではなかったが。イシモチ五尾。

一九六三年（五一歳）

一二月一七日　広津［和郎］さんの野間文芸賞授賞式に出た。この日より先、十日会の集りに出た時に八木義徳が、こういう会には出た方がいいと言ったからだ。

今日の会で、自分に話しかけたのは、北島宗人と石川利光だけ。八木は他者との会話にいそがしかった。親しく話したのは、小田嶽夫と今官一。今は話しながら、しきりに時計をみた。吉岡達夫は、視線が合ったら、目をそらした。こちらから挨拶したのは、井伏［鱒二］さんに、六興社の吉川晋さんと、エレベーターのなかで、舟橋［聖一］さん。

こんな自分の周囲には、ほとんどすべての文学界の人たちがいた。

この日の夜中に、目がさめ、このことを考えたら、笑い出したくなった。起きて、この日記を書いた。来年のこの日のことも、ぜひ、書きたい。

一九六六年（五四歳）

一月二日　林房雄氏の「ラ・メール号」で、魚と遊ぶ会の初釣り会。

江ノ島から舟出し、その沖で、アジ、サバの宙釣りを試みたが、皆、一尾も釣れなかった。

一九七〇年（五八歳）

五月一一日　深田良一飯野一雄に手紙を書いたが、破った。彼からは四月三日に東京宅へ手紙がきて、冬樹社に作品集の出版を紹介してくれとのことだった。ひと月になるが、その詫びと、承諾の旨を書いたが、それを止めることにした。理由は、出版を自分でやりながら、他社での出版をひとに頼むというその心事である。紹介された出版社でもいやがるだろう。極端にいうと、出版社をやりながら、作家を志すというところに、へんないやらしさがある。作家は何ごとも一本でゆくべきだ。これを守っているところに自分のすべてがある。身辺と行動をにごらしてはいけない。このひとが作家になれないゆえんか……。

岡上［哲夫］のことを別にすれば、「宴」はよしてもよい。その理由は、①自分に随筆を書かせてのせなかったこと。②同人にたいした者はいない。③同人費をまとめて払ったら、すぐにこんな手紙をよこしたこと。

一九七一年（五九歳）

二月二六日　二四、二五の両日、「波の会」の同人で、伊豆片瀬、白田に一泊旅行をした。杉森、和田、野村、近藤の諸氏だ。その夜は九時間、皆で雑談をし、たのしかった。白田ホテルでは、活魚料理を安くサービスしてくれた。沿線には梅が満開で、桜も咲いていた。二日とも、くもり日で肌寒く、春にはまだ早かった。

四月二九日　宴の会で、湯河原へいった。会場は岡上君が世話した。参会者二〇人ぐらい。

自分は酔って、野村氏と議論をしたようだが、いつになっても、改められない、この酒癖に、自分ながら、いやになった。明けがたの彼の寝言が気になった。「ケンカではない。ライバルだ…」といった。

六月八日　「波の会」で、自分だけ先に、土湯温泉へいった。夜の一二時に立ち、朝の五時に福島へついた。岩城屋旅館に泊る。野村尚吾氏の親しい宿だ。若主人の車で送ってもらい、荒川の支流にはいる。一五〇〇メートルの高い山腹にある沢だ。イワナ二尾。吾妻の山には汚れた雪がのこり、沢の水は川虫をとるのにつらいほど冷たかった。ウグイス、ホトトギス、カジカが鳴いていた。テツ夜蕗もたくさん生えていた。その夜は五人で会食。で話し込んだ。たのしい夜だった。翌日は、吾妻小富士スカイ・ラインを主人の車でドライブ。一切経山の休火山の姿が異様であった。

一二月八日　波の会の仲間と、南伊豆、弓ヶ浜の国民休暇村へいった。野村氏の世話だ。和田、八木、野村、竹田の四人、杉森氏はカゼで欠席。例によって夜の三時まで雑談。翌日は、お寺の墓、エロ寺を見物した。

一二月一八日　酒。つらかったが、「魚と遊ぶ会」の忘年会に出た。田村会長も出席。会員の一人を誘って、帰りに飲んだ。

一二月二一日　「物」の会に出た。辻［史郎］、岡上、豊田、森光［洋子］（女）。山本、自分の時代小説批評。「股肱の妻」は好評。「無明峠」辻は面白ければいいじゃないかという。森光という女は生意気で、こんなものは読まないというようなことをいう。

一二月二三日　岡上から頼まれ、「宴」の再建相談会に出る。野村より嫌味を言われたが、気にしないことにする。

一九七二年（**六〇歳**）

六月二三日　夕、「物の会」いつもの会員集まる。ゲストに八木義徳氏を招き、いろんな話がはずんだ。

彼の話、挨拶の会話はよくない。芥川賞作家と直木賞作家のちがい。自分（シンバ）は「蔵王」で芥川賞をとっていれば、その後の作家コースはちがったろうということ。純文誌の門のかたさを暗示する言い方をした。

七月一一日　八日に宴の会に出席。寺崎、小田両氏の元気な顔をみる。

一九七三年（**六一歳**）

三月三〇日　「波の会」同人と八丈島へいった。船での仲間は、自分と野村尚吾、戸部新十郎の両兄。海上はかなりの波があり、特一の船室は暑くて閉口した。三〇日の朝、島についた。毎日通信員の菊池氏が出迎えてくれて、大脇旅館に宿をとる。飛行機できた八木義徳、近藤信行両兄もいっしょになった。島内見物、宇喜多秀家、近藤重蔵の墓。服部、長戸路（?）屋敷、牛角力、それから、断崖と海との観光。宿では杉森久英兄がおくれてきて待っていて、夜は例のように痛飲放談。三時まで起きていた。

六月二三日　「物の会」同人と、湯ヶ原温泉へいった。夜は歓談。同人森光（女）が、無断で亭主をつれてきた無神経さには腹がたった。脱会を望むが、他の同人の意向も聞かなければならない。このことで山本君に電話した。

翌日は、箱根、二ノ平までいった。「彫刻の森」とかいう、インチキ庭園があり、人がおしかけるのに苦笑をした。インチキというのは、模造品が並べてあることだ。まあとにかくたのしい二日ではあった。

九月二一日　「物の会」に出る。

浅井［栄泉］、豊田の両作品、概して不評。自分も同感。とりわけ、浅井が作中、この自分のことを「一見壮士風」と書いているのは不愉快であった。こんなところに、この男の人柄が出ているのかもしれぬ。イカンの旨、手紙を出す。今後は心すべきこと。人にはその人を見ての交際が肝要。

一九七四年（**六二歳**）

三月二五日　「文学者」の会へゆく。帰りに、荒木太郎、広西元信、松下達夫と飲む。広西が、自分について、「君はもうダメだ」という。この男とは絶交のつもり。口には出さないが……。

三月二九日　昨夜、「浅見淵氏を偲ぶ会」に出た。和かな会であった。帰りに荒木太郎、豊田一郎を誘って、飲む。荒木が、「丹羽さんはシンバを認めている」といった。また、つぎの作品について、「肩肘張らないように」と忠告してくれた。よく考えてみたい。広西が、「シンバは威張っている」といったことも…。自分は自分を守るためには威張っているが、ひとに対して威張ったことはないと思う。唐招提寺に書を揮号した。「秘花」「雪の竹」

六月一九日　「物の会」　荒木太郎氏を呼んだ。山本、豊田両君の作品に対する評で、豊田君の文章を支持したのは自分だけ。作家は偏狭であってはいけない。岡上君の反論が気にさわり、「君の作品は古い」と自分はいった。同君が怒ったのも自然だが、ほんとうであるから仕方がない。小説の道のきびしさを知るべきだ。山本の作品、好評で結構だ。やはり、評価というものは自然だ。

七月五日　［三日の］夕方［『大いなる落日』出版を祝す］「波の会」出席。八木、野村、杉森、和田、戸部の諸氏。和田氏の忠言がこたえた。要は「雑仕事は排し、独自の作品に精進せよ」ということだ。反論の余地なし。他はいろいろと考えさせられたが、個人的なそれぞれの感情が隠されていて、起伏あり、陰影ありで、素直には受けとれぬ。要は自分の仕事だが、全く孤立した立場の自分に、独自な道を切り開くことができるか、自信がもてない。しかし、これはやらねばならぬ。酔って（弁解にはならぬ。最大の悪癖だ）NにF・Nの作品についての文章上の批判をした。まったくつまらないことを言ったわけで、これでは人にきらわれても仕方がない。自分の失敗はすべて酒の上からきている。会合の席では酒を控えること、友人といえども心を許してはいけないこと、友人も敵であること、などを知るべきだ。

和田氏に茶（二〇〇〇）を送った。
一〇月二五日　夜は山本梧郎の会に出席。（中略）三次会で、例により、乱酔の果にN論をやり、荒木太郎から、F・N氏とK・O氏の名を口にするのはタブーだと忠告された。心に刻むこと。
一九七七年（**六五歳**）
一一月三日　和田芳恵の納骨式に参加する波の会の人たちとともに東北線の古河へゆく予定で、朝つらいので、ショーチューの梅酒をコップに一杯ぐらい飲んで、家を出た。上野へゆく車中で、便意と嘔気をもよおし、上野駅の便所で吐く。便は出ない。左の腹痛はげしく立っていられない。折よく、竹田、武田の両兄にゆき会い、欠席を告げ、送られてタクシーにのった。
一九八三年（**七一歳**）
三月五日　小沼氏の会に出た。多くの知人に久し振りに会い、楽しかった。
　この日、宮内寒弥の死を聞く。二〇年前の憲兵の話いらい心で絶交していたので、「ざまみろ」との気持しか起らない。荒木に電話、氏も十日会の人たちも葬式には出ないとのこと。むろん、自分は弔文すら出さない。さぞ淋しい葬儀だろうが、これも人徳不足のいたすところ。
四月一一日　元気をふるって、「きらく」での十日会に出席。
　八木、中村、辻、荒木、広西、松下、鈴木（幸）、浜野、恒松、石利、×君集まる。主として故宮内への批判。この次は誰の番か？
六月一三日　丹羽文雄氏宅へゆく。「蓮如」の完成を祝う集まりで、浜野と松下が言い出した。自分は仏教に興味なく、一部しか読んでいないので、ゆくのに気が引けた。下痢つづきなので、やっと出席した。浜野、松下、辻、八木、中村（八）、石川が出た。一時から六時まで蓮如、親鸞の話。御馳走になる。もう、お目にかかる機会はないだろう。
一二月一六日　午後帰京して、丹羽文雄氏野間賞祝賀会出席。仲間では、八木、石川、中村（八）、鈴木（幸）氏らがいた。浜ノ、荒木、恒松、沢ノは見えなかった。丹羽さんは、このまえの丹羽邸での集まりに、自分が出たのを喜んでいたと石川が話した。山本［健吉］文協会長に挨拶したが、ソッポをむかれた。
一九八四年（**七二歳**）
一一月二三日　二〇日に丹羽文雄氏の八〇の賀の会に出た。一族総出の祝いで、なぜこの自分が出たのか、いくらか疑問に思った。功成り名遂げたこの人と自分とは無関係であるからだ。毎年の誕生日を祝う「竜の会」には来年からは出ないことにした。会場で、荒木、浜野から「大隈」の出版を祝われたが、二人とも内心は複雑であろう。他の人には話さないように頼んだ。

出席者で自分の知る活躍中の作家は、浜野、（八木は欠席）、吉村昭、河野多恵子、富島［健夫］ぐらいで、他は忘れられた人たち。

富島はエロ小説から這い上れないだろう。ましてや新潮社から声のかかるはずはない。

以前にこの自分のことをバカ呼ばわりしたこの男に復讐の快味を味わった。浜野の憔悴ぶりが目についた。心の苦悩のためか、さもありなんと思った。

来年は八木、沢野と自分との早稲田派の三人勝負だ。野坂［昭如］、五木［寛之］ら丹羽と無縁の作家たちを除いて、丹羽のあとをつぐ早稲田派がこの三人であることを会の出席者から感じた。あとのワセダ派は有象無象の集まりだ。

一**九八五年**（**七三歳**）

三月一〇日　二、三日来泥酔して、浜ノ、荒木、辻に電話をかけた。料金が大変だと妻言う。

自分は第一に鈴木幸夫氏と自分とをコミにして会をやることに不満。鈴木氏も同じだろう。それぞれ主体性あり、軽くみられたくない。浜野、荒木とは地位が違うはず。いつまでも学生気分で同輩扱いにする彼らは慎重さを欠き、人間的にダメなことが判った。

荒木は「波」の記事（自分の談話）が判らぬといい、この作をふつうの伝記扱いに軽く見ようとする考えがみえすき、丹羽の蓮如を持ち出したら解ったといった。浜ノはコミの会は荒木に責任ありといい、逃げ口上。自分のきびしい態度に恐れをなしたのだろう。丹羽の蓮如をよく読まずに出席したことをまた持出したが、どこまで根性の汚い男か。丹羽よりも自分のことを考えよ。

この二人とも今後は相手にしないことにする。八木だけが相手だ。

鈴木の会には出るが、自分の会はやってくれなくてもよい。こちらが相手にしていないからだ。

四月一四日　春になった。胸にウッ屈したものを吐き出そう。人物評論（一八日の会で皆に会うので…）

浜野健三郎　同級で一緒に出発したが、二人に関するかぎり彼は敗者で自分は勝利者との勝負がきまった。彼は著書三冊、うち二冊は石川達三論（おべっかみえみえで、読まない）と戦記もの。雑誌にも発表したことがない。丹羽に媚びる根性も直っていない。「蓮如」を読まない自分に文句をいった。

荒木太郎　完全な敗者。同人雑誌作家。

石川利光　芥川賞は丹羽の情でもらった。逆に自分には芥川賞を呉れなかった。自分を支持した作家もいたのに（青野季吉、平林たい子）。著書なし。三流雑誌にエロ小説を書いただけ。

中村八朗　石川とともに丹羽の茶坊主として完全に骨を抜かれてしまった。小泉譲は秘書役で一生をすごした。中村は「丹羽と十日会」を書いた本で盛大なパーティをホテルでやった。丹羽の取巻きが集まった。

辻亮一　芥川賞をとっただけ、会社勤めを大切にし、小説の道を軽くみた。これで作家として知られるはずはない。悔んでも遅い。

沢野久雄　なぜか自分に敵対している。こちらはそんな気はないのに…。この彼も中間雑誌小説に埋没してしまった。みるべき作品なし。偉そうに構えているだけだ。こちらが軽蔑してやる。

八木義徳　十日会で自分と対立するただ一人の作家だ。ライバルと言える。七〇歳代の早稲田派作家として自分と彼だけが認められている。

一八日の集りにはこの彼らと会うが、この批判は胸に秘めて、親しくおだやかに自然体で対応しよう。自分の本が話題にされてもまともに応じないことだ。

いま、自分が味わっているのは些かでも勝利者の感情である。何十年来鬱屈した彼らにたいする気持をやっと晴らすことができた。

要は丹羽の取巻き連のなかで自分だけがそうでなかったということだ。

五月二日　荒木に長い手紙を出した。誰の意見か、今度は沢野と一緒に祝いをしてやろうとのことで、自分は断わった。二人コミにされるこちらが迷惑である。はっきり言うと、祝うなら自分一人にしてもらいたい。もう、十日会の連中は相手にしないことにする。（中略）

浜野と八木は［『大隈重信』を］読んだ感想を述べてこない。八木は読んでいない。彼の本を自分は読み、手紙を出したのに…。この男、無視する。浜野は読むだろう。そして降参するだろう。

七月二一日　先夜酔って荒木と浜野に話したこと。半ば後悔するが、自分の言が間違っていたとは思わぬ。しかし酔って電話をするのはよくない。荒木に丹羽が芥川賞に「蔵王」を認めなかったこと（杉森の言）への恨み、自分は丹羽大学を出たのではなくて、早稲田大学を出たのだと言ったこと。その反響、丹羽の耳にはいっても相手にしないだろう。自分に悪感を持っても、自分は野間賞、谷崎賞をアテにしていない。

浜野への言、二人コミで祝うという発想はその二人のプライドを傷つける。

浜野と荒木はこわくないが、これが丹羽に聞えたらとも思うが、荒木が注進する男なら仕方ないし、どう扱われようとかまわない。

自分は十日会を敵にする位の覚悟をもたねばなるまい。

一九八七年（**七五歳**）

一二月二四日　物の会の忘年会で「きらく」で辻　豊田小沼［燦］山本の四氏に会った。東口駅前広場にはジングルベルが流れ、クリスマスツリーのイルミネーションがきれいで、街には人が溢れていた。四人に自分の作品表を配った。豊田君には来年初めに「自由は死せず」を時事通信社出版部に仲介してくれるように頼んだ。小沼氏には河出と作品社の出版部長の名を聞いたが、このメモは紛失した。改めて問うことにする。

席上、「大隈」を竹下総理、小渕官房長官に贈る話を相談したら、豊田、山本は賛成し、豊田は新年会で総理に会うので、この話をすると約束した。

酔って一人でしゃべった。たのしい集まりであった。

一九八八年（**七六歳**）

一一月九日　十日会についての手紙
七日退院した夜に荒木氏より電話で、一二月に、中村氏が妻の看病で四年間苦労し、力をなくしているのをなぐさめ、励ます会を十日会の人たちが大隈会館でやるとの通知を受けた。

自分はこう答えた。趣旨は賛成だが、本末を誤まっているのではないか？　一人をなぐさめるために大隈会館に仝人を集めるのは、大袈裟すぎる。この自分は力をそそいだ本を何冊も出版したのに、十日会で一度も会を開いてもらったことはない…。うんぬん。同じことは恒松にも話した。二人とも不得要領の返事であった。この自分の考えを手紙に書き（下書あり）、荒木、恒松、浜野に今日送った。自分の腹は十日会を脱会することにきまっている。年来たまっていたうっぷんを初めて晴らしたわけで、このことも必要であった。

自分が十日会で一目置いているのは八木義徳一人で、ほかの荒木、浜野、石川、中村、辻、沢野六人は浜野は別にして、作家としては埋もれてしまった。

自分はちがう！

この思いが、自分の根底にはあるのである。なるようになるがよい。

一一月一一日　荒木、浜野、恒松は手紙を読んだろう。自分は十日会を脱会した。淋しくはない。

一一月一二日　荒木ら三人への手紙。出す必要があった。

学生時代から知る三人にだけ出したのは当然。十日会で自分だけが軽んじられていることへの反撥である。もう我慢ができない。勝手にしやがれだ。むろん脱会したことになる。失うもの、得るものなし。

一一月一六日　前日、荒木より返信、「一日考えたが何とも答えられない。互いに冷静に考えよう」これへの返信を出す。「君らに対する他意はない。ただ、自分の気持を打明けただけだ。友情も変らない…」浜野、恒松から返事なし。

自分の言いたいことは今も変らない。①中村をなぐさめ、励ます筋合いは自分にはない。②なぜか？　自分に対する同人一同の友情を受けた例がないからだ。自分のために一度も会を開いてくれたことはない。③自分を軽んじている証拠である。この考えから、自分は十日会脱会をきめている。但し、学生時代いらいの友人三人とは付合う。

一九八九年（**七七歳**）

九月［**日記載なし**］　八月一〇日に荒木、浜野の出版記念会を大隈講堂でやり、園田かおる女史（大学史編集所）の世話になった。自分が小用にたったあいだに恒松が閉会をし、もどったら室には誰もいなかった。

この日、自分は女史に頼んで、新築の大学図書に十日会々員の著書資料の寄贈を要請するように求め、正式の要請書を大学側から出した。

庭園で記念写真もとってくれた。

置いてきぼりにされた自分が恒松に電話したところ四時きっかりになったとの言訳けで「国鉄マンじゃあるまいし」と自分は言い、相手はキャーキャー言うだけだ。恒松には昔から軽率なところがあった。連日、大酒を飲み、体を悪くし、今は恢復した。江見にきて、全員に手紙を出し、退会することにした。

一九九二年（**八〇歳**）

一〇月一六日　一九日の十日会の集まりには出ないことにした。脱会したからだ。

雑誌メディアへの言及の変遷
——雑誌に関する記録

この項では、榛葉英治の日記から雑誌に関する言及データを収めている。日記一冊ごとに言及回数を丸括弧内に示し、回数順でならべ同率は五〇音順としている。雑誌ごとに、いくつか日記記述の一部を示した。また、同内容の日記記述を繰り返す際には、「雑誌タイトル参照」とし、参照する日付を付した。正式なタイトルと日記記述のタイトルが異なる場合にも記述はそのままとしている。

本項データからは、榛葉英治が日記においてどのような雑誌に言及をしていたかの変遷が見て取れる。雑誌メディアへの言及は、あまり残されていない戦後の雑誌隆盛期における様々な雑誌の記録としても見ることができるだろう。

また、いなかる雑誌で作品を発表したかは、その作家のメディアイメージとも関連する大きな問題である。榛葉英治もまた、日記の中で作品を発表した雑誌に言及したり、切り抜きをおこなったりし【図1】、さらには作品を発表したい雑誌や発表するべきではない雑誌についても言及をおこなっている。また日記の記述からは、作家としてのメディアイメージをどのように作り出そうとしたのか、そして歯がゆくもその目論見が破れていく足跡をみることも可能である。たとえば、本項データでは日記一冊ごとの言及回数順（丸括弧内の数字）で示しているが、その変遷からは文芸雑誌や総合雑誌等で「純文学」を書きたいと望みながらも、徐々にカストリ雑誌や大衆雑誌に書くことが増え、経済的にもひっ迫していく状況がうかがえるだろう。

ただし、本項では雑誌にかかわる言及のみをデータ化しており、たとえば雑誌連載後の単行本化作業などへの言及は省かれている。さらに後年になると書下ろしによる単行本出版が多くなっているために雑誌への執筆機会が減少しているという点は申し添えておきたい。

また、雑誌からの執筆依頼は、作家としての人気や収入状況とも分かちがたく結びついている。雑誌とともに度々言及されるのが、原稿料を受け取りに行くという行為である。編集部へ行き、稿料を前借りし、そして作品内容の相談をする。晩年には、依頼がなくなり、そのために作品を自ら編集部へ持っていき売り込みに行くこともあった。こうした日記の記述からは、部屋の中で座って執筆をするだけではない、移動し、交渉し、生活をする作家の姿が立ちあがってくるのである。

（中野綾子）

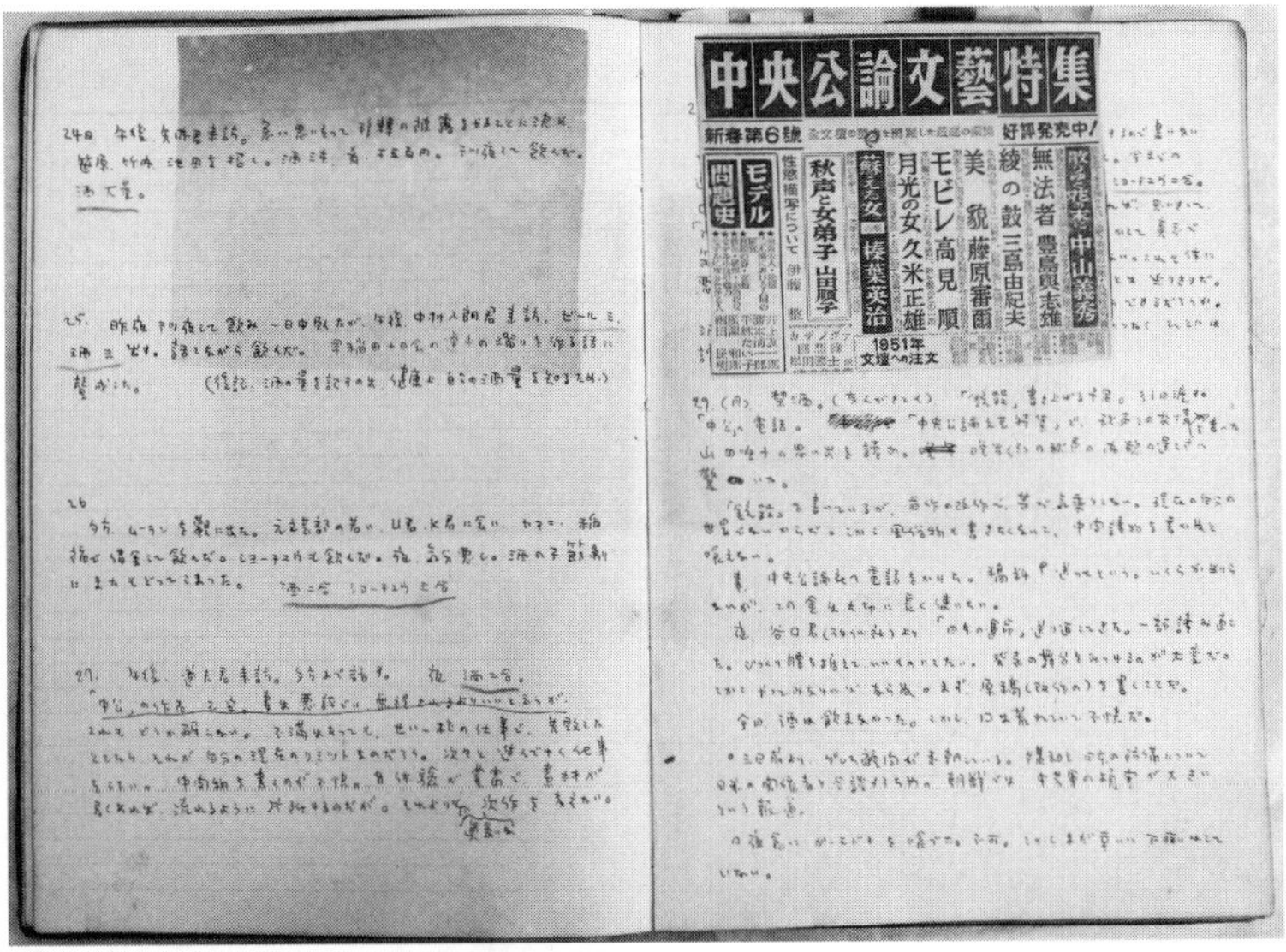

【図１】　日記中に貼られた雑誌広告
自身の小説が掲載されている（『日記』1951 年 1 月 29 日）

第一冊	一九四六年九月～一九四八年六月
東北文学(3)	東北文学の編輯者M氏に「氷河」を読んでもらったが、肉づけが足りないと言はれた(一九四七年三月三〇日)「小説の解体」を東北文学へ(一九四七年三月六日)
人間(3)	「人間」に応募する「日本の声(仮題)」を書いている(一九四七年三月三〇日)「人間」の懸賞小説に出す(一九四七年四月二〇日)
朝日評論(2)	「村の悲劇」(二〇枚)を、朝日評論へ送った(一九四七年九月一五日)
大衆文芸(2)	「氷河」を百枚位にして「大衆文芸」に投書しようと思って短縮して書き直している(一九四七年七月六日)
群像	群像新年号で、辰野隆の「先駆者セナンクウル」を読む(一九四七年一月二九日)
月刊読売	サンデー毎日のもの、四〇枚(一九四七年二月四日)「村の悲劇」一五枚をSunday毎日へ(一九四七年九月九日)
週刊朝日	「ユネスコの夢」五枚(一〇枚)週刊朝日へ(一九四七年九月九日)
世界	世界十二月号で大塚久雄先生の「魔術からの解放」をよむ(一九四六年一二月二九日)

日米文化	日米文化研究所「日米文化」（一九四七年一月一一日）
文学地帯	「こま」を文学地帯へ（一九四七年九月九日）
文芸	五月「文芸」に送った「深淵の像」（改題「渦」）、掲載決定の通知を受けた（一九四八年六月二六日）
第二冊	**一九四八年三月～一九四九年五月**
文芸（10）	「文芸」に送った小説「深淵の像（仮題）」が編集部に認められ認められ、十月か十一月号に掲載されることになった（一九四八年九月二六日）「文芸」編集部の好意を忘れてはいけない（一九四八年一〇月一六日）
オール読物（4）	「オール読物」の原稿をとどけ、家が一文なしになったので、今日、その一部を前借りしてくれるよう頼みにいった（一九四九年四月八日）「オール読物」の人に紹介され、原稿を頼まれた（一九四九年三月一九日）
早稲田文学（2）	「早稲田文学」より原稿を依頼され、その稿料を聞いてやったことを、非難された（一九四九年三月一七日）烈日（四〇）早稲田文学（一九四九年三月二六日）

近代文学	「近代文学」三月号を読む（一九四九年三月二三日）
サロン	「サロン」編集部の見島君（二五才）来訪（一九四九年三月二六日）
小説新潮	別冊小説新潮で、K・M（宮内寒弥）の「プラトニック」と言うのを読んだ（一九四九年四月六日）
新小説	五月「新小説」に出る「女の霧」をもっとのびのびと、しかしつっ込んで、長編に書き直してみようと考えた（一九四九年四月二四日）
世界文学	「世界文学（八月号）」でアメリカ現代作家の紹介と山尾三郎氏の評論を読む（一九四八年八月一九日）
タランテラ	「タランテラ」「文芸往来」（創刊）に掲載（一九四八年一一月二八日）
東北文学	東北文学で稿料九六〇〇（税一四四〇）八一六〇（一九四八年一二月三〇日）
文学界	イカルス失墜（六〇）文学界（三月末）（一九四九年三月二六日）
文芸往来	タランテラ参照（一九四八年一一月二八日）

文芸春秋	「文芸春秋」の人たちがきていて、作品を依頼された（一九四九年三月二二日）
読売ウィークリー	ウィークリの創作時評依頼（一九四九年二月二六日）
第三冊	**一九四九年五月〜一九四九年一二月**
文芸（13）	「文芸」柳沢君きたる（一九四九年七月二四日）「文芸」「新潮」の締切一五日で、追い立てられ、どうなるものかと思っている（一九四九年一一月一日）
小説新潮（6）	「流れ」と「小説新潮」の原稿で苦しんでいる（一九四九年六月一六日）「蔵王」第二部は「小説新潮」には不向きになったような気もする（一九四九年六月一八日）
文芸読物（6）	「砂漠の恋」（一〇〇枚）を書き上げて、文芸読物社のM君の処へ持ってゆく（一九四九年五月一〇日）「文芸読物」へいって、前借三千円（一九四九年八月一八日）
世界春秋（4）	「世界春秋」に紹介した長谷川氏原稿採用となる（一九四九年一二月二三日）「世界春秋」へ戸石君を訪ね、五千円前借（一九四九年一二月三一日）
季刊文潮（4）	「文潮」の本田君へ発信（一九四九年七月八日）青野季吉氏に「季刊文潮」を贈る（一九四九年七月二五日）

月刊静岡（3）	鴇田より来信、月刊静岡連載の件（一九四九年八月三〇日）鴇田と月刊静岡に手紙を書く（一九四九年九月三日）
コスモポリタン（3）	コスモポリタン社へいって、長篇の約束をして五万の前借を申し込んだ（一九四九年六月一日）コスモポリタン社へ金を貰いにゆく（一九四九年六月一一日）
サンデー毎日（2）	サンデー毎日へいった（一九四九年八月三〇日）「夜の庭」サンデー毎日（一九四九年九月二七日）
小説界（2）	北島の「小説界」へ（一九四九年五月一〇日）頼みにした北島君の「小説界」社では、稿料五千円を払えず、苦しい立場になった（一九四九年七月一日）
新小説（2）	「新小説」へ電話をかけた（一九四九年九月三日）
展望（2）	「展望」の六月号に出たという批評家（臼井吉見）という批評家の「蔵王」評―あれが小説でないという―の駁論二〇枚を書き上げ、「文芸」に渡した（一九四九年六月一一日）

文学会議（2）	文芸家協会より、「文学会議」の原稿依頼来信（一九四九年九月二日）文学会議（未定）（一九四九年九月二七日）
りべらる（2）	「りべらる」に百枚渡す（一九四九年一二月一一日）
面白倶楽部	「北の幻影」八一枚、面白倶楽部へ（一九四九年一二月二三日）
小説と読物	「小説と読物」へゆく（一九四九年一二月二七日）
週刊朝日	「週刊朝日」で、イタリー映画「戦いの彼方に」の紹介記事を読んだ（一九四九年九月一三日）
新時代文学	早大学生「新時代文学」同人五名来訪（一九四九年一二月一五日）
中央公論	「中央公論」別冊で、青野季吉先生、今年度記憶に残る新人としてとり上げて下さる（一九四九年一二月二四日）
婦人朝日	money. 今月中に一万円　文芸五千、文芸ヨミモノ一八〇〇、静岡、婦人朝日、新小説（一九四九年九月二七日）
文学行動	中野で「文学行動」小林、吉岡、鈴木の諸氏と飲み（自分は一滴もいけず）、鈴木氏宅で三時まで話した（一九四九年一二月二四日）

読売ウィークリー	「読売ウィークリー」に田中、八木と三人の対談が出ている（一九四九年九月一六日）
早稲田文学	「銃殺」一五枚を早稲田文学社に速達で送った（一九四九年七月二一日）
第四冊	**一九五〇年一月～一九五〇年一二月**
小説新潮（6）	「女子学生（小説新潮）」書けなくて弱っている（一九五〇年四月二二日）小説新潮小林氏きたとのこと（一九五〇年九月六日）
オール読物（5）	「オール読物」O君来訪（一九五〇年九月五日）寺田君へ、「オール読物一二月号」送る（一九五〇年一一月二日）
りべらる（5）	「りべらる」に書いたために目に見えない傷を負ったようだ（一九五〇年五月七日）「りべらる」より、依頼あり、絶対やめるように決心していた仕事をまた引き受ける（一九五〇年一二月三日）
小説と読物（4）	「小説と読物」より小切手五〇〇〇持参（一九五〇年二月一一日）「小説と読物」社へゆく（一九五〇年二月一三日）
中央公論（4）	中央公論昨年秋文芸特集の青野季吉の「現代史としての文学」を読み返した（一九五〇年一一月七日）
コスモポリタン（3）	コスモポリタンへ妻電話をかける（一九五〇年一一月二一日）

小説公園（3）	小説公園より写真撮影にくる（一九五〇年五月二七日）「愛欲」三六枚を「小説公園」に渡す（一九五〇年六月二六日）
風雪（3）	風雪社に行き稿料を受けとった（一九五〇年三月一九日）「風雪」四月号で暉峻氏の「西鶴論」を読み、さっそく手紙を書いた（一九五〇年三月二〇日）
ユーモア・クラブ（3）	「ユーモア・クラブ」へ電話（一九五〇年二月六日）「ユーモア・クラブ」の有田君来訪（一九五〇年二月七日）
群像（2）	午後にT・I君がきた。「中央公論」と「群像」に書くということを知らせにきたらしい（一九五〇年二月一九日）
ジープ（2）	「ジープ」社のI君に会う（一九五〇年九月八日）「ジープ」より休刊のため、執筆断りの旨、来信（一九五〇年九月一九日）
婦人新聞（2）	婦人新聞社へゆく（一九五〇年六月一四日）婦人新聞の塩田君、藤井嬢来訪した（一九五〇年六月一六日）
文学者（2）	「文学者」会議（一九五〇年四月二二日）「文学者」第三号、送りきたる（一九五〇年九月一七日）
早稲田学報（2）	早稲田学報に随筆執筆のことで学生来訪（一九五〇年八月二八日）早稲田学報、送付しきたる（一九五〇年一一月六日）

改造	雑誌選択（広告目次によって）中公、改造、世界、文春、新潮、文学界、群像（一九五〇年一〇月二六日）
家庭生活	「家庭生活」「コスモポリタン」社へ（一九五〇年一一月七日）
書物展望	毎月の雑誌　目次により、購読。読書新聞、書物展望など（一九五〇年六月九日）
新小説	「新小説」で今（官一）氏に会う（一九五〇年三月一〇日）
新潮	改造参照（一九五〇年一〇月二六日）
女性改造	書店で「女性改造」の「肉体作家論」を読んだ（一九五〇年二月二一日）
人間探求	「人間探求」（雑誌）を買う（一九五〇年一〇月二六日）
薔薇盗人	「薔薇盗人」ひどい雑誌に出た（一九五〇年一月七日）
夫婦生活	「夫婦生活」末永氏きたる（一九五〇年一月一一日）
婦人画報	婦人画報社より女の使いの人見えて、同社篠崎氏に、明日二時日赤へつれていってもらうよう約束する（一九五〇年一月一一日）
文学界	改造参照（一九五〇年一〇月二六日）
文学行動	「文学行動」という雑誌の同人たちは、妙に文壇ずれしている（一九五〇年二月一九日）

文芸	「文芸」の杉森氏、柳沢君がいた（一九五〇年一月三〇日）
文芸春秋	改造参照（一九五〇年一〇月二六日）
浪漫文学	早稲田の木曾、川口、佐藤、服部の四君がきた。「浪漫文学」の同人だ（一九五〇年九月二六日）
第五冊	**一九五一年一月〜一九五一年一二月**
講談倶楽部（7）	講談クラブに書くという話をしたら、八木君が鎌倉で編集者や作家に「榛葉はリベラルなんかに書いて、いまに北條誠みたいになるだろう」と言っていたという話を例にして、そんな雑誌にかくことは絶対反対すると言った（一九五一年六月三日）講談クラブにのせるような作品を、この間かかって二つ書き、どちらも編集より返された（一九五一年六月二〇日）
小説新潮（6）	カナリヤを飼う家（小説新潮）（一九五一年三月三日）小説新潮の小林氏の話からヒントを得たのだ（一九五一年七月七日）
小説公園（5）	小説公園に「風俗」（三五枚）を渡した（一九五一年七月四日）「小説公園」に二〇〇〇の前借り申しこんだが、電話かけても逃げている（一九五一年一二月二八日）
モダン生活（5）	M・L誌に書く小説、不快でしようがない（一九五一年三月一九日）
新女苑（4）	「新女苑」へ「青芝」を持ってゆく（一九五一年六月二二日）新女苑へゆき、稿料一部一万円（手どり八（掛））（一九五一年七月六日）
中央公論（4）	この冬は不評ながら、中央公論にも書いた（一九五一年一二月四日）
農林春秋（4）	「農林春秋」へゆく（一九五一年一二月二一日）
リーダーズ・ダイジェスト（3）	リーダーズ・ダイジェストでヂョージ・オウエル「一九八四年」の第一部を読む（一九五一年一一月二三日）
早稲田文学（3）	早稲田文学の座談会に出た（一九五一年一〇月一日）「早文」で谷崎先生の葛西伝読む（一九五一年一一月二日）
改造（2）	水野に会い、「改造」のこと頼んだ（一九五一年一二月七日）
文学界（2）	「原型」の評出ている。「文学界」「早稲田文学」とも、評者は浅見淵だ（一九五一年一二月四日）
りべらる（2）	「りべらる」の新聞広告で「女学生痴図」となっているのを見、すぐ文芸家協会へゆく（一九五一年二月一日）「りべらる」町田きたる（一九五一年二月五日）

をんどり通信	毎月購入（古本でも可）中公、改造、世界、人間、群像、展望、文春、をんどり通信、真相、文学界、新潮、リーダーズ・ダイジェスト、日本評論（以上選択）（一九五一年一一月九日）
群像	をんどり通信参照（一九五一年一月一九日）
コスモポリタン	矢内君に、コスモポリタン社、M・L社へいってもらう（一九五一年四月五日）
サンデー毎日	力士栃木山が、笠置山に言ったという言葉（サンデー毎日より）（一九五一年五月八日）
週刊朝日	たそがれ夫人（週刊朝日、コーダンクラブ）（一九五一年三月三日）
真相	をんどり通信参照（一九五一年一月一九日）
新潮	をんどり通信参照（一九五一年一月一九日）
スタイル	谷口君（スタイル社）より、「日本の運命」送り返してきた（一九五一年一二月九日）
世界	をんどり通信参照（一九五一年一月一九日）
展望	をんどり通信参照（一九五一年一月一九日）
日本評論	をんどり通信参照（一九五一年一月一九日）

人間	をんどり通信参照（一九五一年一月一九日）
白夜	「婦人タイムス」の「白夜」に「女の十字架（仮題）」を書く（一九五一年九月二三日）
婦人倶楽部	小説「婦人クラブ」のテーマを考えて、転々（一九五一年一二月八日）
文学者	或る夫婦の話（文学者）（ホープ）（新女苑）（一九五一年三月三日）
文芸	「文芸」に「原型」渡す（一九五一年九月二三日）
文芸春秋	をんどり通信参照（一九五一年一月一九日）
ホープ	文学者参照（一九五一年三月三日）
第六冊	**一九五二年二月〜一九五二年一二月**
小説公園（12）	「小説公園」向きに夜まで二〇枚（一九五二年六月二日）小説公園に書いた小説が出ていない（一九五二年六月二一日）
新日本文学（6）	新日本文学の岩藤雪夫の小説を読んだ（一九五二年七月二六日）「新日文」のために「林関助手」書きたいと思うが、書けない（一九五二年八月一三日）
面白クラブ	「面白クラブ」からの回答で、「日本の若者」不調だった（一九五三年一一月一三日）

改造（4）	イタリヤ・リアリズムについて、佐々木基一の批評を読む（改造）（一九五二年七月一〇日）「死者のモロ」のため、明け方まで、「改造」を読んだ（一九五二年一〇月一四日）
中央公論（4）	中央公論へルポルタージュ「東京港」を書くため、公社へゆき、平氏と芝浦の港湾建設局へいった（一九五二年四月一〇日）
新女苑（3）	「青春と抵抗」をもって「新女苑」へゆく（一九五二年七月一四日）
オール・ロマンス（2）	「風のなかのうた」一〇七枚、改作だが、昨日「オール・ロマンス」の芝田に渡した（一九五二年一〇月八日）
群像（2）	「群像」へ行き、「浮草」を置いてきた（一九五二年九月三〇日）
文学界（2）	自分の現在、将来を思って眠れず「文学界」を読む（一九五二年一〇月一八日）
文芸（2）	「文芸」今月号で、チエコの作品読んだ（一九五二年四月一三日）
りべらる（2）	悩んだ末、「りべらる」に書くことにきめる（一九五二年一〇月二三日）
早稲田文学（2）	「早稲田文学」を送ってきた（一九五二年二月二九日）
赤絵	夜、「審判」「赤絵」「龍舌蘭」「隊商」などの同人雑誌に感想のハガキを出した（一九五二年一二月一七日）

あまとりあ	「りべらる」と「あまとりや」の二人くる（一九五二年九月一〇日）
オール読物	新宿へ部屋をかりてビュビュ・ド・モンパルナス的作品を二つ三つ書き、小説新潮、オールへもちこむ（一九五二年六月一六日）
小説朝日	小説朝日と、東京文庫へゆく（一九五二年三月四日）
小説新潮	オール読物参照（一九五二年六月一六日）
審判	赤絵参照（一九五二年一二月一七日）
新表現	神宮外苑へ、メーデーを見にゆく。（略）婦人タイムスの記者、新表現の牧君、詩人高橋君など。（一九五二年五月一日）
隊商	赤絵参照（一九五二年一二月一七日）
ニュー・ストーリー	「ニュー・ストーリー」の長島兄弟に起こされた（一九五二年一二月二九日）
農林春秋	農林春秋に草川君を訪ね、焼酎を飲む（一九五二年一二月四日）
文学者	「文学者」の作品を読む（一九五二年六月二九日）
文学生活	那須の湯元へいっている池田君（文学生活同人）からハガキがきた（一九五二年三月二二日）
龍舌蘭	赤絵参照（一九五二年一二月一七日）

第七冊	一九五三年一月～一九五三年一二月
小説公園（10）	小説公園のテーマなく、弱っている（一九五三年九月一八日）小説公園の「酔歌」を書いているが、貧乏私小説は、「牟礼信吉」とこれとで、当分やめにしたい（一九五三年九月二三日）
中央公論（8）	中央公論編集長より、いつでも作品をもってきてくれという話が合った（一九五三年一月八日）杉森氏からハガキで、「牟礼信吉」のことを中央公論に話したということだった（一九五三年六月一七日）
新潮（4）	「破片」を新潮に渡した（一九五三年六月二六日）
オール・ロマンス（2）	五反田のオールロマンス社へいく（一九五三年一二月三一日）
風流読本（4）	風流読本の郡君が、一万三千もってくる（一九五三年九月一四日）
りべらる（4）	りべらる社へゆき、読物を置いてきた（一九五三年一月一五日）
文芸春秋（3）	文芸春秋で北鮮軍の捕虜になったフランス新聞記者のさんたんたる三年間の記録を読んだ（一九五三年九月三〇日）
講談倶楽部（2）	講談倶楽部に出した読物が「頂きます」という返事だったと妻の話で、眼の前が明るくなった（一九五三年九月二八日）
花形クラブ（2）	花形クラブへゆき、川谷君から千円もらってきた（一九五三年五月一三日）
話（2）	「話」の矢牧君くる（一九五三年二月三日）
夫婦生活（2）	「夫婦生活」の三度夫を変えた女の話といういやらしい手記のアルバイトをしている（一九五三年八月一六日）
文学者（2）	「文学者」の村松定孝、「破片」評（一九五三年一〇月五日）
ラッキー（2）	ラッキーはついにつぶれそうで、「話」の約束も不渡りになりそう（一九五三年四月七日）
改造	中公と改造に、来年早々何か書きたい（一九五三年一一月一日）
解放	彼【北島宗人】は近く「解放」という綜合雑誌を出す（一九五三年二月七日）
新婦人	新婦人へ電話をかけ、K編集長の口振り（いかにもうるさそうな）から不快になったり、風流読本へ出かけたりした（一九五三年五月一三日）
つり人	「つり人」を買ってきて読む（一九五三年一二月二九日）
ニュー・ストーリー	「ニュー・ストーリー」の馬島君に会い、「ペチカ」へいった（一九五三年二月五日）
婦人倶楽部	文春や婦人クラブの記事を読み、癌ではないかという心配で、夜もよく眠れないくらいだった（一九五三年九月一八日）

文芸	杉森久英氏から、文芸に話してみるから、短いものを書くようにと話があった（一九五三年四月七日）
読物	「読物」という雑誌で、癌の話を読んだ（一九五三年三月三日）
早稲田文学	早稲田文学で、谷崎さんの「葛西の文章」というのを読んだ（一九五三年三月一三日）
第八冊・補遺	**一九五四年一月〜一九五四年一〇月、一九五四年一〇月〜一九五四年一二月**
講談倶楽部（9）	講談社へいって「一度の花」を預けてきた（一九五四年五月一七日）講倶で作品をとるとのこと、ほっとした（一九五四年一二月二〇日）
風流読本（8）	風流読本には、今年から書かないつもりだったが、ついにひとつ書いてしまった（一九五四年一月二〇日）「風流読本」の男がきて、こんな連中とまじめに低劣な読物を書く打合せをしている（一九五四年三月二六日）
小説倶楽部（4）	小説倶楽部へゆき、訂正の原稿をとってくる（一九五四年七月五日）
中央公論（4）	中央公論はよく相談すること（杉森さんと作品の質を）（一九五四年一二月五日）
下界（3）	同人雑誌「下界」がいよいよ出ることになった（一九五四年一二月三一日）

小説公園（3）	「小説公園」も送ってこなくなった（一九五四年一〇月三一日）
新日本文学（3）	イリヤ・エレンブルングの「作家の仕事について」を「新日本文学」で読んだ（一九五四年五月八日）
オール・ロマンス（2）	もっとどぎつく書き直してくれというオール・ロマンスの注文で、「新宿の踊子」を書き直す（一九五四年一月二二日）
群像（2）	「きりぎりす」を杉森氏に読んでもらったところ、今日竹内氏よりのハガキで、山本（健吉）氏を通して「群像」へ持っていったらということだ（一九五四年一二月一五日）
小説サロン（2）	小説サロンに原稿を置いてきた（一九五四年一一月一七日）
新潮（2）	「浮草」を新潮へもっていく決心をした（一九五四年三月一日）
温泉	温泉編集部へいき、二千円もらい、鱒書房で、五千円もらった（一九五四年一〇月二五日）
おんな読本	「おんな読本」の告白ものを金のためにいやいや書いている（一九五四年一二月五日）
キング	キングへ作品「善良な夫」を持っていった（一九五四年三月八日）
芸術	年末に「芸術」という無名の雑誌に出した（一九五四年一二月三一日）

週刊サンケイ	週刊サンケイという雑誌に、川崎長太郎が、「青年時代を文学一途に捧げつくして、ようやく世間的に名が出たときには、年齢が老いすぎていた」と涙を流して、述懐したこともあったようだという記事があった（一九五四年六月一三日）
週刊タイムス	原稿の「注文」があったのは「週刊タイムス」だけ（一九五四年一二月三一日）
自由国民	自由国民、風流読本へいった（一九五四年三月二六日）
つり人	「釣りびと」で読んだ（一九五四年三月二四日）
夫婦雑誌	書きたくない「夫婦雑誌」の匿名実話を書いている（一九五四年一〇月二三日）
夫婦生活	泣くような思いで、「夫婦生活」の読物を書く（一九五四年一〇月二五日）
文学界	文学界か文芸か……（一九五四年一二月五日）
文学の友	「文学の友（前人民文学）」の座談会に出て、色々と考えさせられた（一九五四年四月二三日）
文芸春秋	文芸春秋で、川喜多という人の癌を切った話を読んだ（一九五四年三月一日）
文芸	文学界参照（一九五四年一二月五日）
文芸倶楽部	「文章倶楽部」を送ってきた（一九五四年六月二〇日）

笑の泉	笑の泉を読む（一九五四年一一月三日）
第九冊	**一九四五年一二月～一九五五年一二月**
新潮（13）	新潮のこと越智君に話し、新宿でお祝いというので、御馳走になった（一九五五年四月九日）新潮で室生犀星氏が「暗い波」を認めて下さった（一九五五年七月一九日）
小説公園（8）	小説公園の仕事がせっぱつまったが、体の調子が悪いようで元気がなく、書く気がしない（一九五五年一二月六日）「小説公園」より原稿依頼（一九五五年一二月一九日）
文芸（5）	「文芸」一二月号現代作家読本をみて、自分が抹殺されて居り、ショックをうけた（一九五五年一一月一五日）
群像（3）	群像の座談会に「暗い波」が選ばれている（一九五五年七月一三日）
面白倶楽部（2）	面白に持ってゆく他のテーマあるか（一九五五年二月一八日）
保健同人（2）	「保健同人」という雑誌を読み、結核のこわさを知り、妻や子供のことが心配になった（一九五五年六月二六日）
講談倶楽部	講談倶楽部にいた高橋氏をはげます会で、鳥森の蘭へいった（一九五五年五月一七日）

山陽文学	中務保二氏夫人より「山陽文学」の追悼号送られた（一九五五年一二月二五日）
中央公論	中央公論の福田論文などを読んだ（一九五五年七月一七日）
つり人	「つり人」をみて、川をしのんだ（一九五五年七月三〇日）
文学界	文学界で十返が芥川賞作家のことで、T君のことを低俗な少女小説を専門に書いて生活していると取上げている（一九五五年七月一六日）
文学者	「文学者」の廃刊を知らされた（一九五五年一二月一〇日）
第一〇冊	**一九五六年一月～一九五七年八月**
新潮（23）	「破片」は新潮社にいっているが、T君はまだ読んでいないらしい（一九五六年五月二五日）新潮作品は次号おくりと知らせがきた（一九五六年一一月一六日）
講談倶楽部（8）	講談倶楽部の「白い肌（仮題）」は、二十日まで返じを待ってくれとのことで、これも宛が外れ、この二つの作品を井上（友）さんにでも買ってもらおうかと、竹内君に電話を書けたら、会って話すとのことで、社へいった（一九五七年六月一〇日）

小説公園（8）	小説公園の題材がきまらない（一九五六年一月四日）小説公園の作品、今月は出ていない（一九五七年四月一九日）
週刊新潮（6）	テーマがなくて週刊新潮はどうやらダメになった（一九五七年一〇月四日）
群像（2）	雑誌文芸誌を毎月読む。ひとつの作品を（新潮、群像等）（一九五七年八月一三日）
人物往来（2）	「人物往来」に原稿を渡す（一九五六年八月三一日）
作家クラブ	「作家クラブ」の貴司山治氏、社員を連れて来訪（一九五七年七月二六日）
サンデー毎日	杉森氏からはがきで氏が書いたサンデー毎日の批評のことを知り、読む（一九五六年九月二日）
新文明	「新文明」をひっぱり出して読んだ（一九五六年一〇月〇二日）
全逓文化	書き忘れたが今日藤原に手紙を書き「全逓文化」を送った（一九五七年七月二二日）
隊商	「隊商」に四條が自分のことを侮蔑して書いている（一九五六年九月一八日）
中央公論	本を買う。雑誌、文学界、新潮、群像、中公（プロになる）（一九五六年九月一日）
婦人朝日	婦人朝日にゆき、藤井氏より、ムリを言って、稿料（二七〇〇）をもらう（一九五七年四月二六日）
文学界	中央公論参照（一九五六年九月一日）

笑の泉	笑の泉へゆき、稿料二千四百もらい、田部君とビールをのむ（一九五六年八月九日）
第一二冊	**一九五九年一月〜一九六一年一二月**
オール読物（8）	「オール」はまだ手がつかぬ（一九五九年六月二日）さんざん〆切を遅らせて、「オール読物」に作品をとどけたが、これは来月廻しになった（一九六〇年五月七日）
新潮（7）	新潮より、二十五日までに五十枚の注文で、ピンチ・ヒッタアとして、ひどいとは思うが、いろいろ考えて、やった方がいいとの結論を出し、その旨、返じした（一九六〇年四月一八日）新潮、田辺君に会い、「風葬」を返してもらった（一九六〇年五月一四日）
アサヒ芸能（5）	海音寺が、商売がへただと言われたことは、「アサヒ芸能」に書いたことで、これに類した過ちは、今後くり返すまいと、心にきめた（一九六〇年一月二〇日）
面白倶楽部（4）	面白クラブに「女優」という注文の小説を書くのだが、イメージが浮かんでこない（一九五九年二月二日）

週刊実話（4）	去年の暮に、週刊実話の連載をことわっていたら、どういうことになっていたか（一九六一年四月二四日）週実の連載打切り（一九六一年七月二〇日）
サンデー毎日（2）	去年は六月に「業の花」を書いたきり、七、八と海へゆき、十一月「サンデー毎日」に書くまでは何も書かなかった（一九六〇年九月一日）
平凡（2）	一月に平凡とオールから注文がきた（一九六〇年九月一日）
週刊文春	週刊文春の何とかチーム編成では、第一線からふり落されている（一九五九年七月二九日）
つり人	仕事の合間に「釣りびと」を読み、健康な山歩きを思ったりした（一九五九年二月七日）
文芸春秋	今日、文春へとどけ、「信州」で二本のみ、車で帰る（一九五九年六月四日）
早稲田文学	早稲田文学が、廃刊になり、これには特に思い残りもないが、その解散の会の帰りに友人の浜野の言ったことは、心にとまった（一九五九年九月二〇日）
第一三冊	**一九六二年一月〜一九六四年一二月**
新潮（6）	新潮社田辺氏宛、「風葬」の原稿を郵送する（一九六二年一〇月三日）

週刊実話（4）	週刊実話に「泥棒待人」（二六枚）を渡す（一九六二年四月二五日）
オール読物（3）	「オール」の作品がどういう結果を生むか、それは別としても、出発点に立たされている（一九六四年一〇月二一日）
文芸（3）	帰宅すると、河出書房よりの連絡で「城壁」を三百枚にして「文芸」にのせるとのこと（一九六四年六月二二日）
アサヒ芸能（2）	アサヒ芸能、週刊実話、内外タイムス、笑の泉へは執筆してはならない（一九六二年四月一二日）
笑の泉（2）	笑いの泉の随筆を五枚書いた（一九六二年一一月一九日）
朝日ジャーナル	朝日ジャーナルで奥野健男の「文学は死滅するか」を読む（一九六三年六月二八日）
大衆文学研究	送られてきた「大衆文学研究」を読む（一九六二年七月四日）
平凡	大晦日には「平凡」に原稿を渡し、暖かな午後に川へ犬をつれてゆき海釣りの餌にするエビガニをとった（一九六二年一月一日）
第一四冊・補遺	**一九六五年一月～一九六九年一一月、一九六九年六月～一九七〇年一月**
自由（4）	「自由」の「悲愁の川」は、前月で完結（一九六八年四月二九日）

小説現代（3）	講談社の梶氏に「小説現代」の三木編集長を紹介してもらい、社へいって三木氏に原稿の「英一蝶」を預けてきた（一九六六年三月二日）「小説現代」に預けた「江戸のすね者」返されてきた（一九六六年三月一一日）
小説新潮（3）	「城壁」は小説新潮賞が最後の二作でせり合ったらしく、落選した（一九六五年一二月三一日）
新潮（3）	純文「道化芝居（一〇〇枚）」新潮より返却される（一九六五年一二月三一日）
小説倶楽部（2）	小説クラブの島矢君くる（一九六五年六月二日）
オール読物	「オール読物」に「薩摩書生唄」を送った（一九六六年三月一五日）
月刊ペン	六月中に、「月刊ペン」四〇枚、「小説クラブ」四〇枚、「小説現代」四〇枚の仕事がある（一九六九年五月二三日）
週刊セブン	来月からは「自由」の連載が始まるし、「週刊セブン」の注文もあるし、せっかくのチャンスがきているのだ（一九六七年）
文学界	犬の仲間　文学界(?・)五〇(一九六五年)
文芸	相聞　（純文）文芸、二五〇～三〇〇（一九六五年）
歴史読本	池袋で「歴史読本」の八尋氏に会う（一九六六年）

第一五冊	**一九七〇年一月～一九七〇年一月**
歴史読本（4）	歴読新田氏より電話（一九七〇年三月八日）
月刊ペン（3）	「月刊ペン」の「ずばり直言」に社会党論六枚（一九七〇年二月四日）
サンデー毎日	別冊サンデー毎日「二輪の丘椿」（一九七〇年四月）
小説現代	深田君に紹介のことで、冬樹社「倦怠の花」を探したら、「小説現代」の某氏【斉藤正（編集部）】に貸したきりになっていることが判った（一九七〇年五月一五日）
勝利	「新評」「勝利」よりずい筆依頼（一九七〇年二月四日）
諸君	「諸君」という雑誌で、三島由紀夫の「王陽明の革命思想」を読む（一九七〇年八月一七日）
新評	勝利参照（一九七〇年二月四日）
文芸春秋	七日に文春へゆき、阿部部長より、新聞小説切抜きの返却をうけた（一九七〇年四月七日）
第一六冊	**一九七〇年八月～一九七一年八月**
月刊ペン（9）	英雄たちの顔月刊ペン決定（一九七一年二月一六日）月刊ペン社今井氏に「英雄たちの顔」完成原稿、ゲラ刷りを渡す（一九七一年四月一七日）

小説サンデー（7）	小説サンデーから電話で、「二輪の花」の掲載がきまった（一九七〇年一〇月六日）「小説サンデー」今月も、自分の作品は出ていない（一九七一年四月六日）
婦人公論（5）	婦人公論虹を歩く女決定（一九七一年二月九日）
オール読物（4）	「オール読物」のひとに原稿を渡した（一九七〇年一一月一四日）
ザ・ドリンクス（3）	一一・二〇日まで「ザ・ドリンクス」原稿送（一九七〇年一〇月三一日）
小説倶楽部（3）	小倶五〇枚　孤独の女、着手（一九七一年三月一五日）
潮（2）	「潮」編集部に「幕末の革命家たち」連載依頼を申し送った（一九七〇年一一月二五日）
中央公論（2）	八火　ペットたち　午後中公高橋（一九七一年六月）
文芸（2）	三土　文芸たかだ　五枚（五、〇〇〇）（一九七一年四月）
文芸通信（2）	「文芸通信」より注文、一五枚（一九七〇年九月二六日）
歴史読本（2）	歴読へゆく（一九七〇年一〇月七日）
諸君	二〇日「諸君」田中氏へ信（一九七一年六月）
新刊ニュース	二六月　新刊ニュース四枚　須藤（極限について）スミ（一九七一年七月）

釣りマガジン	二九木　釣りマガジン　五～六枚（佐々木）スミ（一九七一年七月）
電々ジャーナル	一五土　電々ジャーナル五枚　（一〇〇〇）スミ（一九七一年五月）
文学界	孤独の女　文学界（一九七〇年一〇月七日）
第一七冊	**一九七一年八月～一九七二年六月**
ザ・ドリンクス（7）	ドリンクスの「寂光院参り」一〇枚書き上げた（一九七二年四月一〇日）
小説サンデー（7）	小説サンデーに「股肱の妻一三〇枚」が出た（一九七一年一〇月五日）小説サンデーの仕事は大切だ（一九七二年一月二七日）
週刊小説（3）	「週刊小説」三崎君に「小説サンデー」を送る（一九七二年三月七日）
国文学（2）	雑誌「国文学（秘められた文学）」を読んでいる（一九七二年〇四月一一日）
月刊ペン	一六火　月刊ペンへ　評論送（一九七一年）
第一八冊	**一九七二年六月～一九七三年七月**
週刊時事（9）	「週刊時事」連載のこと決った（一九七二年九月一四日）「落日物語（仮）」（週刊時事）に全力をつくし、そのあいだにもつぎの仕事の準備をしたい（一九七二年九月二二日）
ザ・ドリンクス（8）	ドリンクスへ一〇枚送る（一九七三年二月一二日）

週刊小説（3）	「週刊小説」への随筆二枚送った（一九七二年六月二七日）
釣りマガジン（3）	「つりマガン」へゆき、佐々木編集長と話す（一九七二年六月二二日）
仲間（3）	ブリジストン夕刊KK広報部「仲間」編集部（一九七三年九月）
ユネスコ協会（2）	「ユネスコ協会」のずい筆八枚を書いた（一九七三年四月一八日）
歴史読本（2）	「歴読」へ三五枚、原稿を送った（一九七三年四月二四日）
自由	一三日　自由　三枚送（一九七三年四月）
小説家	一杯のんで、「小説家」の三人の作品を読む（一九七三年七月一一日）
小説倶楽部	「乱気流」を小説クラブに…（一九七二年九月）
小説サンデー	一一水　小サン　六枚（一九七二年一〇月）
人と日本	一一月「人と日本」ずい筆四枚（一九七三年六月）
第一九冊	**一九七三年七月～一九七五年二月**
歴史読本（6）	歴読の仕事で資料を調べる（一九七四年八月一三日）
新潮（4）	「新潮」編集長より手紙で、原稿は没とのこと（一九七五年一月二四日）
週刊朝日（2）	「週間朝日」で横山主税の写真をみる（一九七四年一〇月七日）

週刊時事（2）	週刊時事の対談で、南條範夫氏と話す（一九七四年一一月三〇日）
小説新潮（2）	小説新潮小林氏より電話、月曜に会うことにした（一九七四年一〇月二五日）
中央公論（2）	中公へゆき、原稿の返却を受ける（一九七四年三月一四日）
文芸春秋（2）	「文春」の古い号を持出して読む（一九七四年四月一日）
静岡人	二一木　静岡人（四枚）（一九七四年三月）
釣りマガジン	釣りマガジンの伊藤氏くる（一九七四年三月二三日）
婦人公論	二八木　婦人公論。宿。倉沢氏六〇〇字（一九七四年三月）
文芸	「文芸」を読み、和田氏の批評妥当であることを知る（一九七五年一月二一日）
第二一冊	**一九七七年七月〜一九七八年四月**
小説エロチカ（4）	「エロチカ」のエロ小説書くのがつらいが、食うためにはやらなければならない（一九七七年八月一八日）
海（3）	文芸誌「海」へもってゆくのに自信があるか？（一九七七年七月一〇日）
文芸春秋（3）	文春安藤氏に原稿とプラン預けたが、望みはもてない（一九七七年八月一七日）
小説新潮（2）	小説新潮もだめだった（一九七七年九月一二日）

新潮（2）	宮内「新潮」に二〇〇枚の作品を発表、ショックを受けた（一九七七年八月一七日）
小説倶楽部	「小説クラブ」に持込んだ「海からきた男」返された（一九七七年七月二五日）
新評	「新評」の「山頭火の世界」特集を買い、読む（一九七八年三月二二日）
第二二冊	**一九七八年四月〜一九七九年四月**
すばる（8）	「灰色地帯」スバル編集長水城氏より激賞さる（一九七八年一一月一九日）「すばる」へもってゆくのがこわい（一九七九年一月一六日）
ホーム・ダイヤモンド（6）	いまの大きな悩み、迷いは「ホーム・ダイヤモンド」の連載を引受けるかどうかということだ（一九七九年四月一六日）
歴史と文学（3）	雑誌「歴史と文学」で折目博子という女流作家が書いた稲垣足穂についての文章を読む（一九七八年四月二四日）
新刊ニュース（2）	水城氏に新刊ニュース「墓」六八、清書完（一九七九年三月）
自由	二四水　自由（一九七九年一月）
週刊サンケイ	週刊サンケーの「モナ・リザ展」特集を読む（一九七九年四月一七日）
出版ニュース	出版ニュース、賞と私、四枚三：一五（一九七九年

新人物	二金　新人物大出へプラン（一九七九年三月）
新潮	自分には十数年前にこの問題をとり上げた〝風葬〟があり、これは新潮から却下された（一九七九年二月四日）
釣りマガジン	釣りマガジンの記事につられてきたのだ（一九七九年四月一七日）
風俗事実	二〇火　風俗事実　大岡書店　注文（一九七九年二月）
婦人公論	婦人公論「中へ入れて」という表現を使っている（一九七九年一月一六日）
早稲田学報	釣りと私・二半・ワセダ学報（一九七九年）
第二三冊	**一九七九年六月～一九八〇年一二月**
すばる（19）	「すばる」編集長の水城氏より、「墓」の刷出を送られた（一九七九年八月三日）原稿「上林暁氏の思い出」をもって、「すばる」の水城氏に会う（一九八〇年九月一六日）
ホーム・トーク（10）	H・T誌連載のことは悩んできたが、どうしようもなく腹をきめた（一九七九年一〇月八日）「ホーム・トーク」への執筆たたるか？（一九八〇年一月九日）
東海展望（3）	浜松で出ている「東海展望」に、斉藤という人が、自分（しんば）の過去のことを書いている（一九八〇年二月一四日）
現代（2）	講談社「現代」の某氏より電話（一九八〇年六月一五日）

歴史と人物（2）	「歴史と人物」を買う（一九七九年八月一三日）
作家	「作家」に発表のこと、相談（一九八〇年八月二六日）
太白	土橋某の小説を認める感想を、「太白」という小雑誌に送ったが、その返じは感謝の意うすく、不遜である（一九八〇年一月一九日）
太陽	鴨川へゆき、「太陽」を買い、食堂で生ビールを飲んだ（一九七九年六月一九日）
文芸春秋	文春に「愛と性」のプランを送った（一九八〇年）
第二四冊	**一九八一年一月～一九八一年一二月**
ホーム・トーク（6）	ホーム・トーク竹沢社長と会う（一九八二年三月一八日）
婦人公論（4）	婦人公論の原稿は採用（一九八二年八月三日）
歴史読本（3）	「利家の妻」（二〇枚）を歴読に送った（一九八一年八月二六日）
正論	サンケイの中村氏より電話で、ソ連の評論を「正論」担（？）川編集長に話したとのこと。（一九八二年二月三日）
歴史と旅	二〇木　歴史と旅〆切（一九八一年八月）
第二五冊	**一九八二年一〇月～一九八四年九月**
歴史と人物（6）	「中国残留孤児」（歴史と人物）四枚半を書き郵送した（一九八三年二月一八日）「歴史と人物」座談会に出席（一九八三年一一月二一日）

ホーム・トーク（4）	「ホーム・トーク」懸賞小説批評会（一九八三年一一月二四日）
週刊宝石（2）	「週刊宝石」岩沢氏釣りの取材にくる（一九八四年七月一七日）
婦人公論（2）	「婦人公論」の倉沢爾朗氏を大塚「なべ家」のフグ料理に招いた（一九八三年一月一二日）
信濃ジャーナル	二二木　信濃ジャーナル三〇〇〇払（一九八四年三月）
つりニュース	「つりニュース」投稿（一九八三年三月）
文学界	小沼燦の「藪に入る女」（文学界）を読んだ（一九八四年六月二一日）
丸	「丸」の編集者と池袋で会い、「人とその作品」のインタビューを受けた（一九八三年四月六日）
歴史読本	二一日　歴読会　欠？（一九八三年二月）
第二六冊	**一九八四年一二月～一九八七年一月**
波（6）	新潮社「波」がとどいた（一九八五年二月二八日）荒木は「波」の記事（自分の談話）が判らぬといい、この作をふつうの伝記扱いに軽く見ようとする考えがみえすき、丹羽の蓮如を持ち出したら解ったといった（一九八五年三月一〇日）

プレジデント（3）	プレジデント社清丸来（一九八五年一一月二三日）
新潮（2）	新潮を買いに鴨川へいった（一九八五年六月一一日）
フライデー（2）	投書をフライデーに送り、ＮＨＫに名乗って問い合わせたりした（一九八六年一二月二二日）
おりおん	高等学院でやった同人誌「おりおん」の仲間で、生き残ったのは自分一人になった（一九八四年一二月三〇日）
群像	「群像」資料新人物往来送　不調（一九八七年一月）
新人物往来	群像参照（一九八七年一月）
すばる	初作は原稿のまま、「すばる」の水城のところにいっている（一九八五年二月一九日）
中央公論	中公がアテにならないか（一九八六年一一月五日）
文芸春秋	藤尾文相は文春評論で罷免（一九八六年九月一七日）
第二七冊	**一九八七年六月～一九八八年一二月**
新潮45（17）	考えたすえに新潮45に「死屍累々」執筆打診の手紙を出す（一九八七年一〇月九日）「新潮45」に「書けなくなったら、生きていても仕方がない」と書いたが、今の自分には書く気持が起らない（一九八八年八月一一日）

プレジデント（3）	「プレジデント」より「二代将軍秀忠」についてのイチャモンがあり、訂正（一九八八年一〇月二日）
文芸（3）	「文芸」持込んではずかしくないか、考える（一九八八年七月一三日）
ホーム・トーク（2）	ホーム・トーク誌に連載を始め（中略）一五回で完結（一九八八年八月一〇日）
早稲田学報（2）	早稲田学報の矢谷氏が対談のゲラを持参、手を入れる（一九八八年一〇月一二日）
商工ジャーナル	商工ジャーナル　三〜五半（一九八七年六月）
すばる	「すばる」の水城顕氏はよい作品と言った（一九八八年七月六日）
地平線	「地平線」という同人雑誌に、下林某という男が故森田素夫の日記をのせているが、貴重な活字のムダ使いとして、批判もした（一九八七年九月二八日）
中央公論	中公鈴木へ電（一九八八年二月）
波	新潮社「波」送りくる（一九八八年七月二九日）
日暦	「日暦」誌の荒木太郎作品「失われゆく日々」を読む（一九八八年一二月五日）
第二八冊	**一九八九年一月〜一九九一年八月**
プレジデント（6）	「楠正成」（プレジデント）二八枚を書き上げた（一九九一年四月一三日）
中央公論（4）	中公江刺氏より歴史随筆の正式依頼あり（一九八九年一月一四日）

自由	民営社会主義と国営社会主ギ　経済評論（一九八七・二）自由　平成二・五（一九九〇年五月一一日）
週刊宝石	町へ出て「宝石」買う（一九九〇年七月六日）
新潮45	新潮45投稿を返却してくる（一九八九年七月一二日）
文芸春秋	文春忘年会（一九八九年一一月）
ベースボールマガジン	不用の分は返すように、ベースボールマガジンに廻すつもり（一九九〇年四月一一日）
水の趣味	「水の趣味」誌の対談で、伊藤桂一氏と社の高橋氏カメラマンが訪問（一九九〇年二月五日）
第二九冊	**一九九一年八月〜一九九三年八月**
新潮45（9）	「新潮45」亀井氏あて投稿する予定（一九九二年一二月八日）新潮45「わが秘蔵艶本大公開」が出た（一九九三年三月一七日）
プレジデント（9）	プレジデント社清丸氏の招きで、銀座の料亭に招かれ、杉森久英と楽しく閑談した（一九九三年一月二〇日）プレジデント清丸に対してはいつも冷静であること（一九九三年五月一〇日）
月刊公論（3）	「月刊公論」稿料をまだ払わない（一九九三年六月二六日）

ザ・ビッグ・マン（3）	「ザ・ビッグ・マン」の井沢君来訪（一九九二年四月三日）
第三〇冊	**一九九三年七月～一九九二年七月**
週刊時事（3）	豊田一郎氏は、「週刊時事」に書評を書いてくれた（一九九三年一一月八日）
新潮45（3）	「新潮45」に「二人の友人の悲劇」九枚を書いて送る（一九九三年九月二二日）
月刊公論	「現身の記」にたいする書評。新聞、東京、毎日、読売、静岡。誌、週刊時事、月刊公論（一九九三年一二月八日）
プレジデント	「プレジデント」誌は、清丸編集長に文句を言ったことで縁切りになった（一九九三年一二月二一日）
第三一冊	**一九九六年一月～一九九八年一一月**
プレジデント（6）	杉森（久英）さんから電話があり、プレジデント社の清丸恵三郎氏から、私と仲直りしたいので、仲介をしてほしいとの話だ（一九九六年二月一三日）「プレジデント」注文、「犬養木堂」資料集めが大変だ（一九九七年一〇月八日）

「癌」という病――癌に関する記録

この項では、榛葉英治の日記から、癌に関する記述データを抽出した。「癌、がん、ガン」（以下、「癌」）という語は、一九四九年の日記から一九九七年の日記まで書かれる語であり、日記において頻出度が高い語といえる。また、この語は、主に飲酒により体調不良を感じた際に用いられる。

榛葉は、癌の可能性を疑うたびに検査を受ける。検査の結果は毎回陰性である。そして、その検査結果を日記へ記して安堵する。一九四九年頃は検査料に戸惑うほど経済的に困窮していたが、検査を受け続けた。

スーザン・ソンタグは、結核と癌が「手におえぬ気紛れな病気―つまり、正体不明の病気―」（富山太佳夫訳『隠喩としての病い　エイズとその隠喩』みすず書房、一九九二年一〇月、七頁）であるという。結核がすでに治療可能な病であったためか、日記において「結核」という語は少ない。また、この語が存在しない年度の日記も多い。一方で、「癌」という語は多数書き込まれる。

榛葉は、検査を繰り返すことに加え、雑誌やラジオで癌に関する情報を見つけ出す。そして、それらの情報を自身の体調とともに日記へ記す。榛葉にとって、可能性としての癌は、当初は主に胃癌であった。しかし、次第に肺癌、腸癌や皮膚癌にまで恐怖した。さらに、榛葉の癌へのまなざしは他人へも向けられる。癌で死亡した人物の名前を日記に記録し、他人の癌を自分に当てはめて恐怖する。癌に対する恐れは、様々なメディアや出来事を通して形成される。

榛葉の癌への恐怖は、酒を飲んだ翌日の苦痛から毎回始まるのであろう。しかし、一九五一年の日記には癌検査について述べた後、「子どものことを考えると、つくづく体を大切にしなければと思う。仕事も息を長くやりたい」（一九五一年三月二一日）とある。ここからは複数の要因から癌を恐れる理由をうかがうことができるのではないだろうか。つまり、生涯にわたって創作活動を続けた榛葉は、身体の痛みに加え、父として作家としての責任からも癌に恐怖するのである。ちなみに榛葉英治は実際には生涯癌に罹患することはなかった。（宮路大朗）

一九四九年（三七歳）
四月二五日　胃が工合が悪い。重苦しく、軽い吐気らしいものもある。全身に疲労感もある。胃癌のような悪性だったら大変だが、恢るものなら、早く完全に恢したい。二月初め上京してから、殆ど隔日に飲んだ。主にカストリという悪酒だ。もし今度の病気が悪性のものでなかったら、いま、この病気になったのは幸いというべきだ。飲酒について大きな戒めを得たからだ。禁酒、或いは節酒することにする。（中略）明日、金策に出て、明後日、医者にみてもらうつもり。
一九五〇年（三八歳）
二月五日　夕方、前夜姉と約束した安食方（神楽坂）へ観音経の浄霊をしてもらいにゆく。信じているわけではない。ただ、病気をなおしたいという気持だけ。帰り、バスの中で、また竹内君に会い、同君の従弟の画家平野君と三人で、新井で飲んだ。（但し、自分は盃一杯だけ）夜、胃癌になるのではないかと心配で、四時頃まで眠れなかった。
二月七日　午後、青山の日赤へゆく。二時間ほど待たされて、女医の診察を受ける。尿を検査し、糖尿の初期と云われる。外診上、胃ガンの徴候なし。
一九五一年（三九歳）
三月二一日　片桐の兄さんは、胃ガンの発見が三年遅れたという。自分ももう一度調べてもらう必要がある。断食（いい結果になるなら）もしたい。子供のことを考えると、つくづく体を大切にしなければと思う。仕事も息を長くやりたい。東北へは収穫を考えずいってみることにするが、帰ってから、断食や診察は考える。酒はムロンやめるべきだ。
一九五二年（四〇歳）
五月二三日　一週間来飲みつづけのため、胃ひどく悪く、ガンの恐怖、二三日胃苦しくて眠れなかった。今度こそは酒をやめようとしている。
五月二八日　癌研へいった。診察の結果、胃のただれとのことだった。カイヨウの初期。安心した。禁酒することにした。これを機会に、生活を根本から改めたい。まず胃を恢し、健康体になること。
一九五三年（四一歳）
二月一〇日　一夜悩んだ末、意を決して今日、癌研へゆく。左側にへんなシコリあるように思われて。不安でいるのが何よりつらいからだ。もし、それなら、自殺。辛い。そうでなかったら、生れ変って生命をとりもどす。（中略）築地の癌研へいく。胃酸過多と云れる。帰りに、銀座を歩き、食堂で、妻と、春夫の三人で、食事をする。ビールを一本、酒を一合飲んだ。

三月三日　「読物」という雑誌で、癌の話を読んだ。その初期の症状ではないかと不安になった。昨日、大浜の伯母が死んだ。明日香デンを三〇〇〇円送ることにする。土地を三〇坪借地したが、借りた人が公庫の家を建てられないのではないかと妻と二人で心配している。

・ガンの恐怖にまたおそわれる。今日より禁酒、節煙、規則的生活を始めることを決意した。

・上腹部の膨満感あり（ガスのせいらしい）。

・子供のことを考えると、もう十年生きなければならぬ。今日はいい記事を読んだ。

・金を作ったら、ガン研へいき、もう一度みてもらうこと。初期で手術の必要あらば、金をつくり早く処置すること。

九月三〇日　昼食後、下痢。がっかりした。胃下垂が原因か。それとも、もっと悪性なものか。医師の診断で確かめたい。小説公園の人くる。夕食後、舌のつけ根のイボに気がつき、心配になり、妻にすすめられ、渡辺医師にゆく。解剖学上の自然のものと云われ、笑った。夜、電信電話のルポを仕上げる。夕方、小説公園の婦人編集者きて、病気の話をした。文春で「男の乳ガン」の記事を読んだ。初期のガンは無自覚。貧血し、顔色悪くなる。また不安になった。

一九五四年（**四二歳**）

三月一日　朝日で、癌の記事を読む。転移癌は、胃周辺のリンパ管がコリコリになっているそうだ。自分の胃にも、コリコリの管がある。血管かもしれぬが。妻と話す。一人でクヨクヨ思っているより、診断してもらった方がいい。金（丹羽さんにお願いした借金）ができたら、まっ先にガン研へいくつもりだ。そして、どちらでもいいから、さっぱりしたい。かりにガンだったとしても、手おくれになってるとは思わない。昨夜は、胃にガスがたまり、ガスが出て、やはり寝苦しかった。（中略）文芸春秋で、川喜多という人の癌を切った話を読んだ。早く診断してもらって、さっぱりすることだ。この不安は、精神的な大変な損失。夜、藤原氏きて、浄霊をしてもらう。

五月一一日　肉体的にも精神的にも力が爆発するようなときがありそうに思われる。まだその時にきていないような気もする。とりわけて胃がダメだ。それまで力をたくわえ、そのときは狂ったように何ものも眼に入れず書きたい。いまの生活と気持を単的に表現すること。それをとっておきたい。ノドの変な感じ（何かに入れるような、つまったような）が気になり、ガンの恐怖にとらわれている。

一〇月二八日　ガン研へいった。いつものように、妻をつれていった。胃の方は、ガンの疑いはないようで、腸に何か異状をみつけられた。五日後に潜血反応の結果、レントゲンをとるかどうかはっきりする。とにかく、一切を医者に任せて、今度こそ、長い胃腸病をなおすつもりだ。まだガンの疑い(自分の)がはれたわけではなくて、今度ははっきりと検査してもらうつもりだ。帰りに、妻と建築局へいき、納金の延期を頼んだ。腸の異常、潜血反応、胃コリコリ。

一九五五年（**四三歳**）

七月二三日　午前に三七度二分あり、暗い気持になった。便に少量の出血あり。検査してもらうために出したが、不安でつき落とされた気持。その結果はまだわからない。二日前に妻を送って出て生ビールを飲んだための下痢か。もっと深いところにおそろしい原因があるのか。

一九五六年（**四四歳**）

五月三日　今日は憲法記念日。快晴。夜の一時、「破片」が、やっと一応完成した。五六二枚だ。連日の酒で、体が弱っている。胃ガンの恐怖も、相変らずある。今夜は、何ケ月ぶりで、初めて酒をやめた。明日からつづけるつもり。

一〇月四日　胃が苦しく、気持わるくて、眠れない。体の衰え、つかれも感じる。ガンになっているのではないか。しかしこわくて病院へいくのが、つらい。おろかなことだ。抜本的な生活改革。(中略) この頃 (いつの頃からか) 息切れがし、夜もよく眠れない。体も起きているのがつらいと感じることもある。今夜、胃の固いところにふれ、またガンの恐怖にとらわれた。金もなく、最悪の状態だ。しかし子供のために、あと一〇年は、生き、金ものこしてやらねばと思う。

一九五七年（**四五歳**）

六月一四日　無一文で収入の宛てもまったくないのである。まえには、こんな時、何とかしてしのいできたのに、明日困るとわかっていても、何もする気持になれない。一〇〇〇か二〇〇〇の借金を考えるぐらいのものだ。女房は四日前から日本橋の生命保険会社へいっている。姉が、心配して浄霊に三日ばかり通ってくれた。否定はしないが、御利益を信じる気持もない。(中略) ガンかもしれないと思う。もう死んでもいいという気持も起って、金もないし、医者に行く気にもならない。

六月二〇日　ここ数日、姉に浄霊をやってもらった。しかし、これを信じこむのは危険だ。姉たちに肝臓が悪いと云われ、自分でもそうではないかと思う。夜、眠れないし、その部分にも症状があるようだ。何よりも禁酒だ。とりわけ、焼酎がこわい。実行できるか。そのせいかこの頃、疲れ易く、仕事をする気力が起らない。今月末に、病院へゆき（妻と）診断してもらうつもりだ。妻、日本生命の外交員で通っている。仕事がすべてうまくいかず、書く気力もなく、どん底の窮迫に追いつめられて、ガンだろうと肝臓だろうと死んだ方がいいと毒酒を飲んだりするが、しかしこれは一時のヤケッパチな感情で、本心は子供のことも考えるし、死ぬのもいやだ。

一九五九年（**四七歳**）

一〇月一三日　この一週間くらい、ウイスキー（それもサントリー一瓶）を飲んだせいか下痢のしどうしで、薄気味悪い—ガン細胞のような—ドロッとした粘液もでた。

一九六〇年（**四八歳**）

四月二一日　たいへんな体の状態だ。鼻汁のような下痢便。夜は腹が張り明け方まで眠れない。睡気がいつもあたまによどんでいる。ガンかもしれない。気力がない。死ぬのかもしれない。それでも、夜にはビール二本飲んでいる。作品も、まだ一枚も書いていない。どうなることか。左の下腹直腸のあたりにも鈍痛あり。ガンかもしれない。左、手の指作、足の指先が軽くしびれる。勝手にしろ、と思っている。今さら、惜しい命でもない。妻も、心からの心配をもっている様子もみえない。さもありなん。ただ、子供に心がのこる。

七月一九日　痔か、直腸ガンか、尻の辺が深い。便通も変で、チョビチョビとすこし。酒のせいか。海では、酒を控え、様子をみる。秋には、医者か。

一九六一年（**四九歳**）

一月二五日　昨日、大久保病院へいった。慢性の肝臓といわれた。この日の話では、節制、養生したら、恢復とのこと。禁酒と過激な労働禁止。ガンではない由。木曜日に、もう一度、診察がある。この結果で、大体すべてがきまる。ガンでないことを祈るのみ。酒は、今後、ぜったい絶つことにした。会にも出席を断わった。

一月二六日　妻と病院へいった。ガンではなく、肝臓もなおるといわれた。血液で、肝臓の働きを調べている。これで、ノイローゼもなくなった。生ビールを一杯のみ、ノンフィクション全集を一冊買った。ほっとした。これを機会に酒の気を絶つことにした。頭もはっきりし、体にも力がつくかもしれない。会合に出るのも断わっている。

一月三〇日　病院へいった。肝臓はまだ「ちょっとはれている」と云われた。ガンでないという決定的な答えも出ず（ガンであるということではない）。血液検査と、検便の凝血反応によって判るとのことだ。検便はこちらから時々もっていくようにと云われた。不安はまだのこされたわけで、ガンが進行しているのでないことを祈るのみだ。生ビールをのみ（これは、つぎの日の下痢の因になるので、やめた方がよい）、映画「アラモ」をみる。

一九六二年（**五〇歳**）

四月八日　左の下腹、直腸部に鈍痛がある。一年ほどまえにも、そんなことがあった。単なる深酒のせいか。それともガンの危険信号か。

四月二三日　昨日の夕食に、初鰹の刺身を「わけぎ」でたべた。筍も、いまが出盛りだ。ワラビにさやエンドウ。左下腹の鈍痛、どうやらうすらいだ模様。ガンではないのか。

一九六四年（**五二歳**）

五月一六日　三月の初めに、静枝伯母がガンであることを知る。入院中の越智信平君も肺ガンだ。四月二九日の午後七時に伯母は田無の病院で死去した。その臨終に立ち会った。越智君は、これより以前に死んだ。自分も大塚のガン・センターで精密検査を受けた。五月一〇日の結果では、ガンの徴候全くなし。ただ、慢性気管支炎の咳が出る。これは注意する必要がある。

一九六六年（**五四歳**）

九月五日　「宴」の会で来の宮双柿舎へゆく。緑の庭の美しさは言わんかたなし。帰りは池田岬、駒田信二、北国の女主人。左腹部、腰の痛みがつづく。ガンの暗い予感。

一九六七年（**五五歳**）

四月二六日　冬いらいの深酒のためか、二六日にひどい下痢をしたあとで、血便が出た。その夜は、うとうとしては汗びっしょりになる。肝臓はどうなのか？　ガンの不安何とも表現できず。但し、妻はガンの出血ではない、酒のせいだという。前々夜に、山本君と、週刊セブンの人と約三升飲んだせいか。二七日の今日、蛭田氏より、キスの舟釣りの誘いをうけたが、こんな体でゆけない。

一九六九年（**五七歳**）

四月二一日　三日まえから、ノドの入口に、異物感があり、ガンではないかと気になったが、この一週間の酒びたりで、ノドが荒れたのかもしれない。数ヶ月来、おびただしい痰が出るのも変だ。

五月三〇日　ガン研でのレントゲン検査で、何ごともないといわれた。帰りに、大塚の「すし常」で、妻と上チラシをたべ、酒を三本。夜、岡上君を呼んで、江見の建築場の写真をみせ、大いに酔った。しかし、ガン研での気持を思うと、「体を大切に」と自分に云い聞かせる。深酒のこわさをかみしめたい。帰りのタクシーで、運転手が顔をみて、肝臓からくる心臓病に気をつけなさいといった。女性ホルモン（？）の必要なことも…。これはなかなかむつかしい。

一九七〇年（五八歳）

九月三〇日　今朝、テレビでガンで死んだ人の悲惨な記録をみた。自分も、このまま酒をつづけていると、ガンになる。意志との戦いか。とにかく、胃のカイヨーをなおさなければならない。下痢も平気でいるわけにいかない。

一二月九日　ソバ屋で酒二合、土地の若い人と話したりして、妻に電話をした。特に用事はない。夕食にビール一本、一合の酒をのみ、一一時に寝た。胃が不快で、三時ごろ、また目がさめた。ガンになっているのではないか。

一九七一年（五九歳）

一〇月二七日　右頬のできもの気になる。皮膚ガンではあるまいか。平静な気持で仕事をしたい。酒も控えたい。

一一月二〇日　下り、ひどい。チヨビチヨビと出る。肛門の脇の固いおデキが気になる。ガンではないか？「南京の残虐」を書く。この日、酒四合、ビール二本。

一九七三年（六一歳）

六月五日　体の不調のせいで、仕事に熱がはいらぬ。ガンでないこと、肝硬変でないことを祈る。酒はいくらか控えている。昨夜は九時間眠った。

九月七日　NHK朝のTV。「ガン」について。途中でみるのを止める。自分はガンになったら、自殺する。

一九七四年（六二歳）

一一月二五日　左下腹の痛みと下りがつづく。薬酒の飲みすぎか、ガンの徴候か？　しかし診断はしたくない。命が惜しくないからだ。

一九七七年（六五歳）

七月八日　昨夜ビール二本半、酒二合。今朝下痢のしずめ、食欲全くなし。これで生きてゆけるか？　ガンではないか？　酒地獄から脱れられないものか？

八月一日　中沢君を見舞う。ガンでひと月の余命という。本人は知らない。気の毒。

一一月一四日　尿検、検便、腹部透視をした。排便一回軟い。内科部長検診、糖尿病発見。当分入院か？　院長室で調べる結果による。また、ひとつの不安が生れた。肝臓ガンではないか。（中略）今の自分は文字どおり病貧苦の現世地獄である。楽しいことは何ひとつなし。永年の酒浸りのこれが末路だ。

内科医師の言、間食禁糖尿病の食餌検査する。看護婦の指示に従う。腸切らなくてよし。また詰って熱出るようなら、切らなければならない。退院時（もう永くはかからない）によく指示する。便の出方注意のこと。たまらないように…。勝手に食いものは食うな。今度は切らなくてよい。大腸炎症おさまった。糖尿病だ。ガンではなかった。自分はついに病いもちになった。

一九七八年（六六歳）

七月三日　昨日の日曜は、ソバ屋で二合のみ、ばあさんとつまらぬ話をし、帰ってまた二合、一〇時半にねて、一〇時に起きた。机に向ったのは一時半。

妻は当分、現状のままで様子をみることにする。悪くならないように祈る。光記夫婦に任せよう。ＴＶで肝臓ガンにたいする東大第二外科の新しい治療の成功をみる。

一九七九年（六七歳）

四月一六日　午後出かけに店でワンカップ、病院でカンビール中型、光記宅酒二～三合、家でビール一、翌日二日酔い残る。釣りは中止。便数回よく出ず。（中略）直腸の工合がわるい。何回も便がチョビチョビと出る。酒のせいかもしれないが、ガンの心配もある。来週中に、東女医大消化器センターへゆくべし。

一九八〇年（六八歳）

六月一五日　半月ほどまえからセキが出て、まだつづいている。肺をみてもらうことにする。このふた月が、金と生活で、最悪のピンチになった。七月中には、七〇万はいるが…。（中略）昨日の釣りの帰りに、一杯飲み、車中でもすごいセキが出た。帰宅後も透明なタンが多く出た。今夜の今は、酒を飲んでも、煙草を吸ってもほとんどセキは出ない。なおったらしい。肺ガンではなさそうだ。

九月一六日　原稿「上林暁氏の思い出」をもって、「すばる」の水城氏に会う。「秘の花」「雪の道」どちらかは、来年の早いうちにのせるという。来年のことを云うと、鬼が笑うか？　同氏夫人、直腸ガンとのこと、いたましい限り。しかしほんとうにひとごとではない。自分もそのおそれがあるからだ。

一九八一年（六九歳）

三月一八日　二日前よりタバコを吸うとセキが出、胸がつまる感じがする。昨日は左胸が痛んだが、今はなおった。四月には肺ガンの検査を受けることにしよう。

一九八二年（七〇歳）

六月五日　午前二時に目がさめ、これを書く。左胸の重苦しさ、空咳がやまない。肺ガンのおそれがじゅうぶんにある。早く帰京し、病院へゆくことだ。入院、手術、死ということになるが、運命に任すよりほかにない。しかしあと一年の命がほしい。そして「満州国崩壊の日」三巻を書いてから死にたい。まったく何ものかに呪われたような不幸な人生である。二人の息子と家族が、まあまあよくやっていること、妻が無事でいることが慰めになる。

六月八日　夜中の二時、咳きと左胸の息苦しさで目がさめ、眠れないので、二階でビールを飲み、これを書く。（中略）仕事（三巻）を完成するためには、あと一年の命がほしい。何という不幸な、呪われた一生かと、神や仏（それがあるとすれば）に文句を云いたくなる。文芸家協会で長寿者の一人として祝われたパーティのとき、ひと月まえには、こんな不安はなかった。願いと祈り。これは肺ガンではない。ほかの何かの呼吸器病だ。手術しなくてすむ。手術するとすればその金がないのだ。花山居を売るしかない。

一九八三年（**七一歳**）

一〇月三〇日　帰京以来、いや、江見の祭以後酒浸りであった。妻の話四月まで食ってゆける（日信に借りて?）（中略）家のことは一切を光記に任す。丹羽さんの誕生会には欠席、人のことを祝っている心の余裕なし。利害得失もないと判断。自分の最後の仕事に専心する。なるべく早く、ガン研へゆく要あり。日大でもよい。血便はない。黒便も…。

一一月五日　一〇月一六日に江見より帰京してから、酒浸りであった。このために、腸をひどく悪くした。日大病院へゆき、今日、検査の結果が出た。腸ガンの疑いなし。肝臓が悪いが酒のせいで、控えればなおるとのこと。病院にくる必要はないといわれた。

一九八四年（**七二歳**）

五月一一日　この日と翌七日まで何も食わずに飲みつづけた。ウイスキーのボトル半分以上を空にしたのも体に悪かった。その夜苦しみ。胃のヒックヒックと嘔吐、下痢に夜っぴて眠られず、妻にも面倒をかけた。どうしようもなく一〇日に岡野病院へいった。医者に肝臓が悪いのですぐに病院へゆくようにすすめられ、鴨川東条病院の専門医を紹介された。明日ゆく。診断はどうなるか、精密検査の結果を待つのみだ。もし、ガンで入院手術をすすめられたら、二〇日間だけ待ってもらうようにするつもりだ。ふつうの肝臓病だけだったら、養生、療養はできるはずで、仕事もできる。

五月一二日　一一日に東条病院で精密検査をした。結果二四日にわかる。しかしガンではなく、肝臓がはれているとのこと。酒のせいだろうといわれた。胆嚢に結石がみつかった。いずれにせよ、ただちに生命の危険はなさそうで、やや安心した。酒類はこわくて飲む気がしない。

一九八五年（**七三歳**）

四月二八日　左直腸の微痛と便の出の悪いのが致命的な病気ではないかと不安だ。三〇日に病院へゆく。松下達夫に電話し、食道ガンで切ったことを教えられた。ひとごとではない。

五月五日　妻が臥たきり、自分がガンだとすればわが家最大の不幸となる。これはまだ杞憂にすぎないが…。疹察で判るが連休で病院が休みなので、ここへきたのだ。八日には引上げる。午後町へ出てトマト、ナス、キューリの苗を買う。ひどい下痢をした。毒を出したか？

五月二六日　二週間入院した。一日五〇〇〇円の個室だが、やむを得なかった。浣腸時に匂いで他の患者に迷惑をかけずにすんだし、読書三昧で休養もとれた。他人の無駄話にわずらわされることもなかった。ガンの心配はなくなり、安心した。

六月二日　ガンの恐怖は去り、たのしい日々だ。酒も控えているので朝の気分は爽か、便も良好で食欲もある。これをつづけたい。これからは仕事だ。

一九八七年（**七五歳**）

六月七日　岡上より来信　肝臓が悪くてガンの手術できないという。絶望か？　気の毒だ。自分にも肝臓を診てもらえとある。

八月一日　前立腺炎、一週後血液検査、ガンを調べる。クスリくれる。

一九八八年（**七六歳**）

四月四日　山本梧郎君の細君から、山本が膀胱ガンで入院手術すると知らされた。おどろいたが、無事延命を祈るのみだ。辻と豊田（夫人）に知らせた。

一九八九年（**七七歳**）

三月二四日　早大岡田女史来訪ウイスキーをもらう。江見温泉川名を呼び、土地のことを尋ね、滅茶飲み三日間で大変な醜態を演じ、胃もいため、今も食欲なし。これをつづけると胃ガンになる。なっているかもしれぬ。

一九九〇年（**七八歳**）

五月二七日　腸不調、鈍痛、下痢。明日　大腸検査をやる。ガンでないことを願う。

五月二八日　病院へゆく。腸検査、炎症あり。土曜に説明する。ガンではないか確めること。大竹氏、週末か来週にゲラ持参とのこと。今日釣りにゆく予定をたてたが、その気力なくやめた。

六月二日　病院へ検査結果を聞きにゆく。坂口という医師の返じ、不明瞭、ガンではないらしい。一四日にレントゲン検査をする。左腸鈍痛やまず、腰の痛みも同格。

六月九日　腸の鈍痛つづく。一四日にレントゲンで徹底的に診察を受けるが、この痛みと腰痛はガンではないかと不安だ。そのときはそのときと考える。

昨夜、妻と口論した。墓のことは、この家を処理するほかにない。よく考えたうえで決めたい。何よりもガンでないことを祈るが…。

七月一一日　昨日退院した。一〇日間の入院であった。その結論として目的の大腸がんでないとの検査結果を得た。今もにぶい腹痛があるが、松村院長は持病と思えといった。憩室症の欠陥が原因だが、これは病気ではないそうだ。自宅療法は便通を整えることで、酒は控えるべきだ。

一九九一年（**七九歳**）

七月一九日　昨日一八日に築地のガン研に杉森久英氏を見舞った。ガンではないか？

八月二五日　由紀江の母の登衣が、末期ガンのために、死を待つまでになっている。これはどうしようもない。

ひるがえって、自分の妻は元気、自分もどうやら元気で鮎釣りを楽しんだ。わが家はいちおう万歳である。

一二月六日　左下腹（腸）に鈍痛あり、腸ガンの検査する必要あるか？

一九九二年（**八〇歳**）

三月一〇日　下痢やまず。ガンではないが、見過してはならぬ。酒のせいであることは解っている。アル中の禁断症状である。

四月二日　退院した。入院中記録は別紙。公園の桜満開で美しい。妻の退院のときと同じだ。一一日に病院へゆく予定だが、暇を持て余すだろう。江見へいって仕事をしたい。今後は生活に規律を、節酒を守ることにする。このリズムを崩してはいけない。気をつけることは高い血圧と、腎臓の結石だが、医師の言ではたいして心配はない。とにかく腸のポリープはきれいに取り去り、ガンでないことも実証された。入院してよかった。桜も祝ってくれるようだ。

四月一三日　妻が、食事がノド（食道）につかえることがあり、ガンの心配で、病院へつれてゆくつもりだ。いやがるが、断じてやる。

四月一六日　ポリープ手術で完全に検査した結果、胃腸その他のどこにもガンはなかった。今は健康で、酒への渇きをやめられないだけだ。

一九九三年（**八一歳**）

四月二七日　左下腸の鈍痛やまず、腸ガンの不安がある。五月八日に入院してもう一度精密検査をすることになっている。庭の木は芽が濃くなった。

五月一五日　四月三〇日に入院し、一五日振りに昨日退院した。三〇日の午前中ひどい腹痛を起し、タクシーを呼び、一人で東条病院へゆき、そのまま入院した。腸閉塞の疑いもあったらしい。五月八日に腸のガン検査の予定であったが、その必要はなくなったわけだ。厳密な検査の結果、ガンはないことが判った。何よりのことである。

一二月二八日　柏宅。来る車内で妻弁当をたべ吐く。食道ガン狭窄の心配あり、病院へゆくことにきめる。妻は反対。

一九九四年（八二歳）

三月七日　東条病院の人間ドックで診てもらった。結果は通知がくるが、胃は飲みすぎの胃カタルでガンではない。腸は項目になし。血尿が出たほかには、すべて異状はなかった。尻の皮膚は老化現象。

五月二〇日　柏へ来た。腸不調、不安。孔明写依頼。二二日月曜には病院へゆく。考えても無駄だが、今度はどうやら大腸ガンらしい。覚悟すべきだ。心配なのは命よりも金のことだ。

六月一日　慈恵医大病院で腸の内視鏡検査をした。結果は一六日に判る。ガンではなさそうだ。七時間かかった。

六月一五日　慈恵医大で小沼医師から内視鏡検査の結果を教えられた。ガンではない。ほかにも病気はないようだ。七月二日に憩室症をレントゲン検査する。ここではレントゲンを診たことはないからだ。これまでどうするかだが節酒して国会図書館へゆくことが第一。その帰りに大竹氏にも会うこと。江見にはゆけないだろう。「吉宗」は進行させる。

七月四日　病院へゆく。レントゲンの結果は大腸直腸部に小さなポリープが二つあり、心配ないとの川村助教授の診断。憩室のために、右側の腸は内視鏡で調べられず、レントゲンがつぎに必要、半年後でよい。要するに、ガンではなく、今のところ、生き伸びた。明後日、江見へゆくが、鮎釣りに没頭して、体をきたえ、仕事に打ち込むこと。万々才だ!

一九九六年（八四歳）

一月一日　目出度くもあり、目出度くもなしの年の迎えた。去年の後半は災厄の年だった。妻のヘルペス罹病。自分の膀胱結石手術。妻は快方に向かっているが、まだ神経痛は残っている。

自分は酒を控えているが、腸はさっぱりしない。一週間前に農協病院で腸の精密検査をして、ガンでないことは判り、一安心した。何と言っても、酒アルコールが、いちばんの敵だ。今度は由紀江に大変な迷惑をかけたが、彼女はよく世話をしてくれる。食事についても、心をこめて作ってくれる。私らにとってはよい嫁で、光記にはよい妻だ。

四月一二日　前立腺、レントゲンとる。軽く肥大している。危険はない。ガンの心配ない。特効薬四〇日分くれる。くすりなくなったとき、再診。つまり、この病気で心配ないことが判った。

一九九七年（**八五歳**）

二月一〇日　慈恵医大病院内科へゆく。満員で三時間かかった。一〇日前にやった胃の内視鏡検査の結果を聞く。きれいで潰瘍、ガンの徴候はない。便秘の薬は不要。つまり体に異状はなく安心してよい。帰りに柏駅へ出て、ビル七階の店で生のジョッキ・一杯。ヒレカツ一人前を持って帰る。万々歳だ。

五月二七日　農協病院　最終診断。まったく異状なし。すべて健康。ガンなし。

飲酒・節酒と職業作家――飲酒の記録

この項では、榛葉英治の日記から、飲酒や節酒に関する記述データを収めた。この項目を設けた理由は、飲酒という行為が、職業作家の生活や取材、創作に大きく作用していたためである。また、日記における語彙の出現頻度では、日記で頻用される日時や天候を除けば「仕事」についで酒類の頻度は高く、その点でも重要な項目と言える。【表】には、日記における酒類の記述の頻度と、酒類の記述と一緒に用いられる傾向のある語彙を五年ごとに示しておくこととした。

飲酒の記述は日記が始まる一九四七年段階はほとんど見られないが、榛葉英治が仙台から東京に居を移し、職業作家として活動を始めた一九四九年から急増し、以降、生涯にわたって過度の飲酒、その悔悟や反省と節酒、禁酒、再び飲酒というくり返しが続く。榛葉英治の場合、一九五三年に一ヶ月、五五年に二ヶ月、七二年に三週間の長期入院があり、それが禁酒や節酒を決意する機会となるが、退院するとともに再び飲酒が始まる。

飲酒の習慣は、榛葉英治が職業作家であることと不可分に結びついている。自宅で、一人で進める仕事であるため、飲酒しようと思えば朝でも昼でも可能である。飲み過ごして翌日仕事にならなくとも注意されることはなく、飲酒の習慣を外から制限されない環境にある。また、作家や編集者を含めた交流も自宅であれ、飲食店であれ、飲酒を伴うものとなっていることがわかる。私的な活動領域と公的な活動領域の境界が曖昧であり、飲酒が両者にわたって行われるようになる。

その一方で、節酒や禁酒をしようとの強い思いがくり返し生じているのも、職業作家であるがゆえである。病気になれば、あるいは小説が書けなければ生活はできない。したがって常に生活と病気の不安の中、飲酒と禁酒のサイクルが繰り返されることとなる。

飲酒が創作に大きく影響しているのはまた、それが生活圏や交際圏を意識的に変えていくことと結びついているからである。榛葉英治の場合、一九六九年に千葉県江見に別荘を建てるが、江見行きや、釣りの習慣が、こうした飲酒習慣から逃れようとなされていることが日記からはうかがえる。

飲酒の習慣は、日記をつける行為の役割を考えるうえでも示唆的である。榛葉英治の日記事例では、酒量の記載や、禁酒しようとの決意、さらには飲酒の反省やデメリットを日記に書きつける【図】。日記にこうしたことを記すということが、飲酒をコントロールする一つの方法となっていたことが分かる。また、興味深いのは、これらの記述の多くが、反省や悔悟であるとともに、もしも飲酒をしていなかったら出来た、あるいはなれたであろう自己の可能性を思い描き、慰謝するような役割をも担っていた点であろう。（和田敦彦）

期間	1946-1950	1951-1955	1956-1960	1961-1965	1966-1970	1971-1975	1976-1980	1980-1985	1986-1990	1991-1995
頻度（%）	2.30	4.32	4.48	3.48	5.31	2.75	4.31	1.89	1.41	1.99
共起語彙	仕事 来訪 胃 夕食 人	仕事 生活 胃 金 作品	仕事 体 生活 金 小説	仕事 体 生活 家 金	仕事 体 釣り 庭 小説	仕事 体 庭 釣り 夕食	仕事 本 電話 生活 頭	仕事 ガン 検査 庭 体	下痢 便 仕事 話 痛み	便 釣り 腸 仕事 頭

＊「頻度」は日記本文の文の全体数に対する酒類の語彙を含む文の割合。
＊日ごとの「共起」（Jaccard）。日記に頻出する人称や天気等は除外。

【表】 酒類の語彙の頻度、及び共に現れる語彙

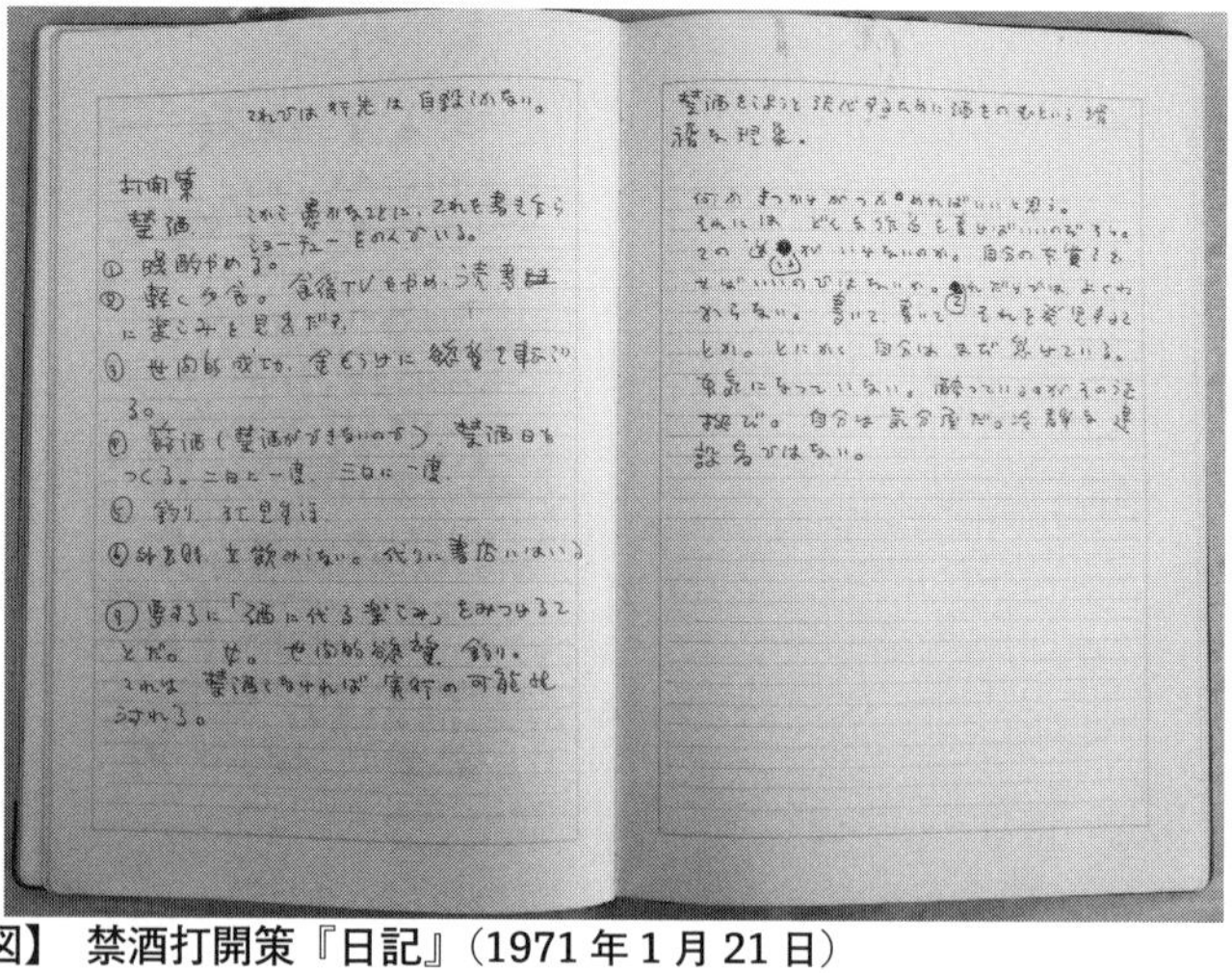

【図】 禁酒打開策『日記』（1971 年 1 月 21 日）

一九四七年（三五歳）

一月一日　曇り日だが、暖い。モチを三升ついて、酒もなく、雑煮だけで心ばかりの正月を祝った。モチ米の一升は配給。二升は一升四十四円で買った。（中略）Ｐ・Ｘには夜七時まで出てゐる。タバコ売り場の通訳兼監督だ。自分の仕事ができるのは夜だけ。これで、小説に対する希望がなければ、生きてる張りも望みもないといふことになる。

四月二〇日　桜が咲いた。今日なぞ、花見酒に酔ってい い機嫌の人もいたと妻は話した。そんな金、気持ふたつの余裕ができるのはいつのことか。

一九四九年（三七歳）

一月二七日　現在はまだ入り口で、生活に秩序を自分で与えなかったら、自分はどんなに乱れるかもしれない。それから孤独が文学を生むということも、今迄の生活の体験として、自分は深く、心に刻んでおく必要がある。けっきょく酒をのんでいるだけの（昨日までは自分はその酒さえ飲むことを許されてなかった）ひとにちやほやされているだけの、友達仲間の文学論だけの、生活からは一篇のすぐれた作品も生れないということを自分は知っている。

四月二五日　胃が工合が悪い。重苦しく、軽い吐気らしいものもある。全身に疲労感もある。胃癌のような悪性だったら大変だが、恢るものなら、早く完全に恢したい。二月初め上京してから、殆ど隔日に飲んだ。主にカストリという悪酒だ。

六月一七日　移転通知を出す。一五〇枚。今日ヒル江古田の方を散歩した。いい家がある。当分禁酒することにする。

六月二四日　金がなくなって、妻が今日、質屋へいったら、目下金詰りでどこも休業中とのこと。弱った。（中略）古本を売って、「文芸」へ電話をかける。仕事のあいだは酒をやめなければ。少女小説なども考えよう。毎月確実に一万でもいいからはいるところを探すこと。婦人雑誌連載？

一九五〇年（三八歳）

四月一八日　中野の慶應分院へいった。胃のカイヨウも、糖もでないとの診断。節酒、節煙で、健康をとりもどしたい。

一〇月一二日　酒を節しようとしながらついにできず。訪客にだすためもあり、このことはやめたいと思っている。夜、池田、組坂、白浜君など来訪。飲酒。

一九五一年（三九歳）

一月二五日　昨夜テツ夜して飲み、一日中臥たが、午後中村八朗君来訪、ビール三、酒三を出す。話しながら飲んだ。早稲田十日会の連中の溜りを作る話に賛成した。

（後記　酒の量を記すのは、健康上、自分の酒量を知るため）

一月二八日　どうしてもやめられなければ、思いきって「アンタブス」（禁酒薬）を飲もうかとも思う。その前に、何とかして意志で節酒するようにしたい。

二月二七日　今後は面会日を決め、来客との時間を節し、酒もよく考えてから出すことにする。妻にコーヒーセットを買わせること。ウイスキー紅茶でも可。

四月二五日　来客に酒を出さぬこと。飲まない習慣をつけること。

　睡眠薬を飲んで寝る。

一二月二五日　「婦人タイムス」に電話かける。明日、二千払う約束をする。ショーチュー二合。夜、書く気せず。小説公園の小説、宛なし。苦しい。生活体験の貧しさのせいと考える。夕食に酒を飲むと夜書けない。

一九五二年（**四〇歳**）

三月四日　金がなく、生活の宛ないが、雑仕事をする気になれない。バルトの「われ信ず」を七〇円で売って、パチンコをやる。夜中に、胃に鋭い疼痛あり。酒をやめることに決心する。

五月七日　酒、特に焼酎をやめる以外に、自分の救われる道はない。

五月二三日　一週間来飲みつづけのため、胃ひどく悪く、ガンの恐怖、二三日胃苦しくて眠れなかった。今度こそは酒をやめようとしている。明日、入間川へゆくつもりで睡眠薬八錠飲んだが吸収悪いせいか眠れない。読書と執筆とリクリエーション（釣）を規則的にやるつもり。

六月二九日　当分苦しくても酒をやめること。六畳を仕事部ヤにする。「文学者」の作品を読む。

七月一八日　酒飲まないためか、アタマがいくらかはっきりしている。「文芸時評」10枚書き上げた。酒をやめていたら、仕事ができる自信ができた。気をつけるべきは、来客と外出のとき。

一二月七日　自分の小説は、調査したり、現実を分析したり、資料を集めたりするところにきていて、inspiration や空想にたよってでは満足できないところにきている。生活や環境を整理して、この方法が実行できるように努力しなければならない。怠惰なことと、酒に溺れることが、一番大きな反省すべき点だ。

一九五三年（**四一歳**）

二月八日　正月以来の深酒、けっきょく何をしていたのか分らないのである。酒のユーワクに溺れたとほか云えない。加えて、胃ガンの深刻な恐怖がある。

六月一五日　今日から、当分酒も、外出もやめ、新潮の作品にうちこむつもりだ。これを再出発にして、純文学中心に、そのほかの仕事には眼をくれないつもりだ。何とかして、復活したいと考えている。

一**九五四年**（**四二歳**）

二月一四日　また十日から禁酒、昨日から、例の食餌療法をしている。もちろんまだ結果は出ていないが、今度こそは永く続けるつもりだ。あとひと月で、幸いに酒を忘れる釣りの季節がくる。何よりも、酒が出る会合には出ないことが、第一だ。

酒をやめ、ただ書くこと。酒をやめたら、書ける。書いたら、徐々に、計画的発表にいく。

七月三日　何よりも、禁酒、節制、運動、健康、仕事、これだけを考える。

一〇月一七日　昨日より、復活日誌のなかの健康日誌をつけている。しかし、昨夜、今夜は禁酒できなかった。

一二月一五日　「文春祭」以来、また飲みだした。今日も神田の桃園書房へ行き、宛にした金が入らず、帰りに居酒屋へより、焼酎を二合飲んだ。胸が焼け、頭が鈍って、仕事にならない。

一**九五五年**（**四三歳**）

一〇月一六日　前夜は連日の酒で胃が苦しく眠れなかった。今日は好晴、一日ゴロゴロ体をもてあまして臥ていた。これでは仕事が進まないし、友人に迷惑をかけるのもいい加減にしないと、と反省している。

一〇月二八日　妻病臥、暗い波に手をいれる。夜、酎を一合やる。このことであたましびれ、仕事もできず何とかしてやめられないものか。酒よ。中毒か？

一一月一五日　つまりは書く以外にない。このことは、心に刻みこんでおくべきだ。酒に身をもちくずしている自分のだらけた精神を反省する。

一二月二九日　竹内、組坂両君きて、飲む。四時頃、胃はって眼がさめる。残りの酒を飲みながら、書く。来年は、酒で命をとられるか、酒をやめて仕事に没頭するかだ。友人との酒づき合いを気をつけ、旅行し、離れた処で書くことだ。

一**九五六年**（**四四歳**）

一月六日　夜眠れないのは苦しい。九日頃、どこか病院へゆくつもりだ。今度こそ、禁酒して、去年の夏のように胃をなおしたい。家で飲む酒をやめ、客に酒を出さず、また、外出しても、酒の機会を避けること。生きたいと思ったら、そうすることだ。九月、退院いらい、連日連夜飲みつづけだったのだ。

一月二六日　酒も飲まず、じっと座っていれば、この位書けるぞと、自信を強くした。この頃、酒を飲む会が三つほどつづくが、みな断った。仕事にうちこんでいるという形だ。

三月五日　明け方まで苦しくて眠れず、今日も一日ごろごろしていた。つくづくとこんな生活（酒に溺れた）をやめたいと思うが。

五月三日　連日の酒で、体が弱っている。胃ガンの恐怖も、相変らずある。今夜は、何ケ月ぶりで、初めて酒をやめた。明日からつづけるつもり。

一〇月一日　十月一日から、今度こそは生活を建て直す。まず第一に健康のことで、この頃、急に体の衰えを感じる。むろんそんな齢でもない。むしろ、働きざかりという時期に、半病人でいる自分の愚かさをつくづく思う。つまりは深酒をやめればいいのだ。

一一月一六日　やはり酒はやめられぬ。夜全然眠れない日がつづいている。年末どうして暮すか方途全くつかぬ。このことでも眠れない。

一九五七年（**四五歳**）

二月二五日　この酒と、怠惰と、よどんだ無気力な精神状態とは、何とかして打開しなければならないと思うのだが…

第一の手段として、居を移すのもいいのではないか。それから、やはり沈潜した思索と読書。ある程度懐ろを暖かにして、自分中心の生活のなかで、小説にひたりこむこと。

四月二九日　釣りの疲れで、午後三時まで、十五時間眠った。胃のせいで、眠りながら大あばれした。酒を節し、釣りで体をきたえ直すことにする。

一九五九年（**四七歳**）

一月二七日　日曜の酒のため、二晩うなって眠れなかった。肝臓が悪いのか。医者にみてもらう勇気なし。アパートへいく気力なく、やっと週刊小説を書いた。月末まで、外出の日がつづくが、酒を節すること。死ぬんじゃないか。

三月一七日　早文会。丹羽、石川、火野三氏出席。自分も酒などで、体をこわさず（自分にとってのいちばんの欠点は酒だ）、この人たちの後を継ぎたいものだと考えた。

八月二六日　しかしつまるところ、房州生活のおかげで、過去一年の酒浸りの不健康な執筆生活から抜け出られたのが、何よりの収穫であった。作品は、酔わない、明哲な頭脳から生れるものであるからだ。

一九六一年（**四九歳**）

一月二〇日　今日から、酒を厳密に節することにした。やめるのが、いちばんいいにしても、これはムリだろう。

一月二六日　［ガンではなく］ほっとした。これを機会に酒の気を絶つことにした。頭もはっきりし、体にも力がつくかもしれない。会合に出るのも断っている。

一二月一日　相変らず酒浸りで体の工合もよくないし怠け癖からも脱け出せない。困ったことだ。家で友人たちと「小説談義の会」をやることにし、刺激をあたえたく外に向けつつも積極的に材料を集める習慣をもつことにした。

一九六二年（**五〇歳**）

三月一九日　倅が早稲田にはいった故、自分ももう一度、出直さなければと心を新にしたい気持だ。酒を節し、仕事中心に精進したい。

三月二二日　自分には金がはいると有頂天になる癖がある。そして酒を飲み、体を悪くする。金の使い方にしても、まるで少年のようだ。これは貧乏根性のせいだろう。こうした人間としての欠点は正さなければならぬ。齢五十に近く、この有様は、自分ながら見下げ果てたものといわざるを得ぬ。

一二月一五日　事態好転しないので、勤行してもつまらなくなった。それでも毎晩の酒は飢えたように飲んでいる。どうなることか。

一九六三年（**五一歳**）

四月二四日　体力をつくることだ。酒にひたることをやめる。杉森氏を見ならう。

六月二五日　昨夜は、おそくもどった光記と酒をのみ、文学・思想論をやる。息子も大きくなったものだ。

「南京」の原稿が、ムダになり、二、三日、気落ちした。けれども、妻のいうとおり、すぎたことは仕様がない。

一九六四年（**五二歳**）

一一月五日　この九月から、酒浸りであった。丹沢にいたときの健康な自分がなつかしい。この頃は、体の調子がわるく、仕事をする気力が起らない。仕事の依頼もない。心では「城壁」の反響を待っている。

一九六五年（**五三歳**）

一月五日　こんなところ［江見］に、釣り小屋をほしいと思った。一日目は前の砂浜、二日目、灯台下、三日目は砂浜と試みたが、寒さと北風のせいか、一尾も釣らなかった。しかし、酒から逃れた健康な三ヶ日であった。四日に帰郷。

一九六六年（**五四歳**）

六月九日　自滅と精神的腐敗と酒毒の病気とに転落しつつある。

一九六七年（**五五歳**）

四月二六日　丈夫な体で、山に海に釣りを楽しみ、また生活も豊にしたいと今日つくづくと考えた。
　要は酒の飲み方で、（むろん禁酒—日本酒—はするが）、年に合った飲み方を考えることだ。そんなことよりもこの徴候、果して fatal なものか？

［月日記載なし］　来月からは「自由」の連載が始まるし、「週刊セブン」の注文もあるし、せっかくのチャンスがきているのだ。このチャンスを酒浸りで逃がすのでは、自分も人前には出られぬ。
　生活を建て直すためにも、日記は再びつけ始めることにする。

一九六八年（**五六歳**）

四月二九日　初夏になり、釣りで体を復調させたい。たいへんに弱っている。酒のせいだ。いま、転機がきているように思われる。

一九六九年（**五七歳**）

一月一日　酒の深飲みをやめられないかぎり、どんなえらそうなことをいっても、ムダである。今年の抱負？体力の恢復をねがうのみである。そのために、ムリと知りながら、釣り小屋（別荘？）をつくることなど考えているが、果して実現できるやら？

八月五日　打開にはつよい精神力＋体力が必要だ。酒でにごった頭をもとにもどさなければ…。思考力と記憶力がたいへんに衰えている。すべてが酒のせいにちがいあるまい。

九月二五日　日本酒をやめて、もうひと月ちかく、ビールとウイスキーをのんでいる。

一九七〇年（**五八歳**）

三月二一日　昨日、子供相手に話しているときに酒を一合のんだ。ここにおまえの愚かな正体がある。酒をのみたくなったら「法蓮華経」を百回唱えよ。

三月二四日　阿部、杉森両氏に出す、手紙の内容について妻と相談し、明日出すことにする。へこたれていても仕様がない。今度のことをよい転機にし、精神肉体ともに立ち直りたい。この一年半は酒浸りであった。

六月三日　退院。三日間酒をやめている。何十年らいのことだ。酒をやめたら、人間も変るかもしれない。結果、高血圧、糖が出る（潜在性）、腎臓が下っている。胃にただれがある。しかしいずれも急を要する病気ではないとのこと。酒と美食を禁じられた。問題は脳波だ。仕事に関係する。

六月一〇日　自分が禁酒をしているのは、健康のためもあるが、それよりも何よりも仕事をしたいからである。

八月一九日　自分のあたま（精神）は停止している模様。酒のせいであることはもちろんだ。

八月二九日　酒を控える（やめるとはいえない）決心をした。
一〇月一四日　明け方、胃が不快で目がさめた。妻に禁酒を宣言。眠くて、あたまがぼんやりしている。
一一月六日　前夜の酒のため、一日仕事を休んだ。
一九七一年（**五九歳**）
一月二一日　すべてを好転させるのは禁酒だ。これ以外になしと心から悟った。（夜半）。自分の一生は酒のために失敗した。　その害、
①肉体的健康を蝕む。②アタマを悪くする。記憶力減退。気が変り易い。思考のチ密さと持続性をなくす。思いつき（フィーリング）で事を行う。③生活上、世間的な活動力をそぐ。④社交ぎらい、人間嫌悪、隠遁根性、臆病、嫉妬、無駄な怯れ、強迫観念。⑤破廉恥、借金をはじない。どうにでもなれ主義。⑥酒の酔いに逃避してそれで満足する。
これでは行先は自殺しかない。
打開策
　禁酒。しかし愚かなことに、これを書き乍らショーチューをのんでいる。
　①晩酌やめる。②軽く夕食。食後TVをやめ、読書に楽しみを見出す。③世間的成功、金もうけに欲望を転じる。④節酒（禁酒ができないので）、禁酒日をつくる。二日に一度、三日に一度。⑤釣り、江見生活。⑥外出時に、立飲みしない。代りに書店にはいる。⑦要するに「酒に代る楽しみ」を見つけることだ。女。世間的欲望、釣り。これは禁酒しなければ実行の可能性うすれる。
　禁酒をしようと決心するために酒をのむという滑稽な現象。
一二月一二日　昨日の酒で、体の具合がわるく、昼間から飲んだ。光記、ロケで九州へいっている。左下腹の鈍痛直らず。ガンの恐怖。
一二月一七日　前夜の飲みすぎ、また気持の乱れから、昼間より酒を飲んだ。
一九七二年（**六〇歳**）
一月一三日　夕方、宴の会出席。二次会の「きらく」で酔った上、ついに同人に激しいことをいった。野村君とも言い合いをした。この頃のこの酒癖は直さなければいけない。
四月九日　入院中に気持を一新し、仕事を立直らせ退院後も禁酒して、この生活を崩さぬつもり。晩年の生活設計という大仕事があり、金もつくらなければならぬ。
九月一四日　還暦の誕生日を迎え、人生の総決算をすべき時にきた。気持をひきしめたい。

昼の酒と、深酒を絶対にやめることにしよう。
一二月四日　江見へきた。東京での酒浸りで、ヘトヘトだ。
一九七三年（**六一歳**）
八月三日　右背の痛みが苦になる。困った。不安。フェータルなものだったら、どうしよう。とにかく酒を控える。
九月二六日　酒の気を抜くために、浦和別所公園池に手長エビを釣りにいった。よい運動になった。
九月二九日　江見へくる。酒から逃れるために…。
一九七四年（**六二歳**）
二月二日　花山居へくる。毎日の酒浸りから逃げて、やっと辿りついた感じである。
三月一二日　酒で一生を亡し、仕事も残さずに不安な老後で死ぬ。酒から逃げられないか。
　このことを決意するときだ。一日を酒でゴマ化しながら、やりたい仕事があるというのは、ゴマ化しにすぎない。今こそ、ほんとうに立直すときだ。
八月三一日　自分は自殺のことまで口に出した。この頃、つねに頭にある暗い考えだ。とはいえ、いまの仕事を仕上げ、運を天に任すより仕方がない。ただひとつ言えることは酒で頭が破壊され、一種の性格破壊者に自分がなっているということだ。
一二月四日　酒で頭までも（文章を書くのに）悪くしている。その徴候がしばしば現れるようになった。一方、酒量はいっこうにへらず、アル中的に酒を求めるようになっている。この面でも、まさに危機だ。今日からはこの習慣を改めることにする。
一九七五年（**六三歳**）
一月二一日　大酒のあと、夜中に吐いた。「文芸」を読み、和田氏の批評妥当であることを知る。相手への悪意もない。
一九七七年（**六五歳**）
七月八日　昨夜ビール二本半、酒二合。今朝下痢のしずめ、食欲全くなし。これで生きてゆけるか？　ガンではないか？　酒地獄から脱れられないものか？
一〇月二四日　夜中に起きて酒を飲むという悪い癖がついた。酒が身を滅すよい例だ。過去を悔み、将来を不安に思う毎日だ。自分はついに人生の勝負に負けた。
一一月一三日　これを機会に酒なしの生活に出発。精神の改造をする。生活のリズムを決める。読書で内容を富ます。いい作品を書く。（傑作でないと認められない）
一一月二三日　これまでの全人生―45年の青、壮、老の時期を酒浸りですごしてきた。考え方、仕事も酒抜きでは考えられなかった。やりたい大きな仕事も、酒のためにずるずるに引延ばし、気がついたときには、六五才の老年になっていた。残されるのは、あと五年しかない。この五年を充実した最後の実りある時期とするには、今度の病気はよい転機になる。
一二月二一日　自分が入院せず、酒を絶たず、この状態を迎えたとしたら、果してどうなっていたであろう。半狂乱になり、妻も自分も死んでいたかもしれない。何ごとも天の配剤で、こうなるように、自分に過去のいっさいを清算するようにこの試練が下されたのかもしれない。それを機会に、あとの人生は仕事一途に生きよということかもしれない。
一九七八年（**六六歳**）
三月二〇日　昨夜、三時まで眠れなかった。睡眠薬をやめた禁断症状か？　軽い頭痛もある。しかし、眠れなくても、クスリは絶対にやめる。眠るために、梅酒二杯（グイ飲み）を飲んだ。半年ぶりに口にするアルコール薬だ。
三月二七日　今までは病室でずっと妻と暮したので、禁酒ができた。家へ帰り、一人住いの淋しさか、それに甘えるのか、眠るためという口実もつけて、またウイスキーを飲むようになった。とりわけ今日は夕方から、余計にのんだ。また酒の泥沼にはまるのだろうか、そして理性的な生活から踏み外すのだろうか。
四月一〇日　帰宅いらいの酒浸りの記録を改めて書いてみた。何の足しにもならないかもしれない。
自分は何のために酒を飲むのか、あるいはなぜ酒に誘われるのか？
・妻の不在なひとり暮しの淋しさのため
・ほかに気を紛らす何のたのしみもないため
・妻の病気にたいする不安と、今後の生活にたいする心配のため
これを除き、酒の力を借りないためには
・自分と妻の健康と今後の生活を真剣に考えること
・仕事（読書、勉強も含む）に時間をあてること
・作った日課を守ること
六月七日　夜、酔って辻君に電話する。酔うと理性を失う。日本酒がいちばんよくない。反省した。
一九七九年（**六七歳**）
二月七日　心魂を凝らすときだ。昼の酒はむろんのこと、夜も控えなければならない。斎戒沐浴などとメモに書いても何にもならん。愚かなことだ。
四月一一日　妻は快復するので、いたわりながら、酒をひかえ、最後の勝負をしたい。こんなにドラマチックなひと月は、過去にもなかった。いま、夜中の三時、ビールをのみ、つくづくと思う。

六月二一日　今更ながら、酒と怠け癖と釣りとが自分を破滅に導いたことを知っても、取返しはつかない。このうち、釣りだけはスポーツとして許されてもよかろう。

一九八〇年（**六八歳**）

二月二四日　前夜の酒で仕事にならず。朝から飲んだ。

五月二日　酒のためにコンディションが狂い、字を書くのにも手がふるえる。たいへんなことだ。

一九八一年（**六九歳**）

一月一日　元旦に当り、何も書くことはない。ただくり言としては酒から逃れなければということだ。

五月一日　酒にひたった原因には、心の悩みがあった。ひとつの長篇小説（連載済み）評論五百枚（ほぼ完成）があるのに、持ってゆきどころのない苦しさと一種の絶望感だ。金も底をつこうとしている。そしてこの苦悩は誰に訴えようもないのだ。

一九八二年（**七〇歳**）

一月一八日　入浴後、久しぶりに体操をし、やっと元気をとりもどした。思えば、元日いらい酒浸りだった。

一〇月一日　自分は酒浸りで、夏に江見できたえた体をすっかり悪くした。皆の寄せがきに、二人の息子は「酒をへらせ」と書いている。

一九八三年（**七一歳**）

八月二八日　昨夜、港で夜釣りの穴子三本をあげた。昨日は庭の刈り込みで一日を費やした。下痢やまず、痛み、足のしびれ。酒のせいか。ガンか？

一九八四年（**七二歳**）

八月二二日　明日入院する。点滴治療と断酒が目的だ。体を改造したい。そして新しく出直しだ。

九月七日　さあ、酒を控えて心身ともに甦えろう。気に入った新居で、皆でたのしく仲よく暮そう。仕事はよく考え選んで最後を飾ろう。

一〇月一六日　一カ月の酒浸りで、食欲を失い、痩せた。手もふるえて字が書けない。心の底には出版ダメなことで、深い悲しみがある。

一二月五日　酒の気のない頭と体のさわやかさは、この数カ月知らなかったことだ。宿酔でにごった頭、食欲のない体の不快さ、この数カ月の自分はまさに地獄にいた。二度とくり返すまいと考える。酒にひかれる習慣から逃れることだ。

一九八五年（**七三歳**）

五月二日　毎日の酒で頭は空っぽで何もする気持にならない。当分はこれで仕様がないのだ。下腹の痛みは薬のせいで薄れたようだ。酒が原因とも判る。自分の病気は酒だ。

五月一五日　不安。五月の空が美しい。健康の貴さを知る。酒浸りの生活の愚かさを今知る。酒なければ朝はさわやかで食欲も出る。一升ビンを置かないことだ。

五月二二日　入院で得た教訓。酒をやめるといかに気分爽快か。酒は健康のために飲むべきでトリコになってはいけない。この苦しみをくり返す。

一九八六年（**七四歳**）

一二月一日　この頃悩んでいる。酒でまぎらして、眠りにつく。「女院」の結果が未定で不安は雲のように湧く。代って「自由は死なず」も出版の当てがなくて、紙屑にならないか？　この結論もつかない。来年三月後には収入のあてがない。

一九八七年（**七五歳**）

七月一一日　昨夜右背中、腹の痛みで、妻に焼塩シッ布をしてもらい、やっと眠った。

今後、断酒の決心をする。

一九八八年（**七六歳**）

五月一七日　ぼんやりしている。悔むのは、不注意で八木氏の祝いに遅れて出席できなかったこと。酒のせいだ。佐賀へいったりして、気持の余裕もなかった。

一〇月二〇日　この三日間酒浸りで、浜野、荒木、杉森の諸氏に電話をかけた。中公のことも話した。悔いても遅く、またしても禁を破った。

一〇月三〇日　酒抜きの朝が何とさわやかなことか。茶がうまいことか。入院してよかったと思う。それにしても何故ヤケみたいに酒を飲んだのか。すべてがうまくいっているのに。狂ったとしか考えられぬ。

一一月六日　朝の茶と気分、飯のうまさ、酒を飲まないせいだ。このためには酒をやめよう。生活習慣を改めよう。

一九八九年（**七七歳**）

九月二三日　秋が深まってきた。心が晴れた。深酒は控えよう。体力をつけることだ。

一九九〇年（**七八歳**）

六月一五日　やはり、何よりも節酒のことだ。仕事はすべて片づき、することがない。計画はあるが…。

一九九一年（**七九歳**）

一月七日　晴。連日の酒で、二日ほど体を悪くした。今日はどうやら恢った。

一二月一六日　病院へゆく。膵臓、肝臓が悪いといわれ、薬をくれた。腸の精密検査は必要ないらしい。酒を禁じられた。

一九九二年（**八〇歳**）

二月二九日　この日より大酒を始め（一日一升と妻いう）

いちじるしく体調をくずす。どうしてこうなったのかわからぬ。

三月二〇日　ああ、酒、酒！　酒の大害は知るが、逃れられない。

一〇月一〇日　泥酔し、祭礼の町中で何者かの三人組とケンカをし、眼の縁をなぐられケガをした。警察沙汰にもなり、人が見ているなかで大恥をかいた。人の話では私が先に手を出したという。ケガはたいしたことがなく無事にすんだが、何としてもこれからははずかしくて町も歩けない。すべては昼から飲んだニンニク酒のせいで酒もやめることにした！

一九九三年（**八一歳**）

四月三〇日　朝から左腹部腸のひどい痛みで入院。個室。新潮社の出版がきまり、連日酒浸りだった。有頂天になった。果実酒の飲みすぎもよくなかった。このような性格は改めるべきだ。

［**月日記載なし**］　秩序ある生活程度　食事　飲酒制限（禁酒が望ましい）。体を動かすこと。

一二月一七日　夜の酒がまたぶりかえした。「孔明」は一四回を書き上げ、ほかに仕事はなくなった。二五日頃、柏へ帰る予定。今日賀状を出す。

一九九四年（**八二歳**）

一二月二八日　スーパーへ買物にゆく。帰りに道に迷う。酒のせいか、ボケか？　要注意。

一九九五年（**八三歳**）

一月五日　机に向う。酒浸りで体不調だが、便に異常はない。国会図書館行きを考えている。この頃もの忘れがひどい。アルツハイマー病の前兆か。

二月一三日　自分は深酒を慎しみ、残る人生を充実して生きようと思う。島村抱月は最後の仕事だ。

一九九七年（**八五歳**）

五月［**日記載なし**］　日記は半年以上つけなかった。今年にはいっても酒の飲みつづけ。酒で命をなくすか、覚悟の上だ。

一九九八年（**八六歳**）

八月一日　昨夜ウイスキーなど酒ののみすぎで、階段を登れず、光夫婦に醜態をみせた。くり返してはならない。

作家の日常に見えた戦後史の風景
——時事に関する記録

本項では、時事に関する内容を中心に採録している。この項目が示すのは、日本を駆け抜けたニュースの数々と、それに対する榛葉英治の所感であり、個人によって切り取られた戦後史の断片である。日記には

> この時代と社会のなかに生きる自分がみたいろいろな事実を、今後、日記に書いてゆきたいと思う。もし自分が、あと十年長生きするとしたら、この記録は、十年間のひとりの「作家の見た歴史」となるであろう。
> （一九六三年一一月二五日）

と記されており、時事的な話題を意識的に記録していこうとする姿勢がうかがえる。榛葉英治は『灰色地帯』などの社会小説も執筆しており、時事的な話題をいかに受容していたのかという点は、作家活動にも重要な意味を持つと言えるだろう。

時事に関する記載は一九四六年から確認され、話題は主に国内外の政治情勢である。中でもロシア（ソ連）と中国に関する内容が多くを占めており、作品のテーマとも重なり、関心の高さを裏付けている。特にロシア（ソ連）に対しては一貫して厳しい見方を示しており、戦後の体験に基づいた負の感情を吐露している部分も目立つ。

また、これらの記事からは自ずとメディア環境の変化も表れており、情報摂取のあり方が変容している様も併せて注目される点である。一九五〇年代まではニュース映画や新聞・雑誌、ラジオを中心に情報を得ているが、その環境を大きく変えたのはやはりテレビの存在だったようである。日記上にテレビが初めて登場するのは一九五九年四月「皇太子の結婚式」で、以降一九六〇年代に入るとメディアの中心となり、「晩酌、あとはテレビという生活を改められないものか。むつかしい。まことにむつかしい」（一九六九年三月二八日）と、すっかり染みついた習慣を省みる言葉も散見される。

なお、時事的な事柄が記述されない時期が一定期間あり、その傾向が顕著に見られるのは長編小説を執筆している時、趣味の釣りに出かけている時、そして妻が入院している時である。妻が入院中の一九七七年大晦日の日記には「テレビのＮＨＫ恒例の「紅白歌合戦」も「ゆく年くる年」にも感興はなかった。病室にいる妻の安泰だけを考えた」とあり、ニュースを含め妻以外のことは全くの無関心であったことを物語る。このように、人生の

様々な起伏のなかで日記に綴られた歴史的事象の斑な記録となっていることは、却ってひとりの人間の日常の中にあった戦後史の風景を生々しく浮かび上がらせているようにも思う。

（河内聡子）

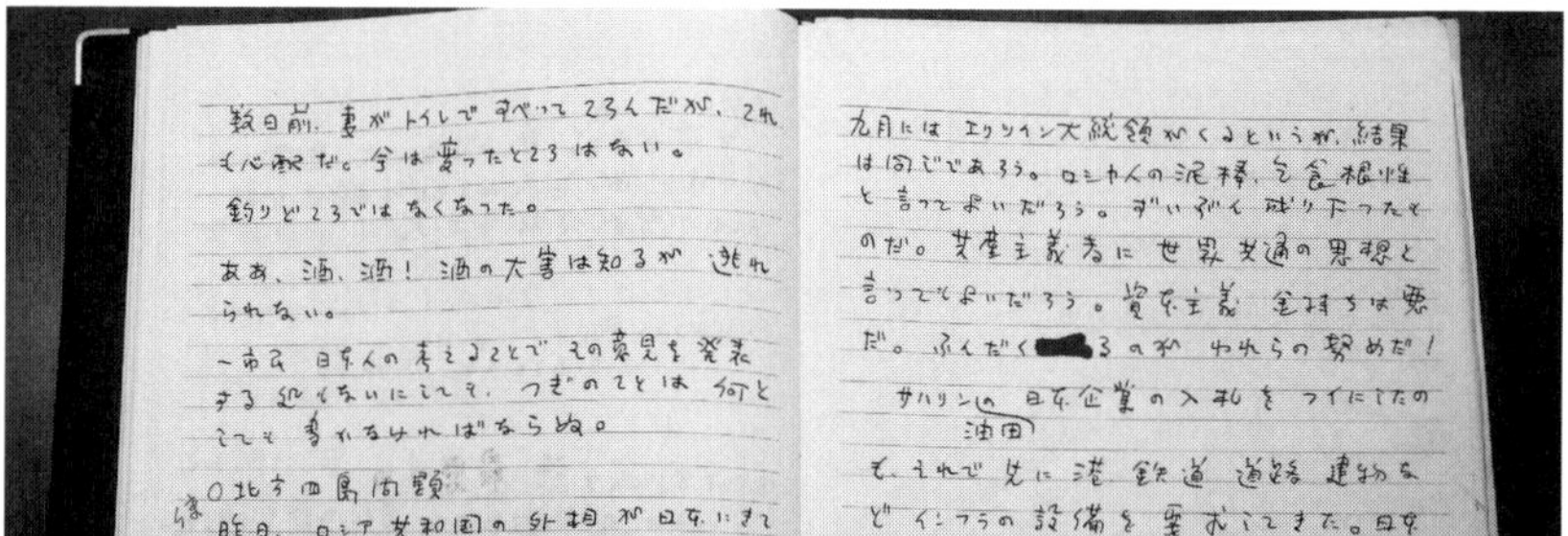

数日前、妻がトイレですべってころんだが、これも心配だ。今は変ったところはない。

釣りどころではなくなった。

ああ、酒、酒！ 酒の大害は知るが逃れられない。

一市民 日本人の考えることで その意見を発表する紙もないにしても、つぎのことは 何としても書かなければならぬ。

○北方四島問題

昨日、ロシア共和国の外相が日本にきて渡辺外相に会ったが、北方四島返還については何も言わなかったと 今夜のテレビにはあった。さもありなんと思う。彼らには長く占領したその彼らの「領土」を返す意思は全くないのだろう。それをちらつかせて、日本から支援ー金をふんだくるのが狙いであることは、私[redacted]はまえから考え、言ってきていた。

九月にはエリツィン大統領がくるというが、結果は同じであろう。ロシヤ人の泥棒、乞食根性と言ってよいだろう。ずいぶん成り下ったものだ。共産主義者に世界共通の思想と言ってもよいだろう。資本主義 金持ちは悪だ。ふんだく[redacted]るのがわれらの努めだ！

サハリンの油田の日本企業の入札をフイにしたのも、それで先に港 鉄道 道路 建物などインフラの設備を要求してきた。日本ではこれは企業のやることで、政府の仕事ではない。企業は儲からなくて損をするならば手をつけない。ロシヤ人はこのことを知らない。

日本のエリートたちの外務省、政府、外相 首相、自民党は 馬鹿者の集まりではないから、四島返還、平和条約締結より先に金を出すような支援はしないだろう。

このことを信じておく。

【図】『日記』1992 年 3 月 20 日
「北方四島問題」など時事の関心事について紙面を割く。

一九四六年（三四歳）

一二月一一日　今日、事務所で、Lifeを読み、ニュールンベルグのナチス戦犯者処刑の報告記事を読んだ。適確な迫真力ある文章だった。リッペントロップの姿が絞首台の上から消える。縄が揺れていたが、とまった。縄はぴんと張っていた。服毒自殺したゲーリングの皮膚だけ、並べられた一〇人の死体の中で青い色に変わっているのが目立った。毒の作用だ。こんな記事にも新しい文章はある。現実は文章からはみ出ている。

一九四七年（三五歳）

二月一日　全官公ストライキはマ司令部の命令で中止。これで、反動勢力はまた一層攻勢に出、労働運動には暗い影を投ずるだろう。アメリカ本国の政策の現れか。サンデー毎日で、原子病と言う長崎医大教授永井隆氏の報告記を読む。原子病の恐るべき悲惨な症状報告と自分が原子病にやられ、戦っているのだ。ヒロシマ、ナガサキを中心に戦争終熄の聖地を書きたい。平和の哲学。

五月二日　実際の悪夢のように、映画ニュースでは毎週上映される東京裁判法廷の裁かれるかつての支配者たち。彼らは日ましに憔悴し、みにくい顔つきになってきた。

一九四八年（三六歳）

一〇月一六日　今日の新聞に石坂洋次郎の作品がわいせつ本として警視庁の保安課に押収されたことが載っていた。作品を読まないのでこのこと自体の批判をさけるが、もっと広い視点から言いたい。作品の内容を読まないと解らないが、すくなくともそれが作家による文芸作品である限り、今度のこのことが与える影響は極めて深く広いと思う。日本には一五万の警察軍が必要だとの話も聞いたが、また過去の警察国家にたやすく逆もどりすることを恐れる。人々はその力を恐れて正しいと信じたことも言えなくなるからである。とりわけ、芸術に対する取締りについては、私達は当局のその人たちの鑑賞能力に充分な信頼が置けない経験をもっている。それが純粋に人間の真実を描こうとする芸術作品である場合、終戦後始めて大きな可能性が生れたと私たちは信じたのである。紫式部西鶴もロレンスもサルトルもコールドウェルも窒息して、何ものかの影におびえなくては筆がとれないような時代に再び身を置かねばならないなら、日本にどのような芸術の芽が育とう。押収、発禁、検閲…言わば暗い影を私達に予感させる。しかしこれは人間そのものを侮辱するわいせつ本の弁護ではない。それと芸術作品との絶対値の相異を正しく見抜く眼をその人たちに望みたいのだ。

一九四九年（三七歳）

六月二五日　夜新宿へ出て、「日本敗れたれど」という記録映画を観た。東京爆撃。沖縄上陸、広島、長崎の原子爆弾投下の瞬間。米艦に日本の爆撃隊が何機も突込んでくるが、この映画ではみなうち落されてしまう。それも当然に思われるほどの、当時の言葉で言えば弾幕である。海面がその落下弾で一面に文字通り泡立っているのを見て、あながち一方的な映画でないという想像もできる。一機特攻機が海面と併行に突込んでゆく場面で、四、五ヶ所から拍手が起った。しかしこの圧倒的な武力の相違を見せられて、無茶な戦争だったということは誰にも解ることで、米国の武力の宣伝にもなるのだ。

一九五〇年（三八歳）

六月一二日　一週間ほど前に、共産党の主だった人たちが追放になった。マックアーサー司令部の命令である。権力的に共産党が弾圧されることは反対だ。貧しい人たちは、自分の意見を表現することができなくなったからだ。反対に富める者は、益々貧しい人たちの犠牲の上に肥え太るだろう。単純な勢力の関係。作家は社会の不正や人間の悪や、政治の誤りを、階級者としてではなく社会に生きる一人の人間として書くべき時がきた。

一九五一年（三九歳）

一月一七日　今日、阿佐ヶ谷で映画「無防備都市」を観た。二度とみたくないような苦しい映画。こんな悲惨さからは眼をそむけたい気持。しかしそれは現実に、いま朝鮮でも起っていることだろう。そんな時代に「人間として」生きることの難しさを思う。北鮮軍、国連軍を圧倒し、欧州統一軍組織のため、アイゼンハウアー元帥が海を渡った。一方では、戦争を忘れたい英国の人々の賑やかなクリスマス。「無防備都市」で聴いた拷問の声。

一月一八日　中共が国連側に反対提案をした。米軍は朝鮮や台湾に侵略した外国軍隊であるのか。自国のことは自国でと言う風に考えると、中共側の提案が正しいようにも思われる。民主党（この党は好きになれないが）の政策として、早く占領下を脱し、被支配者の立場から自主性をとり戻すべきだというような一項目があったが、これは賛成。撫ぜられるのは気持悪い。アメリカ人は、日本人を犬のように撫ぜようとしているのではないか。しかし、すべてを考えて、占領以来、アメリカが日本にやった政策は正しいし、またよかったと思う。あとは自分たち日本人に自尊心を回復させてくれることだ。

四月一二日　マ元帥が解任された。或いは、これでアジアの危機感は多少減ったかもしれない。最近出した声明の、満洲爆撃、中国侵攻の声明（国府軍による）が、米の中枢部、英、仏側から全面戦争の危険を胎むものとして非難された、その原因によるものだ。アメリカの対日政策の如何が関心される。

九月九日　八日（日本時間九日）サンフランシスコで、四九ヶ国の対日講話条約調印。参加国の中、ソ連、チェコ、ポーランドが不署名。ソ連と日本は戦争状態のまま、残されたわけだ。同じ日に、日米安全保障条約にも調印した。吉田首相は、調印の日の演説で、将来に「不安」と「憂慮」があると言った。社会党の鈴木（茂三郎）委員長は、「朝日」で「日米条約」について、「日本ががんじがらめにしばり上げられ、永久に解いてもらえないものであることが判る。これでは、エジプトあたりから米国の属国だと言われても仕方があるまい。私一個人としても、日本人として絶対に承服できない。問題は、かような安全保障条約付きの講話をしなければならないように作りあげられてきた講話のやり方そのものが間違いである」と言っている。自分も、大体同感だ。しかし中間的な立場も不可能で、どうしたらいいか解らない。どっちつかずでいられたらいちばんいいが。いい意味の個人主義に徹したい。政治と思想への不信である。日を同じにして、少・中佐級の追放解除者の警察予備隊入隊の勧誘が行われた。亡霊がそろそろ地下から出てきた。「幽霊帰る」の芝居、書こうとも思う。今日は、朝から曇り、夕方小雨。昨夜、釣りの帰り、中野駅前で「講話ニュース」を見たが、「敗戦国だのに、吉田さんをあんなに大事にして貰えるんだからな」と、群衆の一人が言っていた。彼らは単純だ。

一九五二年（**四〇歳**）

五月一日　神宮外苑へ、メーデーを見にゆく。南軍備、講話、独立という時代の大きな転換のなかで、何か起こりそうな予感がした。第二三回のメーデーだ。日比谷の広場を使わせないという問題で、何か険悪なもの予想されたので、でかけてみた。神宮の広場を埋めた人と赤い色の旗。白いメー・フラワー（純製）を頭に巻いた若い女が目についた。顔見知りの二、三人に会う。婦人タイムスの記者、新表現の牧君、詩人高橋君など。スローガンは「南軍備反対」と「民族の独立」「低賃銀への抗議」勤労者の集りで、みなつつましく弁当を食べている。着飾った女、上等の背広の男など見当らない。共産党員が「アカハタ」や「球根栽培法」など売り歩いている。サイダーを飲み、夏みかんを買う。撒かれたビラに、「人民広場へ行こう」と書いてある。警視庁の推計では一五万ということだった。国電で、新橋へ出る。早いのでパチンコなどやり、日比谷へゆく。公会堂の前で、野球を見ながらぼんやり、行進がくるのを待った。警官が、配置についている。老人らしい人も混っているのが目につく。

六月二五日　今日、六・二五朝鮮事変の記念日。夕刊で大阪にデモ隊の騒ぎがあったことを知った。新宿のスケートリンクで、日共芸術団体の平和デーがあることを知って出かける。九時頃、出てきた群衆が中等、高校生を先頭にスクラムをくみ、北鮮旗を揚げる。赤と青の真中に星のある旗だ。駅へゆく。交番付近には百名位の予備隊が待機している。旗を先頭にデモ隊がワッショ、ワッショとかけ足でやってくる。駅前広場が人で埋まる。周囲にヤジ馬。アカメと書いた鞄を下げた大きな外人が、大胆に撮影している。デモ隊と警官隊は対立した形になる。火焔ビンが投げられ、赤い焔が上り、交番と駅の一部が燃えだしたが消された。自分は完全にヤジ馬の一人になり、逃げたりしながら遠くから見物した。デモ隊はヤジ馬にまぎれこみ、火焔ビンを投げる。警官隊は催涙弾を投げ、ガスが車道を這う。マグネシウムが青い照明になる。これがくり返されしまいに何だか喜劇を感じ、春秋亭にゆき、ショーチュウを一杯飲んだ。駅前ではまだ小競り合いがつづけられていたが、一一時すぎに帰った。暴力を否定したい気持。複雑な気持だ。昨日、米空軍は水豊ダムを爆撃した。議会で社会党の議員が、日本に報復爆撃はないかと質問している。立川辺りでは灯火管制の演習をやっている。夕食のとき、妻に、どうせ逆コースになるなら、何でもいいから何か始まったらいいなどと言ったが、何だか考える力もなくなったような現在だ。現実の刺激が強すぎる。どうしたらいいのか？

一九五六年（四四歳）

一一月六日　この一週間、ヨーロッパと中東に暗い雲がかぶさっている。エジプトのナセル首相がスエズの国有を宣言したことから、イスラエル軍が英仏をバックに軍事行動を起し、英仏もまたエジプトに武力征服の手に出た。今日は、ポートサイドに英パラシュート部隊が降下するという対戦への危険もはらむ様相。折柄アメリカでは大統領選挙。日本ではソ連から帰った鳩山首相は、国会後に引退を声明した。一方、ポーランドとハンガリーで、人民が反ソ運動を起し、ハンガリーでは、民衆が革命軍を組織し、女まで銃をとって戦い、三日ほどまえは、ソ連軍はブタペストを占領し、ここでも戦争はもち上った。

一九五七年（四五歳）

一一月二八日　この一〇月に、ソ連がICBMの実験に成功し、間もなく人工衛星を打上げた。その第二号には、犬をのせた。このことで、アメリカの世界への主導権はソ連に移り、この世紀は次の時代にはいったと言える。日本の政治も、アメリカ一辺倒から脱け出るべき時だろうし、新しい時代の空気の前には、天皇制を中心とした古い支配形態から脱け出るべき時だろう。

一九五九年（四七歳）

四月一〇日　皇太子の結婚式をテレビでみた。別に感想もない。自分には関係のないことだ。

一九六一年（四九歳）

二月三日　「風流夢譚」のことで、愛国党の少年が、中公の島中社長の夫人に傷を負わせた。ハガキで見舞いを出した。右翼に怒りを覚える。同時に、この小説の作者に知性がありやと疑う。それを推賞した三島や武田のような作家たちには、この深沢なる作家を自分と同列に見ない、ちょうど有名画家が山下清を扱うような態度があったのではないかと考える。この作者は、すぐれたものでも何でもなく、幼稚な発想から出発しているからだ。

一九六四年（五二歳）

一〇月一〇日　オリンピック開会式をテレビで見た。前日の雨模様がこの日には秋晴れになったので、効果は満点であった。各国選手の入場。荘重な鐘の音、炬火の入場と点火、わき起る大合唱と火焔太鼓のひびきなど、なかなか心憎い演出だ。しかし、ロイヤルボックスの皇室中心の配列はこの大会が天皇に捧げるものであるかのような旧体制の錯覚を起しはしなかったか。少年少女鼓笛隊に守られてのローマ大会のオリンピック旗の入場には涙ぐんだ。古式な衣装の旗手とローマ市長もよかった。よく訓練された軍隊や防衛大生の態度も式典にぴったりし、旧軍隊調のごつごつしたものでなくて、スマートでよかった。

一九六八年（五六歳）

一二月二二日　一二・二一にアメリカで有人「アポロ8号」を打上げた。夜の〇時には月に向う軌道にのった。成否はまだ判らぬにせよ、人間が月に向って出発したのは、有史以来だ。そのあらましを、茶の間のテレビで見ることができる。今年は川端康成がノーベル文学賞をもらった。日本現代文学も世界並になったというわけだ。ただ、このことでほかの作家が萎縮しなければよいが…。

一九七〇年（五八歳）

一一月二五日　川魚を焼いていたが、テレビで三島由紀夫の突発事件を知った。「楯の会」の青年五人をつれて、自衛隊の市ヶ谷本部へはいり隊員を負傷させ、総監をおし込めた上、バルコニーから隊員に演説をし、檄文を読んだあと、切腹して、介錯をさせた。介錯をした会員の一人も自殺した。テレビはその彼の演説をする声と顔を写し出していた。このどかな日に彼は眠っている世の中に警鐘を鳴らすようにして逝った。売名と物欲だけに汲々としている他の作家たちにくらべて死を以て世に抗議したかれの勇気と憂国の至情に衝たれた。自分には忘れられない一日である。

一二月一六日　明け方セキが出た。「大気汚染警報」が出た。今年二度目だという。外は灰色のガスでくもり、酸っぱいようなシゲキ的な匂いがする。それでも小鳥は元気に飛びまわっている。まるで霧がかかったようだ。これは皇居も首相官邸も同じだろう。空気だけは誰も差別をしない。自分と家族、友人をのぞいて、バタバタと千人ぐらい、このガスのために死ぬとよい。何年かまえのロンドンのように。そうすれば、政治家、企業者どもが考えるだろう。いや、そんなことはないだろう。日本民族よ、弱くなれ、滅びるがよい。

一九七二年（六〇歳）

四月二五日　この頃、川端康成が自殺したが日記に書くのを忘れた。自分とは無関係である。（中略）グアム島生残りの日本兵横井庄一が、八〇日ぶりで退院、帰郷した。大さわぎする見物人に、日本人庶民の低級さをみせつけられた。この低級さは、戦後特に著しくなったようだ。知識階級が生活難で活気をなくし、代って、無教養な大衆が頭をもたげてきたせいだ。

一九七三年（六一歳）

一一月二七日　アラブ側の石油売り削減は日本経済を危機に落し入れるとの不安が国内にみなぎり、物の不足とか物価値上げとかの生活不安が毎日の新聞、テレビで採り上げられている。ひとごとみたいだが、紙の不足は自分の本の今度の出版にもひびくことになる。いやな時代、いやな国だ。（大企業、少数者だけが富んで多数は生活に苦しむという。）

一九七四年（六二歳）

一月七日　今度の石油危機で色々な変革が徐々に起るように思われる。大企業中心の成金主義が批判され、力を失ってゆくだろう。大平外相も資源のない日本人は凛とした精神の気品をもてといっている。士魂商才というコトバが思い出される。（いい素材はないか？）銀行家の中山素平氏も精神面の復活を説いている。日本人がモルモン宗徒を追放し、真の日本人に還る時か。つまり、武士の「食わねど高楊子」の心構えをもつときだ。

三月一〇日　ヒリッピンのルバング島に三〇年間潜んでいた小野田少尉が無事、救出された。その模様をTVでみる。物欲で腐敗した日本人には一服の清涼剤だが、果たして、このことをまじめに考える政治家、企業家が多くいるだろうか？

一一月二六日　この日、田中首相が退陣表明をした。金を使い史上に悪名を残した人物。そのあくどいやり方、本人はむろんだが、友人、とり巻きが悪かったせいもあろう。これでいくらか、政治の空気はさっぱりとした。

一九七九年（**六七歳**）

一二月一二日　イランの問題（ホメイニ師のひきいる学生らがアメリカ人大使館員を人質にとり、これに対してカーター大統領が、経済的報復を宣言したこと）は、第三次大戦の危険を胎んでいる。回教徒の民族的自覚とも言える。これを救うのは石油を資本主義機構から離して、民族どうしの取引にすることであろう。アラブ民族主義に対して、イスラエルを助けるアメリカにはその資格はなさそうだ。日本も石油万能の社会を反省するよい機会だ。車が多すぎて、公害をまき散らす。冬でもキューリ、メロン、トマトをたべるぜいたくさ。ビニールによる海岸や洗剤による琵琶湖の汚染、トラックによる交通輸送を鉄道にすること等々。

一九八〇年（**六八歳**）

一月五日　今年になってから、ソ連が軍隊をアフガニスタンに侵入させて、政権を倒し、別の親ソ政権を立てた。これに対し、アメリカを初めとする西側諸国と日本も厳重な抗議を申し入れ、アメリカは報復処置もソ連に通告している。国際事情通でない自分にはソ連のこの真意がわからない。しかしソ連が中東諸国に進出し、石油ルートを抑えることになると、これは大戦を起すことになる。ソ連の指導者ブレジンスキーなどはほんとにこのことを考えているのだろうか？　おそろしいことだ。国際共産主義のソ連のおそろしさをみせつける事件だ。今度の参院選挙で日本人は宮本共産党を支持するだろうか？　関心がもたれることだし、日本人を知ることにもなる。自民党が腐敗をつづけていると、国民の一部は共産党―ソ連につくようになるかもしれない。それが日本民族永遠の幸福につながるだろうか？

一一月五日　アメリカ大統領にレーガンがなった。強いアメリカを標榜している。賛成だ。ソ連（中国）共産国に対して、アメリカは自由諸国の中核として、強くあるべきだ。イラン如きになめられたのは、見苦しい。日本はレーガン政府に協力すべきだ。アメリカ国民は選択を誤らなかった。社会党左派の向坂逸郎は売国奴だ。ソ連の日本北方領土占領を容認している。ひいては社会党もその存在を国民から問われている。

一九八三年（**七一歳**）

九月一日　この日の深夜、大韓航空の旅客機が、ソ連サハリンで撃墜され、二九〇名が死んだ。国際的大問題になった。ソ連の非人道が本性を現わしたわけで、このソ連のこわさについては、自分が二冊の本で書いた。日本人は改めて、ソ連を知ったことだろう。

一九八六年（**七四歳**）

九月一七日　国会始まる。首相と各党代表演説をテレビで聞いた。藤尾文相は文春評論で罷免。その説には賛成の面もあり。日本政府卑屈で、中国、国の内政干渉に従いすぎる。靖国神社よりA級戦犯を追放する中曽根の考えはよい。（中略）毎日、中国残留孤児の聞きとりをやっていて、自分を思い出す。よくも脱走したものだ。ソ連を憎む。だまされてはいけない。北方領土は返さないし、日本の企業もシベリヤ開発には利益上、乗らないだろう。ゴルバチョフがくるが、実りはあるまい。中曽根のスタンドプレイか？　ソ連はアメリカとちがい日本に与えるものなし。

一九八七年（**七五歳**）

六月二六日　韓国で学生、市民の反政府運動が激化している。この国の民主化は望ましいことで、軍部政権は退陣すべきであるし、困難な時を迎える。明治の板垣時代を思わせる。

七月二九日　田中角栄元首相に有罪の判決出る。当然である。この人物は幹事長時代からウサン臭かった。日中国交回復は功績であった。これも時の流れ。天網恢々疎にして漏らさず。ロス疑惑の三浦もいずれ天罰を受けるだろう。ひるがえって自分は？　暗然として言葉なし。

一九八八年（**七六歳**）

九月一七日　オリンピックの開会式を見る。韓国の発展振り、技術の進歩。そしてアトラクションの見事さなどに驚いた。半面、北朝鮮の衰退振りに共産主義の無力、悪を知った。韓国は優等児（軍部政権から離脱）北朝鮮は劣等児（金政権の失敗）である。

一〇月二〇日　天皇の重体がつづく。早く天寿を全うすることを望む。悪夢の昭和がすぎ、人心一新の機会だ。三浦和義と銃撃犯人とが正式容疑で逮捕された。判決と断罪を待ちたい。政府はリクルート問題で動揺している。豊田商事の旧幹部五人に重罪判決が下った。当然だ。

一九八九年（**七七歳**）

一月七日　朝六時半に天皇が崩御した。深夜までテレビがこのことで終始したのは当然で、六三年間の昭和時代が終ったからだ。天皇にしても国民にとっても苦難の歴史で、これは軍部独裁がもたらしたものだ。よかったことは敗戦により民主主義が植えられたことと、アメリカによりソ連や中国の共産主義が防がれたことだ。これで歴史の一時代は終った。年号は「平成」となったが、人心一新を望みたい。自分も同様だ。

六月一〇日　中国情勢　学生市民の天安門広場での「自由、民主化」要求の運動は五・一七には百万人にまで盛り上ったが、政府と党は戒厳令を敷き、六月四日に武力弾圧に踏み切り、戦車、装甲車が進入して、機関銃、小銃で素手の民衆に襲いかかり、死傷者、数千人、あるいは数万人といわれた。政府党の強硬派が制圧して、今は静まったが、将来のことは解らない。私見をのべると、マルクス・レーニン主義の共産主義は世界的に没落の過程にある。民衆は一党独裁ではなく、議会制民主々義を求めている。ソ連も中国も共産主義、一党独裁を採る限り、やがては没落するだろう。

一一月二〇日　一一月九日にベルリンの壁が東ドイツによりとり除かれ、何百という東ドイツ市民が西ドイツに流れ込んだ。これより先に（今年の前半）ポーランド、ハンガリー、などがスターリン体制より脱却し、ルーマニア、チェコ、ブルガリヤ等でも民衆の反共産党の声があがっている。共産国家で独裁を続けている主な国は中国、北鮮、キューバなどで、世界は大きく変わりつつある。

一二月二六日　二五日にルーマニアのチャウシェスク大統領夫妻が銃殺の刑になった。国内では今度六万人が治安隊に殺されたといわれる。共産国で残ったのは、中国、北鮮、ベトナム、キューバ、ソ連などだ。この国々の運命も知れている。世界は自由と民主の夜明けを迎えるのか？

一九九〇年（七八歳）

一月九日　海部総理がヨーロッパに向けて出発した。西独、フランス、英国、東欧二国の首脳と会談するという。自分のまえからの考えが当り、共産主義は捨てられ、民主主義の時代がくる。残されたのは中国、北鮮、ベトナムなどで、これらの国の運命もみえている。共産主義は古い思想なのだ。

六月四日　時局観　米ソ首脳会談、韓ソ首脳会談がアメリカでおこなわれた。すべてゴルバチョフのソ連が負の立場で、過去のソ連の脅迫は影もないという有様だ。これは大きくみて、マルクス・レーニズムの共産主義の思想の誤り、失敗と没落の現れである。他の共産国もすべて同様だ。ソ連は商業経済（資本主義）を取入れるというが、その歴史と経験がないので立ち直りは不可能だろう。一九八〇、一九九〇年代は共産主義崩壊の年として歴史に刻まれるであろう。長生きしたおかげで、生れて以来のこの壮大な歴史のドラマを見ることができる。日本はアメリカを中心に西側と緊密な関係を保持すべきだ。昨日、天安門事件の一周年記念日。中国の運命はどうなるか？　興味がある。自分はまだ死ねない。この歴史をみてやりたい。

七月一三日　ヒューストンでのサミット終る。海部首相よくやった。点数を上げた。ソ連北方四島問題、中国への円借款宣言にとり上げられる。米の開放。ソ連の現状について、私観。共産国ソ連そのものは滅びる。自分のずっとまえからの予想はあたった。経済（自由市場）の建て直し、むつかしいだろう。日本にしても資本主義の歴史は明治初年からだ。四、五年、一〇年で共産経済が立直るとは考えられない。経済でゴルバチョフ政治は失敗、リガチョフの共産政権への復帰は否定された。中国の立ち直りも、日本がテコ入れしても望みうす。鄧の死を待っても…。北鮮も同様。

一〇月三日　東西ドイツが統一した。テレビでその式典を見て、感銘が深かった。東ドイツの人々は、半世紀にわたるソ連の支配からまぬがれたのだ。ベルリンの壁という愚かなものもなくなった。今の世界では共産国家は亡びようとしている。その思想はもはや力を失ったのである。スターリンは今世紀最大の政治家として、ヒットラーとともに悪名を歴史に残した。脱共産国は資本主義をとり込もうとしているが、容易な仕事ではない。

一九九一年（**七九歳**）

一月一五日　一四日夜、多国籍軍（米軍中心）の新鋭機はイラクを空襲し、制空権を奪い、大打撃を与えた。朝のテレビでこれを見て以来、三日間テレビに釘づけになった。イラクとサダム・フセイン大統領の運命も知れている。残るのはイスラエル（ユダヤ国）とアラブ諸民族の対決という難しい問題があるが、政治的な解決の道を見出さねばならない。ソ連では、共産主義者と軍部に屈したゴルバチョフはバルト三国に出兵した。欧米も日本も対ソ協力支援を控えることになり、日本は対応に迫られた。このような政府を相手に交渉するのはムダで、私の考えたようになった。

七月一九日　世界は大きく変ろうとしている。サミットが終り、ソ連のペレストロイカ（世直し）が問題になっているが共産国ソ連がそう簡単に変るはずがない。マルクス・レーニズムの終焉でこのままでは世界からとり残されるだろう。中国その他も同様だ。日本はソ連に対し、あくまでも北方四島返還の方針を貫くべきだ。世論もそれを支持している。社会党には日本を治める力も、思想もない。

九月七日　ソ連では共産党解体。七〇年の歴史を閉じた。

共産主義の過ちと誤りとを残しただけだ。他の共産国の運命も知るべしだ。日本では証券業界と銀行の不正が明るみに出て、バブル経済の欠点を現わした。何千億という金が紙キレ同様に扱われる社会は匡さねばならぬ。

九月二九日　この二、三か月に世界には大変動が起った。長生きをすればこうした歴史をみることもできた。共産主義国ソ連が消滅した。昨日はアメリカのブッシュ大統領が核兵器全廃の実行を宣言した。ソ連も同調するだろう。自分がまえから考えていたとおり、アメリカにはソ連を侵略するばかげた意志はなくて、ただ共産主義の各国進出を防ぐだけであった。ソ連が共産主義を捨てた以上、この国も核兵器を持つ必要はなくなった。とり残された中国、北鮮は孤児になるしかないだろう。

一九九二年（**八〇歳**）

三月二〇日　一市民日本人の考えることでその意見を発表する処もないにしても、つぎのことは何としても書かなければならぬ。

北方四島問題　昨日、ロシア共和国の外相が日本にきて、渡辺外相に会ったが、北方四島返還については何も言及しなかったと今夜のテレビにはあった。さもありなんと思う。彼らには無血占領した彼らの「領土」を返す意図は全くないのだから、これをちらつかせて、日本から支援一金をふんだくるのが狙いであることは、私はまえから考え、言ってもいた。九月にはエリツィン大統領がくるというが、結果は同じであろう。ロシア人の泥棒、乞食根性と言ってよいだろう。ずいぶん成り下ったものだ。共産主義者に世界共通の思想と言ってよいだろう。資本主義、金持ちは悪だ。ふんだくるのがわれらの務めだ！

サハリン油田の日本企業の入札をフイにしたのも、それで先に港、鉄道、道路、建物などインフラの設備を要求してきた。日本ではこれは企業のやることで、政府の仕事ではない。企業は儲からなくて損をするならば手をつけない。ロシア人はこのことを知らない。日本のエリートたちの外務省、政府、外相、首相、自民党は馬鹿者の集まりではないから、四島返還、平和条約締結より先に金を出すような支援はしないだろう。このことを信じておく。

八月一日　オリンピックが始まり、テレビを離れられない。柔道吉田　古賀の金をよろこぶ。水泳女子一四才岩崎恭子の金に感服。女子マラソンの相原の銀もよかった。他にはみるべきものなかった。

一〇月二九日　この間に天皇・皇后が中国を訪問した。過去をひきずる歴史に区切りをつけるよい方法で、中国人の反応も悪くはないらしい。中国は共産国だがよい協力者にしたいものだ。企業家には国土と労働力と市場目当てだろう。

一九九三年（八一歳）

一月七日　昨日、皇太子妃がきまった。テレビで見る国民はよろこび、私もよろこんでいる。何よりも初恋を貫いた皇太子が立派、何年もぐずぐずしていた宮内庁などは担当者に非がある。家系に寸分の欠点があってはならぬということは解る。水俣病チッソ会社の重役がいるということだろう。そのほかにこの妃には非のうちどころがない。

五月二三日　カンボジアで総選挙がある。日本は自衛隊と文民警察官を派遣し、二人が殺された。社会党、共産党は撤退を主張しているが、日本だけ引揚げるわけにはゆくまい。国際協力の立場を守らなければならぬ。社会党の反対は国民感情からずれていて、これでは政権はとれないし、任せることもできない。根本はカンボジア国民の自立を助けることだ。

六月二二日　政変が起った。二二日現在、自民党に羽田派などの離党現象が起り、宮沢政権に対する不信任案が通り、解散をし、総選挙をすることになった。永い沈滞と一党独裁の腐敗を改めるよい機会と考える。政界再編には社会党が左派的思想政策を改めることが第一だ。興味を持って成り行きをみよう。

七月二〇日　一八日に総選挙があった。自民党は現状維持。社会党は半分に減り、惨敗。新生党、日本新党などは躍進で公明党、共産党も元を維持した。何よりも自社の五五年体制が崩れ政治を問い直される時代を迎え、新しい期待が生れた。何よりも社会党の古い体質を変えなければならない。

一二月二一日　政治については、細川政権は寄合い世帯の欠点が出て、ひ弱で政策にパンチ力がなく、人気も落ちてゆくだろう。ロシアでは投票の結果、下院にヒットラー張りの「自由民主党」なる右派が進出した。世界の総スカンを食う瀬戸際だ。北鮮も自滅の道を辿りつつある。総体的に国内も世界も両編成改革の時期にきている。

一九九四年（八二歳）

五月一〇日　このところ、政治の世界で色々なことが起った。政府与党が「改新党」を組織したので、社会党が離脱して、政府批判の野党になった。政府を支えるのは少数与党になった。五月五日に法相が「南京虐殺」はでっち上げ、日中戦争は侵略でないと毎日新聞で発言し、大問題になった。自分も「城壁」を書いた立場から同紙に投書したが、法相がやめたので掲載はされないだろう。とにかく、ウップンはらしたのである。

六月二八日　松本市で集団ガス中毒が起り、七人死亡。五〇人ちかくが重症入院した。北鮮スパイのテロかと思った。

六月二九日　ガス中毒は中心に住む男の実験らしい。いろんな人間がいるものだ。（中略）社会党の村山委員長が総理大臣になった。自民党との水と油の連立内閣だ。国政の将来が危ぶまれる。すべてが自民党の河野総裁と森幹事長の誤った党略で、水と油でどんな政治ができるか。村山政権を一時のかかしにし、つぎを狙う計略かもしれない。国策で根本的にちがう両党がどういう政治をやるか、自分としては興味のある見ものである。自分の見るところ、自民党の河野総裁は「悪相」で、社会党の村山委員長総理大臣は白い長い眉毛をハサミで切ったほうがよい。国際間で笑いものになる。

七月一六日　一〇日ほどまえに北鮮の金日成が死んだ。病死らしい。長男の同正日が後を継ぎ主席となる。誌などでは、この男の性格テロリズムなどで警戒する声がつよい。核武装がどうなるかが最大問題だ。この国の国民は不幸だといえる。愚かでもある。危険にゆくか、平穏にすぎるか、ここ十数日の重大問題だ。自分は戦争は起らないと考える。

一九九五年（八三歳）

一月一八日　一七日午前五時に神戸、淡路島にM七・二の大地震が起り、三千人近い死者、行方不明者が出た。神戸の下町は焼け野原になった。地震のこわさを知らせた。死者五千人を超えた。避難民三〇万人といわれる。

一月二七日　関西大震災は勃発以来一〇日になるが、大変なことであった。死者五千百人、家を失った避難者三〇万人という。死者については、現内閣、特に社会党の村山首相に全責任があり、問われなければならない。自衛隊の初動を遅らせたことだ。社会党は自衛隊を出動させることをためらったと言われる。以てのほかだ。こんな党には国は任せられない。議会でも謝るどころか、弁解ばかりしている。私はこの首相はやめさせるべきだと考える。ジャーナリズムも多くの国民もそう考えている。史上こんな汚名を残した首相はいない。数千の死者が彼を呪い、怒っている。

三月二〇日　朝、地下鉄霞ヶ関周辺で列車に毒ガス「サリン」を置き、四～五千名が被害を受け、八名が死んだ事件が起る。犯行は数人で組織がやったと考えられる。全く不明。

四月六日　このところ、連日、オーム真理教の捜索でTVはもちきりだ。自分は地下鉄サリンなど、一連の事件はこの教祖麻原の犯行と推理している。でなければ、行方をくらますはずがない。この悪教団の廃絶と教祖の処罰を望んでいる。信徒は若者が中心で全学連を思い出す。科学系の秀才を集め、彼らは文科系統でないので邪教に染まり易いのだと考える。

五月一〇日　世情ではオーム真理教問題で毎日のように新聞、テレビ、週刊誌ももち切りだが、自分のみるところでは麻原とかいう教祖のやっていることは、信者も含めて、子供向けの劇画だ。さわぐほど重要な問題ではない。ただし、日本の恥部を世界にさらけ出したとは言える。日本の政治、立派な政治家のいないこの国の貧しさだ。社会党首相の村山は早く退陣すべきだ。しかし自民党に代るべき首相はいるのか？　これも政治の貧しさだ。私としてはこんなことは無視して、文壇のことも考えず、今できる仕事に全力をつくせばよい。

一九九七年（**八五歳**）

七月二日　しばらく日記を休んだ。何となく億劫になったからだ。（中略）自分は別で、外の世界ではこのところ、いろんな事件が起り、テレビも新聞も興味が多い。香港が返還された。中国支配下（共産主義の）ではこれまでの資本主義自由経済の繁栄は望めまいというのが私の予測だ。「一国二政策」を宣伝するが、台湾は、従うか？注目すべきだ。日米安保の両堅持、社会党（新民党）は反対らしく、これが社会党の衰えを招いている。神戸で中学生が小学生を殺し、その生首を晒した。異常者だが、今の進学・詰め込み教育の害だ。教育・教師の方針を根本から見直すべきだ。外務省に新次官が生れた。北方領土につよく出るべきだ。北朝鮮は飢えに苦しみ、食料支援を日本にも求めているが、日本国民は冷い。私も同じだ。この国・政府は没落するがよい。中国も議会民主主義を採るべきだが、今はむつかしいだろう。

column

日記と自伝の間

◉河内聡子

棒葉英治の晩年の作に自伝『八十年現身の記（以下『現身の記』）』（新潮社、一九九三年）がある。この作品は、幼少期から遡って文学の目覚め、作家志望で早稲田大学に進学し、満洲での就職と結婚、ソ連収容所からの脱走、引き揚げからの不遇の時代を経て文壇デビューを果たして直木賞を受賞し、そこから晩年に至るまでの激動の日々を赤裸々に綴った一代記となっている。本作を執筆するに当たって棒葉は、日記を読み返してそれを素材とし、自伝として再編していたようである。このコラムでは、日記と自伝の関係性に触れて、日記に基づいて自伝が生成される過程の一端を明らかにしてみたい。

棒葉が『現身の記』を書き始めたのは一九九二年五月であるが、その頃の日記には「『現身』のために日記をすべて読んでいる」（『日記』一九九二年五月二四日）と記している。日記そのものにもその痕跡はうかがえ、「仙台日記」と題された第一冊目（一九四六年～一九四八年）の冒頭には赤のインクで「□印うつしみ参考」と付記されており、日記の所々に印が付けられ、該当箇所は『現身の記』の内容とも対応している。日記にはこの他にも様々な色・形の印が散見され、別の時期や理由でも読み直し、文芸批評や随筆など、何らかの執筆の素材にしていたと推定される【図】。言うなれば、棒葉英治は日記の書き手であると同時に読み手でもあり、また日記は日常の記録でありながら作品の材料でもあった。[注▼1]

ところで『現身の記』の「あとがき」に著者は「すべてが事実であり、創作はいっさいない」と断言しているが、必ずしもその姿勢が徹底されているとは言いがたい軽微な脚色も確認される。例えば、仙台で進駐軍のキャンプに勤務していた際の出来事について、実際の職務は「たばこ売り場の通訳兼監督」（『日記』一九四七年一月一日）であるところを『現身の記』では「PX（酒保）に通訳として売場主任として勤めた」（一七七頁）としており、また盗みを働いた他の部局の青年のことを「部下」（同頁）としているが上司の立場であった事実はない。他にも、関係のあった女性との間柄についてエピソードを盛って親密さを増すように表現するなど、[注▼2] 些細な違いがいくつか認められるが、恐らく著者にとって改変と言うほどの意図もなく記されているものであり、日記の「記録」だけではなく「記憶」によって上書きされた自己の再生産であるのだろう。

また日記と自伝のテキストを比較してみて気づかされるのは、妻に関する記述への意識である。これも脚色された例となるが、一九四九年に上京して間借りしていた親戚の家を退去する際のやり取りを記した『現身の記』の次の一節を参照する。

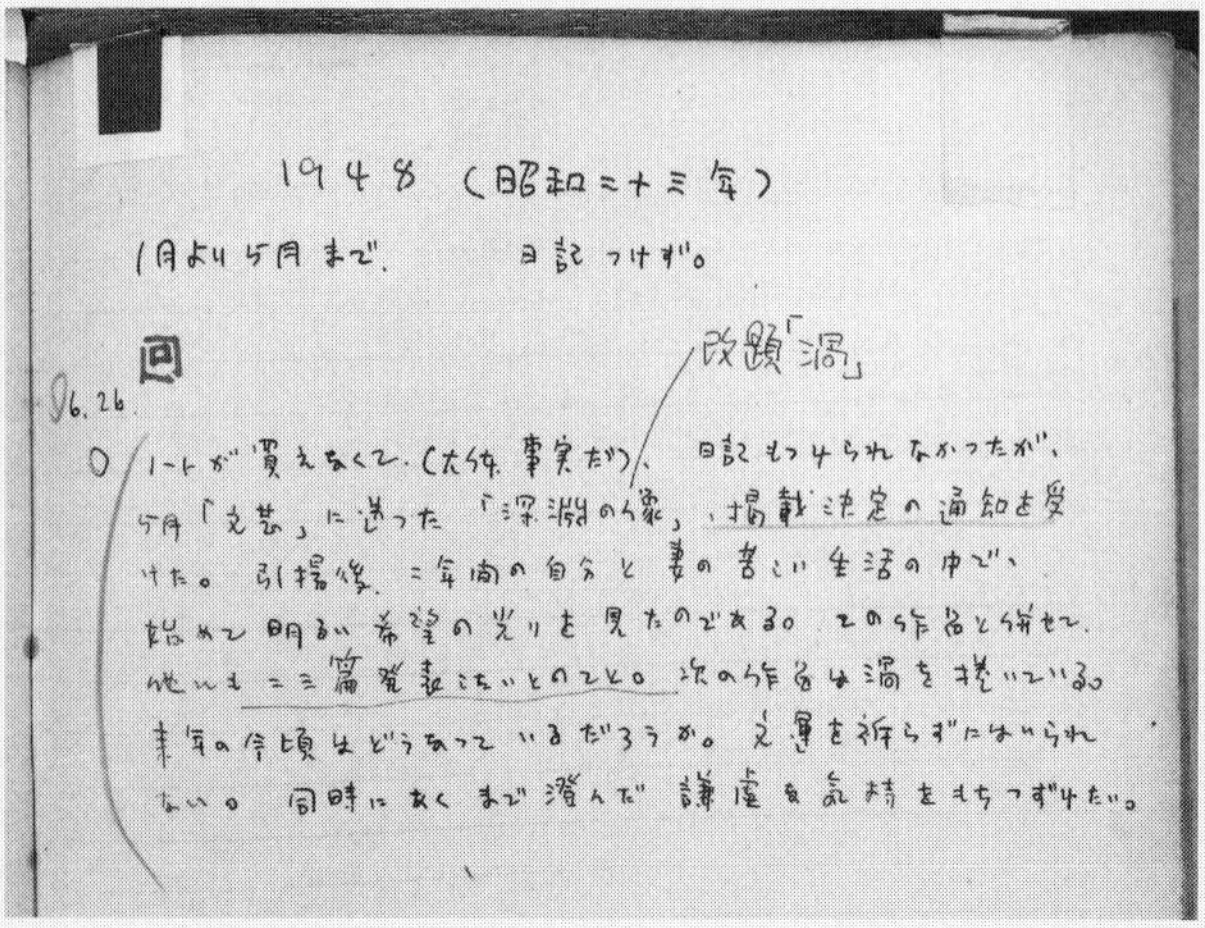
1948（昭和二十三年）
1月より5月まで。　日記つけず。
改題「渦」
6.26
ノートが買えなくて（大体事実だが）、日記もつけられなかったが、5月「文芸」に送った「深淵の傷」、掲載決定の通知を受けた。引揚後二年間の自分と妻の苦しい生活の中で、始めて明るい希望の光りを見たのである。この作品と併せて他にも二三篇発表されるとのこと。次の作品は渦を描いている。来年の今頃はどうなっているだろうか。文運を祈らずにはいられない。同時にあくまで澄んで謙虚な気持をもちつづけたい。

【図】 日記には赤・青・緑などの色ペンで印や線、文言が付されている。

「なにを！　そんなこと言うなら、明日出てくれ」

「それは無理だ。おれは仕事で出られないから、女房にせっせと探させるよ」（中略）

「あなた、私、明日から一日中歩いても、家を探します」

「おれは眠らなくても、金を稼ぐよ」

原稿の注文は、切れないほどある。　（一九一頁）

この時期は作家として駆け出しであり「原稿の注文は、切れないほどある」という状況にも事実との相違があるが、ここでより注目したいのは、家を「女房にせっせと探させる」と述べ、また妻も懸命に応じようとする下りである。これは実際には「妻や子供をつれて新橋の住宅新報社へいって（中略）住宅無尽の内容を訊いた」（『日記』一九四九年五月一二日）と榛葉自身も一緒になって家探しをしており、先の引用で見られる「小説に専念する夫と、甲斐甲斐しく家のことに尽力する妻」という構図とはやや異なる。
他にも、生活苦と女性関係に思い詰めて妻が自殺未遂を図るという一九五三年の出来事において（第九章「妻の服毒、自宅売却の苦境」）は、これを契機として「もうおれは生きた女を書くのはやめよう……」（二〇五頁）と決心し、作家としての方向性を見直す流れとなっているが、これは『冬の道』など以後の作品を見ても正確でないことは明らかである。[注▼3] ここから垣間見えるのは、妻に対する配慮と、夫婦の絆を書き留めようとする意思である。『現身の記』の「あとがき」では「私はこの作品を、私に献身した妻和久里に贈る」としており、読者としての妻の存在を意識した記述となっていると考えられよう。

さて、この自伝『現身の記』の最終章は「八十歳の賀」と題された第十二章である。八〇年の齢を重ねた人生の結びとして用意されたのは、二人の息子夫婦が孫も連れて招いてくれた温泉旅行であった。これは一九九二年一二月、すなわち『現身の記』を執筆中の出来事であり、その日の日記には「楽しくて嬉しい旅で、自伝はこれで完結した」（『日記』一九九二年一二月八日）と綴られている。かかる大団円を迎えた本作の編集を担当したのは新潮社の鍋谷契子で、松本清張の小説を多く手掛けた敏腕編集者であり、榛葉本人も「新潮社鍋谷氏に取上げられたことが最大の書評だ」（『日記』一九九三年一一月八日）と述べている。晴れて新潮社から刊行された『現身の記』は、終生にわたって文芸メディアへの強い拘りを持っていた榛葉英治にとって、念願とも言える成果であったと思われる。[注▼4] 本書の末尾に付された句「日当たりも日陰もありて八十坂」（三〇一頁）に込められたように、作家としての榛葉の人生は山あり谷ありと評せるものであるが、最晩年の作品となった自伝『現身の記』は、公私とも両面の意味において溜飲を下げるような会心の作となったのではないだろうか。[注▼5]

注▼

（1）日記を作品に活かした点については、論考編「作家はなぜ「釣り」を書くのか―榛葉英治『釣魚礼賛』を起点に―」（河内）、データ編「日記への関わり方」（加藤）も参照。

（2）『現身の記』（一九八、一九九頁）で『文潮』の女性編集者と親密な関係となった出来事を記した部分では、「書けないでいる私に、彼女はヒロポンを注射したりした」（一九九頁）とあるが、日記（一九四九年六月一〇日）では注射したのは男性編集者となっている。

（3）実際『現身の記』でも『冬の道』（河出書房新社、一九九〇年）収録の「秋の蝶」（一九七一年執筆）は、「『蔵王』の処女作いらい求めてきた生きている女を知ることができた」（二五二頁）体験を作品化した小説であるとしている。

（4）文芸メディアに対する意識については論考編「純文学を志向する中間小説作家・榛葉英治―文芸メディア変動期における自己像の模索とその帰結―」（田中）を参照のこと。

（5）『現身の記』は刊行後に『読売新聞』、『毎日新聞』、『東京新聞』、『静岡新聞』などの新聞、および『週刊時事』、『月刊公論』など雑誌で書評され、「すべてが好評」（『日記』一九九三年一二月八日）で、読売文学賞の候補にもなり（『日記』同年同月一七日）一定の評価を受けた。

日記人名リスト
——出版メディア関係者一覧

◉康 潤伊

※本リストでは、日記に登場した人名のうち、具体的に榛葉英治に関わりのあった出版・メディア関係者の一覧を五〇音順に示した。ただし、姓名が記されている場合、または書名や誌名、社名などから姓名を特定できる人名に限っている。
※人名の読み方が特定できない際には、使用事例の多い読みを用いることとした。

あ

青砥一二郎（あおと・いちじろう）小説家。直木賞選考にかかわる。／**青野季吉**（あおの・すえきち）作家。榛葉への助言や作品評がある。／**青山光二**（あおやま・こうじ）小説家。日本文藝家協会会長。／**浅井栄泉**（あさい・えいせん）小説家。物の会メンバー。／**浅見淵**（あさみ・ふかし）小説家、文芸評論家。偲ぶ会に榛葉が出席。／**阿部昭**（あべ・あきら）小説家。釣りに同伴。／**阿部達二**（あべ・たつじ）文藝春秋、編集者。／**荒井新**（あらい・あらた）評論家。、白麓会に関係。／**荒木太郎**（あらき・たろう）作家。物の会、十五日会、「文学者」の会メンバー。早稲田同窓。／**荒木幸子**（あらき・さちこ）荒木太郎の妻。／**荒正人**（あら・まさひと）評論家。「蔵王」を書評。／**有木勉**（ありき・つとむ）編集者。講談社。

い

池田岬（いけだ・みさき）文芸評論家。文学生活同人、榛葉英治を激励する会出席。／**池田みち子**（いけだ・みちこ）小説家。手紙のやりとり。／**石川精亭**（いしかわ・せいりょう）司書房編集長。／**石川達三**（いしかわ・たつぞう）小説家。石川達三を囲む会に出席。／**石川利光**（いしかわ・としみつ）小説家。親しく交流。／**泉大八**（いずみ・だいはち）小説家。合評会で同席。／**伊藤桂一**（いとう・けいいち）小説家。文学協会で交流。／**伊藤悌二**（いとう・ていじ）作家。「あひるの会」で共に旅行。／**伊藤文八郎**（いとう・ぶんはちろう）編集者。桃園書房／**井上孝**（いのうえ・たかし）小説家。親しく交流。／**井上友一郎**（いのうえ・ともいちろう）小説家。金銭の貸借。／**井上光晴**（いのうえ・みつはる）小説家。スバルの会。金銭貸借。／**今井達夫**（いまい・たつお）小説家。文学賞授賞式で同席。／**イリヤ・エレンブルク**（いりや・えれんぶるく）小説家。日本に招く会の発起人会に榛葉が出席。

う

上田周二（うえだ・しゅうじ）詩人。献本を受ける。／**臼井吉見**（うすい・よしみ）小説家。評論家。「蔵王」を酷評。／**梅崎春生**（うめざき・はるお）小説家。あひるの会で旅行に同行。／**江口榛一**（えぐち・しんいち）詩人。自殺の報に衝撃。

え

江刺実（えさし・みのる）中央公論社の編集者。／**遠藤周作**（えんどう・しゅうさく）作家。「渦」を批評。

お

大滝英子（おおたき・えいこ）『冬の道』のモデル。／**大竹新助**（おおたけ・しんすけ）写真家、随筆家。親しく交流。／**大山聡**（おおやま・さとし）出版記念会で交流。／**岡上哲夫**（おかうえ・てつお）作家。物の会で生涯交流有り。／**緒方昇**（おがた・のぼる）詩人。『満州国崩壊の日』でやりとり。／**緒形隆司**（おがた・りゅうじ）評伝社の編集者。物の会で交流。／**岡村夫二**（おかむら・ふじ）装丁家。あひるの会で共に旅行。／**小川国夫**（おがわ・くにお）作家。「墓」で手紙のやりとり。／**桶谷繁雄**（おけたに・しげお）評論家。「落葉の女」で手紙のやり取り。／**尾崎一雄**（おざき・かずお）作家。十五日会で交流。／**押川昌一**（おしかわ・まさかず）作家。『氷河』でやり取り。／**小田仁二郎**（おだ・じんじろう）作家。十日会で交流。／**小田嶽夫**（おだ・たけお）作家。十日会、「直木・芥川賞」の会で交流。／**越智信平**（おち・しんぺい）日本電信電話の記者、作家。親しく交流。

か

海音寺潮五郎（かいおんじ・ちょうごろう）小説家。生涯交流有り。／**加賀淳子**（かが・あつこ）作家。『史疑徳川家康』で手紙のやり取り。／**亀井龍夫**（かめい・たつお）『新潮45』の編集者。／**川上和秀**（かわかみ・かずひで）河出書房新社の編集者。釣りの会で交流。

き

菊岡久利（きくおか・くり）作家。知人より紹介される。／**貴司山治**（きし・やまじ）小説家。『作家クラブ』編集者として来訪。／**北健二**（きた・けんじ）劇作家。作品の相談を受ける。／**北島宗人**（きたじま・むねと）広津和郎の野間文芸賞授賞式にて交流。／**木宮高彦**（きみや・たかひこ）作家。榛葉が『異説徳川家康』を盗作されたと主張。／**木村時夫**（きむら・ときお）早稲田大学教授。『早稲田大学学報』にて対談。／**清丸恵三郎**（きよまる・けいざぶろう）雑誌『プレジデント』編集者。

く

草川俊（くさかわ・しゅん）小説家。同人誌『文学生活』、下界の会での交流。／**草地貞吾**（くさち・ていご）元軍人。『ソ連強制収容所』の取材等で交流。／**草野心平**（くさの・しんぺい）詩人。田中英光忌に交流。／**久野修男**（くの・のぶお）画家。下界同人。江見などで交流。／**倉沢爾朗**（くらさわ・じろう）『中央公論』編集者。／**栗原信**（くりはら・しん）画家。釣りを共にする。

こ

小池吉昌（こいけ・よしまさ）富士経済新聞社編集者。／**河野秋胤**（こうの・しゅういん）『おりおん』同人。／**河野多恵子**（こうの・たえこ）作家。丹羽文雄八十の賀の会で交流。／**越田清七**（こしだ・せいしち）作家。手紙で交流。／**児島襄**（こじま・のぼる）作家。『満州国崩壊の日』送付。／**後藤望**（ごとう・のぞむ）NHKラジオ小説の仕事を依頼。／**小沼燦**（こぬま・あきら）小説家。宴の会で交流。／**駒田信二**（こまだ・しんじ）評論家。『満州国崩壊の日』送付。／**小松清**（こまつ・きよし）評論家。社会タイムス社で会う。／**小松伸六**（こまつ・しんろく）ドイツ文学者、評論家。『満州国崩壊の日』を送付。／**小峯寿朗**（こみね・じゅろう）学陽書房編集者。／**五味正夫**（ごみ・まさお）五味の「抑留記」を編集者に仲介。／**小山耕二路**（こやま・こうじろう）小説家。電話で交流。／**今官一**（こん・かんいち）作家。野間文芸賞授賞式で交流。／**近藤信行**（こんどう・のぶゆき）文芸評論家。波の会メンバー。

さ

斉藤正（さいとう・ただし）編集者。『小説現代』。／**佐多芳郎**（さた・よしろう）日本画家。／**佐藤睦子**（さとう・むつこ）小説家。手紙のやりとり。／**沢野久雄**（さわの・ひさお）小説家。十日会メンバー。

し

四條寒一（しじょう・かんいち）小説家。「破片」「きりぎりす」のモデル。／**志田京一郎**（しだ・きょういちろう）

下界の会メンバー。／**斯波四郎**（しば・しろう）小説家。祝賀会に出席。／**芝田真**（しばた・まこと）編集者。『オール・ロマンス』。／**清水正二郎**（しみず・しょうじろう）小説家。自宅に行っている。／**庄司總一**（しょうじ・そういち）小説家。献本を受ける。／**神宮ふさ**（じんぐう・ふさ）編集者。『ホーム・ダイヤモンド』。／**新庄嘉章**（しんじょう・よしあきら）フランス文学者。献本する。／**進藤純孝**（しんどう・じゅんこう）文芸評論家。献本する。

す

杉森久英（すぎもり・ひさひで）『文藝』編集長、小説家。生涯交流有り。／**鈴木紀勝**（すずき・のりかつ）編集者。中央公論社。／**鈴木重生**（すずき・しげお）小説家。物の会メンバー。／**鈴木幸夫**（すずき・ゆきお）小説家。十日会メンバー。／**鈴木薫**（すずき・かおる）小説家。

せ

芹沢光治良（せりざわ・こうじろう）小説家。「氷河」を読んでもらう。

そ

園田かおる（そのだ・かおる）早稲田大学史編集所員。

た

大門武二（だいもん・たけじ）編集者。新潮社。／**高木てい子**（たかぎ・ていこ）歌人。献本する。／**高橋賢昉**（たかはし・けんほう）書評。／**武内重雄**（たけうち・しげお）人事興信所取締役社長。／**竹内良夫**（たけうち・よしお）文芸評論家。下界の会メンバー。／**竹島彰宏**（たけしま・あきひろ）小説家。葉書で「墓」を酷評。／**武田泰淳**（たけだ・たいじゅん）小説家。「悪について」での言及を不快がる。／**竹田博**（たけだ・ひろし）「城壁」掲載時の『文藝』編集長。／**竹之内安巳**（たけのうち・やすみ）近代中国史研究者。『満州国崩壊の日』送付。／**田崎暘之介**（たざき・ようのすけ）小説家。「大いなる落日」を評価。／**田中英光**（たなか・ひでみつ）小説家。自殺の報に衝撃。／**谷崎精二**（たにざき・せいじ）英文学者。『蔵王』出版記念会出席。／**谷丹三**（たに・たんぞう）小説家。居酒屋「さいかち屋」店主。／**田野辺薫**（たのべ・かおる）文芸評論家。「倦怠の花」を書評。／**玉井秀夫**（たまい・ひでお）作家。『満州国崩壊の日』送付。／**田宮虎彦**（たみや・とらひこ）小説家。自殺の報に衝撃。／**田村泰次郎**（たむら・たいじろう）小説家。肉体文学の作家として強く意識。

つ

辻史郎（つじ・しろう）小説家。物の会メンバー。／**辻亮一**（つじ・りょういち）小説家。十五日会、下界の会、物の会所属。／**恒松恭助**（つねまつ・きょうすけ）小説家、放送作家。十日会、十五日会所属。／**妻木新平**（つまき・しんぺい）小説家。献本を受ける。金銭の貸借。／**津村節子**（つむら・せつこ）小説家。津村の出版記念会に出席。榛葉の入院中に手紙を出す。本名・吉村節。吉村の名でも日記に登場。／**鶴沢文次郎**（つるさわ・ぶんじろう）小説家、画家。物の会所属。生涯交流あり。

て

寺崎浩（てらさき・ひろし）小説家。「倦怠の花」を書評。／**寺田勉**（てらだ・つとむ）作家。手紙のやりとり。

と

戸石泰一（といし・たいいち）「光と闇」掲載の『世界春秋』編集者。／**十返肇**（とがえり・はじめ）文芸評論家。書評で「破片」を評価。／**戸部新十郎**（とべ・しんじゅうろう）小説家。波の会に参加。文学協会で交流。／**富島健夫**（とみしま・たけお）小説家。「丹羽文雄の八十の賀」に同席。／**豊田幸雄**（とよだ・ゆきお）『週刊時事』連載「大いなる落日」担当編集者。／**豊田一郎**（とよだ・いちろう）小説家。物の会メンバー。／**豊田三郎**（とよだ・さぶろう）画家。あひる会で旅行に同行。／**豊田穣**（とよだ・みのる）歴史作家。献本を受ける。／**鳥越文蔵**（とりごえ・ぶんぞう）早稲田大学演劇博物館長。資料調査に協力。

な

中尾進（なかお・すすむ）画家。池袋「きらく」で共に飲む。／**中島憲**（なかじま・けん）画家。大島で釣りを共にする。／**中村武志**（なかむら・たけし）編集者。『国鉄』。／**中村八朗**（なかむら・はちろう）作家。生涯交流有り。／**中村光夫**（なかむら・みつお）文芸評論家。「渦」の推薦文を断られる。／**鍋谷契子**（なべや・けいこ）新潮社編集者。『八十年現身の記』刊行に携わる。

に

西村孝次（にしむら・こうじ）評論家。「蔵王」に好意ある書評。／**新田完三**（にった・かんぞう）新人物往来社編集者。出版をめぐり交渉。／**新田潤**（にった・じゅん）小説家。修善寺温泉へ同行。／**丹羽文雄**（にわ・ふみお）小説家。生涯交流有り。

の

野口富士男（のぐち・ふじお）生涯交流有り。／**野村尚吾**（のむら・しょうご）編集者、作家。生涯交流有り。

は

橋本夢道（はしもと・むどう）俳人。金を借りる。／**橋本喜三**（はしもと・きぞう）朝日新聞美術記者。早稲田同窓。／**長谷川濬**（はせがわ・しゅん）作家。生涯交流有り。／**八巻実**（はちまき・みのる）常総歴史研究会。晩年に交流。／**浜野健治**（はまの・けんじ）作家。早稲田同窓。十五日会、十日会同人。／**浜野健三郎**（はまの・けんざぶろう）作家。早稲田同窓。生涯交流有り。／**林房雄**（はやし・ふさお）作家。釣りを共にする。／**林鹿雄**（はやし・しかお）満洲時代に知り合う。戦後四〇年ぶり再会。／**原四郎**（はら・しろう）読売新聞社会部長。桜新道の「稲福」で飲む。

ひ

広西元信（ひろにし・もとのぶ）空手家。マルクス研究者。本と手紙を贈る。

ふ

福島紀幸（ふくしま・のりゆき）河出書房新社編集者。『冬の道』出版に携わる。／**福田浩**（ふくだ・ひろし）料理家、作家。親しく交流し、新居も披露する。／**藤井重夫**（ふじい・しげお）作家、一九六五年に「虹」で第五三回直木賞を受賞。／**藤江秀輔**（ふじえ・しゅうすけ）新潮社の編集者。原稿を読みたいと榛葉に連絡。

ほ

細谷敏雄（ほそや・としお）経済界の編集者。「諸葛孔明」を預ける。／**堀川潭**（ほりかわ・たん）作家。友人。「暗い波」を批評。

ま

槙映子（まき・えいこ）女性作家、ライオンで飲む。／**松尾秀夫**（まつお・ひでお）「内外タイムス」の人物。／**松山省三**（まつやま・しょうぞう）画家。「あひるの会」の一員として修善寺温泉へ同行。

み

水城顕（みずしろ・あきら）『すばる』編集長。石和鷹の名義で執筆も行う。榛葉の『灰色地帯』を絶賛。／**南沢好雄**（みなみさわ・よしお）桃園書房社長。／**宮内寒彌**（みやうち・かんや）作家、榛葉作品を批評。／**宮地新一郎**（みやち・しんいちろう）作家。「渦」を賞賛する。／**宮野澄**（みやの・とおる）中央公論社の編集者。／**宮林太郎**（みやばや・したろう）作家、座談会でともに同人雑誌の思い出を語る。／**三好十郎**（みよし・じゅうろう）作家。手紙を送る。

む

村上兵衛（むらかみ・ひょうえ）評論家、作家。座談会「歴史と人物」に同席。／**村松定孝**（むらまつ・さだたか）文芸評論家。「文学者」で破片評。／**室生犀星**（むろう・さいせい）詩人。「暗い波」を『新潮』誌上で評価。

も

森千人（もり・せんにん）毎日新聞社。本、作品を売り込むために相談する。／**森川隆**（もりかわ・たかし）「入院の記」を送る。／**森下泰**（もりした・やすし）作家、座談会で同人雑誌の思い出を語る。／**森田雄蔵**（もりた・ゆうぞう）作家、座談会で同人雑誌の思い出を語る。／**森光洋子**（もりみつ・ようこ）作家。物の会の同人。生涯交流あり。／**森本アヤ子**（もりもと・あやこ）『渦』を出した和同出版所属。／**諸井薫**（もろい・かおる）小説「未知子」作者。

や

八木義徳（やぎ・よしのり）直木賞作家。早稲田同窓で生涯交流あり。／**中務保二**（なかつかさ・やすじ）小説家。岡山在住。／**安岡正篤**（やすおか・まさひろ）思想家。／**山崎豊子**（やまざき・とよこ）小説家。盗作問題への言及あり。／**山本健吉**（やまもと・けんきち）評論家。「きりぎりす」発表を手助け。「暗い波」を批評。／**山本梧郎**（やまもと・ごろう）小説家。生涯交流あり。／**山本七平**（やまもと・しちへい）『徳川泰平』（経済界出版）の編著者。／**山本周五郎**（やまもと・しゅうごろう）小説家。励ましの手紙を受ける。

よ

横山政男（よこやま・まさお）朝日新聞記者。／**横山正治**（よこやま・まさはる）新潮社／**吉川英治**（よしかわ・えいじ）小説家。吉川逝去時に弔電を打つ。／**吉川晋**（よしかわ・すすむ）六興社／**吉富利通**（よしとみ・としみち）作家。『ある初級将校の敗戦日記』、『シベリア抑留記』／**吉富春子**（よしとみ・はるこ）作家。性教育について取材。／**吉村**

昭（よしむら・あきら）小説家。「下界」同人加入を榛葉に認めてもらうために妻・津村節子と訪問。

り

隆慶一郎（りゅう・けいいちろう）小説家。『影武者徳川家康』。／**林語堂**（りん・ごどう）文学者・評論家。／**和田芳恵**（わだ・よしえ）作家、評論家。新潮の会で最後に会う。／**和田静子**（わだ・しずこ）作家、手紙を出す。／**渡辺喜恵子**（わたなべ・きえこ）直木賞作家、祝賀会で挨拶。／**和田肇**（わだ・はじめ）作品社、「愛と性」、「霧の中の妻たち」原稿を渡す。／**和田芳恵**（わだ・よしえ）小説家。親しく交流。

あとがき

◉和田敦彦

本書のねらいは最初に記したように文学研究の枠組、その対象や、用いる資料の枠組を広げ、新たな研究の可能性を探っていくことにあった。ただ、それは単純に研究のなされていない作家や小説をとりあげるということではなく、異なる時期や地域、複数のジャンルやメディアにまたがった対象、すなわち「横断性」のある対象をそのなかから掘り起こしていこうという試みであった。榛葉英治は、こうした観点からの調査や研究のモデルを考えていくうえで恰好の素材となってくれた。

研究する小説やそのために用いる資料の枠組を広げることが重要なのは、それが研究対象の単なる拡大にとどまらず、研究方法そのものへの問い直しや更新に結びつくからである。本書の各論の試みにしても、それがこうした方法自体の更新にどう結びついているのかが問われねばなるまい。

そのように各論をふりかえったとき、こうした「横断性」のある対象に向き合うことのメリットがそれらから見えてくるように思う。それは端的に言うならば作家やテクストに「自立した」価値を見出そうとすることへの疑い、問い直しに結びつくということである。本書は最初に述べたように、榛葉英治を偉人化、神聖化することに関心を向けてはいない。また、その小説自体に不変の価値を見出そうとしているのでもない。そうした自立（孤立）した価値を対象に見出そうとしているのではなく、その時期の流行や出版環境、経済状況といった諸々の、いわば「不純な」要因と関係し合ったものとして作家や小説の価値をとらえることに関心を向けている。

そしてこうしたとらえ方をする際に非常に有効なのが、日記という日々の多様な情報を含んだ資料であった。

小説を書くという営みを、文学という「純粋な」思考の中でとらえるのではなく、職業としての作家を生きる雑多な生活情報や人間関係のネットワークの中でとらえられるからである。

ただ、こうしたある意味で「不純な」対象を掘り起こし、そこに働く多様な力を日記という資料から解きほぐしていこうとする試みには、デメリットもある。小説や作家の価値を、自立した不変のものとしてではなく、それを作り上げる読者や、さらには読者をとりまくメディアや社会、経済環境の側との関係に見出していこうすれば、際限なく雑然とした要因へと問題が拡散していってしまう。そうならないよう、各執筆者の側に明確な問題設定が求められることともなる。

本書では、こうした明確な問題設定で各論を作っていくこととしたが、扱いたかったが扱えなかった問題や素材も多い。榛葉英治はほとんどこれまで研究がなされてこなかった対象でもあり、また、限られた数の執筆者によるアプローチでもあり、それは致し方がないことではあるが。例えば歴史小説や経済小説も本来なら扱いたいところだった。城山三郎や司馬遼太郎が、経済小説や歴史小説のジャンルで脚光をあびていく中、榛葉英治もまたこうしたジャンルへと乗り出していく。消費者金融の草分けである田辺信夫や浜田武雄に取材して生まれた『灰色地帯』(日本経済新聞社、一九七八年一〇月)や、幕末から明治期を扱った歴史小説、八〇年代には大隈重信や板垣退助を扱った伝記小説も執筆していく。

経済小説や歴史小説、あるいは伝記小説といったジャンル名自体、「経済」、「歴史」といった概念を「文学」の枠外に、あるいは傍流へとくくり出す役割を文学研究の中で果たしてきたことも意識しておく必要がある。言うまでもなくこうしたレッテルを冠したところで何かが明らかになるわけでもないし、また表現に働きかける経済的な、あるいは歴史的な要因を無かったことにできるわけでもない。とはいえ、限られた数の研究者のチームでとらえるには限界もあり、ここでは問題を包括的にとらえることよりも、まずは共同の研究、調査の一つのモデルを提案できればとも思う。

「はじめに」で記したように、この調査自体は二〇一七年に始まっている。本書がまとまるまで足かけ五年、調査に参加した各研究者もそれぞれに専門領域があり、各自の研究を進めながら、その傍らで少しずつ進めてきた。共同でのシンポジウムとして、二〇一九年一二月にはリテラシー史研究会と「近代日本の日記文化と自己表象」研究会の合同研究集会でシンポジウム「とり遺された研究リソース　直木賞作家・榛葉英治の日記から」を開催し、翌二〇二〇年には日本近代文学会春季大会「研究リソースの可能性を拓く　—『榛葉英治日記』調査から—」を準備した。後者は新型コロナウィルス感染症の拡大で延期となったが、同学会の一一月例会で同年、開催することができた。シンポジウムの参加者や、その場で、あるいはその後で、意見や情報を寄せて頂いた方々に感謝したい。

本書はまた、日記資料をベースにして行った研究であり、資料の現在の所蔵機関、そしてまた著作者の理解と協力なくしては成り立ち得ない。調査の当初から、所蔵の早稲田大学図書館には、調査や資料の利用の際にお世話になった。この場をかりて感謝しておきたい。また、本書では未刊行の日記資料を活用し、部分的にではあれ公開するため、著作権継承者の側からの理解と協力が必要となった。このため、出版社の文学通信の側からと、調査グループの双方から、刊行の経緯や意義について著作権継承者であるご子息の榛葉光記氏に説明し、刊行をご了承頂いた。執筆者を代表して、お礼申し上げたい。また、氏からのご教示で、掛川市中央図書館に多数の榛葉英治宛書簡類とともに一九五八年分の日記が寄贈されていることも確認できた。本書の試みが、こうした資料の今後の調査や研究に結びついていくことになればと思う。

最後となるが、本書を刊行まで形にしていって頂いた文学通信の岡田圭介氏、渡辺哲史氏に心より感謝したい。

執筆者一覧（執筆順）

和田敦彦（わだ・あつひこ）……奥付参照

須山智裕（すやま・ともひろ）
修士（文学）。慶應義塾大学大学院文学研究科後期博士課程。
〈主要業績〉『海軍報道』――大本営・報道班員・徴用作家』（解題、金沢文圃閣、二〇二二年）、『『週刊朝日』総目次・執筆者索引１９４５～１９５２――新聞社系週刊誌の戦後占領期』（共編著、金沢文圃閣、二〇二二年刊行予定）ほか。

加藤優（かとう・ゆう）
早稲田大学大学院教育学研究科博士課程。東洋英和女学院中学部・高等部非常勤講師。
〈主要業績〉「「未来」への抵抗―安部公房「鉛の卵」論―」（『研究と資料』第13集、二〇一九年）、「ジャンル化への違和―安部公房と『ＳＦマガジン』―」（『早稲田大学大学院教育学研究科紀要』別冊第27‐2号、二〇二〇年）。

田中祐介（たなか・ゆうすけ）
国際基督教大学大学院比較文化研究科博士後期課程修了。博士（学術）。明治学院大学教養教育センター専任講師・国立歴史民俗博物館客員准教授（二〇二二年度）
〈主要業績〉田中祐介編『日記文化から近代日本を問う　人々はいかに書き、書かされ、書き遺してきたか』（笠間書院、二〇一七年）、田中祐介編『無数のひとりが紡ぐ歴史　日記文化から近現代日本を照射する』（文学通信、二〇二一年）、「「社会小説」としての賀川豊彦『死線を越えて』「社会の発見」後の読者たちの期待と熱狂を読み解く」（『明治学院大学キリスト教研究所紀要』第54号、二〇二二年）

中野綾子（なかの・あやこ）
早稲田大学大学院教育学研究科博士課程単位取得退学。博士（学術）。明治学院大学教養教育センター助教。
〈主要業績〉「日本語書物の越境――漢口兵站図書館「つはもの文庫」を例として」『昭和文学研究』78号（二〇一九年三月）、「蔵書構築からみる日本近代文学研究の姿――ベトナム社会科学院所蔵旧フランス極東学院日本語資料（洋装本）から」『跨境　日本語文学研究』７号（二〇一八年一二月）ほか。

河内聡子（かわち・さとこ）
東北大学大学院博士課程修了。博士（文学）。東北工業大学総合教育センター講師。
〈主要業績〉「雑誌『家の光』の普及過程に見るメディアの地域展開」（『日本文学』58巻4号、二〇〇九年）、「如来寺蔵『雑誌抜粋』に見る近代メディアの受容と利用——明治期における仏教知の再編をめぐって」（『リテラシー史研究』13号、二〇二〇年）、「家計簿と女性の近代——モノとしての成立と展開に見る」（田中祐介編『無数のひとりが紡ぐ歴史　日記文化から近現代日本を照射する』第二章、文学通信、二〇二二年）

大岡響子（おおおか・きょうこ）
東京大学大学院総合文化研究科博士課程単位取得退学。国際基督教大学アジア文化研究所研究員。
〈主要業績〉「植民地台湾における内地刊行雑誌の受容に関する一考察——『赤い鳥』読者会員名簿を手掛かりに」（『リテラシー史研究』14号、二〇二一年）、「芦田恵之助の回想録と日記の比較から見る台湾表象と「国語」教育観」（田中祐介編『無数のひとりが紡ぐ歴史　日記文化から近現代日本を照射する』第一一章、文学通信、二〇二二年）、「飲食文化　台湾美食の影に歴史あり」、（赤松美和子・若松大祐編著『台湾を知るための72章』明石書店、二〇二二年）、ほか。

宮路大朗（みやじ・たかあき）
早稲田大学教育学部卒業。早稲田大学大学院教育学研究科修士課程在学中。

康潤伊（かん・ゆに）
早稲田大学大学院教育学研究科修了。博士（学術）。創価大学学士課程教育機構助教。
〈主要業績〉共編著『わたしもじだいのいちぶです—川崎桜本・ハルモニたちがつづった生活史—』（日本評論社、二〇一九年）、「となりあう承認と排除—ヤン ヨンヒ『朝鮮大学校物語』論—」（『日本近代文学』一〇一集、二〇一九年十一月）ほか。

［編 者］
和田敦彦（わだ・あつひこ）

早稲田大学大学院文学研究科博士課程単位取得退学。博士（文学）。

早稲田大学教育・総合科学学術院教授。

『読むということ』（ひつじ書房、1997）、『メディアの中の読者』（ひつじ書房、2002）、『書物の日米関係』（新曜社、2007）、『越境する書物』（新曜社、2011）、『読書の歴史を問う』（改訂増補版、文学通信、2020）、『「大東亜」の読書編成』（ひつじ書房、2022）ほか。

［執 筆 者］
須山智裕／加藤優／田中祐介／中野綾子／河内聡子／大岡響子／宮路大朗／康潤伊

職業作家の生活と出版環境
――日記資料から研究方法を拓く

A Pronovelist's Life in Media Transition:
New Perspectives on Modern Literary Studies Based on the Author's Diaries

2022（令和4）年6月15日　第1版第1刷発行

ISBN978-4-909658-82-1 C0095

発行所　株式会社 **文学通信**

〒114-0001　東京都北区東十条1-18-1 東十条ビル1-101
電話 03-5939-9027　Fax 03-5939-9094
メール info@bungaku-report.com ウェブ https://bungaku-report.com

発行人　岡田圭介
印刷・製本　モリモト印刷

ご意見・ご感想はこちらからも送れます。上記のQRコードを読み取ってください。

※乱丁・落丁本はお取り替えいたしますので、ご一報ください。書影は自由にお使いください。